千寻文化
Qianxun-Culture
—图书·影视—

我的小美人鱼

定然是大海中最厉害的那个.

/今子砚.

不枉

BU WANG

余酲

YU CHENG

著

孔學堂書局

图书在版编目（CIP）数据

不枉 / 余醒著. — 贵阳 : 孔学堂书局, 2021.8
ISBN 978-7-80770-298-6

Ⅰ. ①不… Ⅱ. ①余… Ⅲ. ①长篇小说—中国—当代 Ⅳ. ①I247.5

中国版本图书馆CIP数据核字（2021）第159601号

不枉 余醒 著

BU WANG

责任编辑： 黄 艳 胡国浚
责任校对： 胡 馨
责任印制： 张 莹

出 品： 贵州日报当代融媒体集团
出版发行： 孔学堂书局
地 址： 贵阳市云岩区宝山北路372号
贵阳市花溪区孔学堂中华文化国际研修园1号楼
印 刷： 长沙鸿发印务实业有限公司
开 本： 710mm×1000mm 1/16
印 张： 19
字 数： 272千字
版 次： 2021年8月第1版
印 次： 2021年8月第1次
书 号： ISBN 978-7-80770-298-6
定 价： 54.80元

目　录

第一章 鲛人报恩

不枉

在京城数百里外的临海陆地，有个以虞姓命名的村子。

“虞”乃本国大姓，相传开国之初，有位跟着皇帝征战边境蛮荒的将军是从虞家村走出去的，加之现任村长家姨姐的女儿进宫封了妃，遂“虞”姓也算与天潢贵胄沾亲带故。

年刚过，春寒料峭，村长指派几个人清扫村口。人们着重擦了矗立在门口的武神石像——这是本村尚武的象征，村长在意得很，刮风下雨的时候恨不得为它披上蓑衣。

因着地理环境，虞家村村民多以打鱼为生，几乎人人识水性，却对陆地活动不大上心。譬如种田，再譬如舞刀弄枪。村子附近设有一个兵部投建的演武场，除却开春练兵的两三个月，有城里开拔的军队前来操练和接受检阅，其余时候都无人问津。

今年照旧，明日便有军队前来驻扎。村长一早去演武场巡视，这会儿搬一张椅子坐在村口，看着大伙儿擦石像。边上有小厮奉茶，他呷一口指挥一句，说务必擦干净，大到身上的铠甲、手中的战斧，小到眼窝、指甲缝、头发丝，都不能放过。

大人们热火朝天地忙，孩子们趁机玩闹，光是捉迷藏的就有两队。

几个胆大机灵的躲到大腹便便的村长身后，被村长揪着耳朵拎出来。“书都会背了吗？等学堂开门，看夫子打不打你们手板！”

孩子们嬉笑着跑开了，村长问去哪儿，他们异口同声道：“跟小满一起放风筝！”

一个趴在石像顶上的中年女人交代了声“早点回来”，孩子们“哎哎哎”

地应着，你推我搡地往村外跑。

待走远了，几个围在石像周围的村民才反应过来，面面相觑，都从对方迷惑的眼神中寻到同样的疑惑——小满是谁？

海岸线就在虞家村外不远处，黛色的海面卷起浪花，在泥泞滩涂上拍出层叠泡沫。

三五个孩子合拽一根风筝线，在岸边追逐奔跑，一只鱼形风筝飞在头顶，尾鳍飘逸舞动，宛如一片赤色云霞。

此刻风弱，风筝飞到半空就打着转儿往下栽，孩子们来回跑了几圈都放不高。一个小姑娘扯开嗓门喊："小满，快来帮忙呀！"

"来了来了！"

只听哗啦一声响，一道身影从礁石上跃下，蹚着水行至岸边。

这人身形修长，如墨长发用布条在后脑绾了一个圆髻，与本朝百姓的打扮相去甚远，似乎只是为了头发不沾水随意绾上的。这人的衣着也简单随意，瞧着像常服，衣摆似乎又短了点，一双纤长小腿就这么露在外面，白生生的脚丫未着鞋履，踩在冰凉的海水里竟也不怕冷。

若是让旁人看到了，定是要被人追问姓甚名谁，家住何方，为何穿得这般古怪，只有这帮小孩子不管这些，因此虞小满爱跟他们玩在一处。

虞小满感受到一阵风拂面而过，抓住时机拎着风筝线撒腿狂奔。短短数十步，鱼形风筝顺风腾跃，装饰用的飘带舒卷，不多时风筝便飞上高空。孩子们跳着拍手，爆发出阵阵欢呼。

"你拽着风筝别松手。"虞小满把绳子递给小姑娘，指挥道，"跑，逆着风跑，风筝就能越飞越高！"

孩子们呼啦啦跑远了。虞小满坐回礁石上，晃荡着两条腿，看着远处簇拥着风筝的一群小孩，弯起眼眸笑。

虞小满的瞳孔漆黑，亮得出奇，落日余晖在这双眼里映出灿烂的光。小满扬起脖子，贪婪地呼吸着海边清爽的空气，缓缓闭上双目，身体仿佛随海风飘了起来，飘往多年前那个湿润多雨的孟夏。

大海之水，朝生为潮，夕生为汐。年幼的虞小满常趁波浪起伏的时候到岸边游玩，隔着浅水看晚霞，赏新月，甩着尾鳍一游就是半天。因而，小满是同辈当中游泳技术最好的那一个。

不过纵然小满出生于大海，天生识水性，也难免马失前蹄。七年前那场深夜突发的落潮，疾风伴着暴雨忽至，上一瞬小满还在浅滩悠闲游弋，下一瞬就被忽退的海潮留在了岸边滩涂。

上弦月映在海面上，被恣意翻腾的波涛打碎，天地颠倒错乱，每一次喘息都带来剜心蚀骨般的痛，美妙的景色成了致命的凶器，虞小满险些以为自己会命丧此地。

幸得遇到了他。

虞小满用脚尖踢开一片水花，嘴角扬起，笑容更甜。

虞小满脑海中浮现身姿挺拔的少年向自己走来的画面，若不是他，自己八成就……

虞小满的回忆刚起了个头，被两个抢不到风筝的小孩打断。

“小满，你再给我们做个风筝吧！”

“要红色的，要比刚才那条鱼还要大！”

“笨蛋，红色不行啦，村长家办喜事，让大家把所有红色的布料上交呢。”

“喜事？丑姑娘要嫁人啦？”

“嘘……小点声，这话传到村长那里，看他不扒了你的皮。”

“怪不得最近我爹天天被喊去干活，兵大哥也快来了，还得给他们腾地方。”

虞小满平日里鲜少在村子里走动，闲话听了一耳朵还云里雾里，捕捉到“兵大哥”三个字，恍然回过神：“他们要来了？”

孩子们不敢下水，怕弄湿衣服回去挨爹妈训斥，其中一个站在岸边扯开嗓子道：“是啊，就这两天了。”

另一个孩子摩拳擦掌，已然忘了风筝的事：“那我得抓紧回去准备，到时候让兵大哥教我耍大刀！”

两个小孩一合计，分配任务，一个回家蒸馒头，一个回家煮鸡蛋，届时给训练的将士们送去。大家热火朝天聊了半天，刚想问小满要不要一起行动，扭头一看，礁石上空空如也，哪里还有人的影子。

虞家村上下日出而作，日落而息，酉时三刻刚过，村里唯余更夫懒散的敲梆声。

村长家灯火通明，小厮举着灯笼守在堂屋外，里头的动静大多听不清，唯有少女尖锐的嗓音时不时吓他们一激灵。

“我不嫁，我不嫁，我就是不嫁！”

屋内，发出惊天动静的少女眼眸含泪，绞紧手中的帕子才勉力不哭出声，俨然对即将到来的所谓“喜事”抵触得很。

村长显然对此局面也一筹莫展，负手来回走了几圈，在女儿面前停步，劝道：“对方好歹是一个将军，既有世袭爵位又有赫赫功勋，再说是宫里的娘娘保媒，说起来这门亲事也是咱们高攀……”

“可我听说那个陆将军相貌丑陋，孩童见了都啼哭不止。”少女将帕子拍在桌上，拧过身子，“要嫁爹自己去嫁，我才不乐意跟一个丑八怪过日子。”

“你——”

村长正欲拿出家主气势教训不懂事的女儿，一旁的夫人忽地掩面而泣，道：“我就这么一个女儿，当年说好挑一个名门世家好儿郎，现在倒好，女儿未满十八，就要被送去京城那山迢路远的北地，能不能适应还两说，结亲对象还是一个残疾……”

村长双目圆瞪：“小点声，骂陆将军残疾，你不要命了？”

“我如何骂不得？哼，一口一个陆将军，叫得好听。谁人不知，皇上没卸去他的官职，是看在他立过战功的分上？如今他残了腿，没了用处，靠那点军饷吊着，梦柳嫁过去，可不就要受苦吗？何况他还伤了脸，天家最重颜面，听闻前宰相就是因为得病破了相才被贬官，皇上怕是从今往后都不会再召见这丑——”

未说完的话语消失在村长捂住她嘴的掌心。

村长夫人寥寥几句，胆大包天，险些把朝廷上下得罪光，村长的额角突突直跳，吹胡子瞪眼：“好了好了，少说两句，我来想法子还不行吗？”

喧闹渐息，夜深了。

今日初三，月如银钩。虞小满自演武场回来，只身在空荡的泥路上闲逛，又坐在堤坝边的礁石上晃悠脚丫，许久才纵身一跃，跳进了泛着粼粼波光的海里。

虞小满身体没入海水的那一刻，松垮系着的衣衫下，修长双腿像被施了法术，幻化成流线般灵动的鱼尾，白纱般透明的尾鳍倏忽甩出一道弧线，平静的海面推开微澜，溅起的一串剔透水花转瞬消失，好似梦中奇景。

虞小满一直向下游，漂动的发丝掠过面颊，流动的海水裹着这人轻盈的身躯，红唇轻启，自喉咙深处流泻出一串婉转的旋律，这是鲛人族呼唤朋友的方式。

歌声可以在空旷阒然的海域中传很远。不多时，另一道音调略高的声音与之相和，水流哗哗作响，虞小满召唤的族人赶来了。

“你不是去报恩了吗，还回来做什么？”长着一对尖耳的女性鲛人倚在一片珊瑚礁旁，扭腰甩鳍展示曼妙身姿，面上的嫌弃显露无遗，“你快离我远些，别把地面上污秽的东西传到我身上。”

虞小满闻言，往后退了退，随手揪了一根海草往手腕上缠绕，低垂的眼眸显出失落：“他没来，今年他还是没来……璧月姐姐，我该去哪里找他？”

名唤璧月的鲛人嗤笑：“我早就告诉你，地面上的人最是薄情，你把他记在心上，人家指不定早忘了你姓甚名谁了呢。”

虞小满忙解释：“当年我还未化作人身，不会说人语，他本就不知我姓名，不记得我也是应当的。”

“所以呢？”璧月抱臂斜睨着眼前的人，“又要我帮你算算接下来该怎么办？”

虞小满背于身后的双手缓缓前伸，摊开的手掌中躺着几片泛着细腻碧光的鳞，然后小声道：“姐姐，你先前不是说想做条项链吗？这是刚摘下的，若你不嫌弃……”

璧月看清楚虞小满手里的东西，美眸圆瞪，倏地直起身子游到虞小满身后，瞧见这傻孩子整齐漂亮的靛青鱼尾上因为缺了鳞片留下的突兀伤口，细看还在渗血。璧月气得狂甩鱼尾，霎时将周围海水搅得浑浊一片。

“我看你是魔怔了，为了个地面上那个不知把你忘到哪里去的男人，鳞不要了，命也不要了？”

虞小满自是愧疚，却仍不打算放弃：“他救了我的命，若不是他，我就回不到海里。”说着，虞小满把手中的鳞片往前递了递，“我想见他，上回你算到他命中有劫，我不能眼睁睁看着他前程尽毁。我发誓，等报答了他的恩情，自会回到海里给姐姐一个交代。”

“交代？我要你给我什么交代！”璧月嘴上咕哝着，却因这番真挚的话语消了大半气。虞小满的眼睛一眨不眨地看着她，眸中蓄了一层薄薄水光，满含期盼的样子，叫她于心不忍。

璧月又狠狠甩了下鱼尾，一只手执起罗盘，腹鳍施力，向上游去。她游了一段，扭头催促道：“你愣着干吗？再不上去天就要亮了。”

经得一夜歇息，虞家村大清早就热闹非凡，村长家招仆人陪同爱女进京的消息传得尽人皆知。

村长家招的自然不是闲人，小厮和丫鬟各收两名。厅堂内外挤满了人，村长夫人亲自出马，一面勾着名册，一面凑近了端详来应聘的人，尤其是姑娘，长得不够周正的一律筛掉。

“娘……”村长家的掌上明珠虞梦柳坐在后头，拽了拽夫人的衣裙，掩唇低声道，“选个差不多的行了，当心走漏了风声。”

虞夫人扭过头，也压低声音："这事儿咱们不厚道，选个漂亮的，也算没亏待那残疾将军。"

虞梦柳听了觉得有道理，端坐回去，悄悄打量周遭的人。

此时此刻，混在人群中的虞小满全然不知道自己接下来将面临什么，只是照着璧月姐姐的指示来到村长家，然后通过层层筛选，和另外一个面容清秀的姑娘一起被留了下来。

"我叫虞桃，你可以叫我小桃。"一身粉衣的姑娘先与小满寒暄，"你叫什么名字？是咱们村的吗？从前我似乎没见过你。"

只在村子周边晃荡，跟小朋友们打过几次交道的虞小满心虚："我……我叫虞小满。"

虞桃惊道："呀，你的嗓子可真粗！"

虞小满闻言，垂下头不再开口，生怕自己的身份暴露。

虞小满自己尚且没弄清楚情况，村长家的两名女眷也稀里糊涂。

这回轮到虞梦柳拿主意，她记着方才母亲说的，选个貌美些的。她仔细比对了站在面前的两个人，冲虞小满所在的方向一指："就她吧。"

就这样，虞小满入选了。

因知道那人身在京城，自己即将前往的也是京城，虞小满这晚睡得格外香甜。只是村长家的床虞小满实在是睡不惯，虞小满在海底常以轻薄水草覆身，厚重的衾被压得人有点喘不上气。

虞小满囫囵用了早膳，没尝出什么滋味，就被拉到镜子前梳洗打扮。大户人家进京，就连下人也要衣着得体，虞小满从头至尾任由对方摆弄，胭脂点唇时，也只像一个没见过什么世面的孩子羞赧地咬了咬嘴角。

直到被裹上红底绣花的精致喜服，塞进红顶红帷的花轿，一条绲边的销金红帕自侧窗被丢进来，外头的嬷嬷让虞小满盖在头上，虞小满这才觉出不对劲。

虞小满打帘探头向外张望，前后均有列队整齐的骏马数匹，个个脖颈系红绸，而轿子只有自己正坐着的一顶。

虞小满在人群中寻到丫鬟打扮的虞桃，犹如见到救星，张口刚要问她怎么回事，就见她拼命摆手，指指自己的嘴，复又摆手，示意小满千万别出声。

虞小满被嬷嬷按回轿子里的时候还是蒙的。

虞小满依稀听到外面奏起的锣鼓声，凭着从人类话本里看来的故事，东拼西凑还原出大致场景，虞小满一字一句、满腹疑惑地念道：“新娘子？”

话音刚落，外面传来嬷嬷嘹亮而喜庆的呼声：“起轿！”

虞家村与京城距离甚远，快马加鞭都须两三日，抬轿步行所花的时间更得翻几倍。

迎亲队伍走走停停，白天赶路夜里歇息，好几回虞小满坐不住，想下轿跟大家一起步行，都被遣返轿中。

迎亲队伍里老大模样的年轻男人一身银甲，严肃道：“夫人您且坐着，累了就靠着枕头休息一会儿，指不定睁开眼就到了。”

这话听着恭敬，虞小满却琢磨出一丝嘲讽意味。

这晚在京畿的旅店歇脚时，虞小满寻得机会与虞桃说上几句话。

虞桃眼珠滴溜溜地转，确认四下无人，才凑到虞小满耳朵边小声道：“不仅虞小姐嫁得不甘心，那个什么陆将军好像也娶得不情愿呢，看来这个将军夫人可不好当。”

虞小姐指虞梦柳，陆将军指的自然是虞小满寻了数年的救命恩人了。

路上这几日，虞小满早从嬷嬷口中得知来龙去脉，其从起初的震惊变为试图扭转情况，再到暂且安分妥协，心里九转十八弯，趁乱逃跑的想法都萌生过几次。

后来虞小满再一琢磨，好不容易得来一次到他身边的机会，错过这个村就没那个店了。横竖是为了报恩，自己以什么身份接近他不打紧。

想通这层后，虞小满便安下心来，只是在听到旁人叫自己“夫人”时，仍臊得慌。

虞小满抬手摸摸发烫的脸颊，问：“那为什么还要结亲啊？”

“左右不过父母之命、媒妁之言呗，不是说是宫里的虞娘娘做的媒吗？那皇上必定知晓此事。”虞桃聪慧伶俐，光靠打听就把事情原委猜了个八九不离十，“若是不从，少不得被安上个抗旨的罪名。”

虞小满不禁吓，记起从话本里看过的“午门斩首”，哆嗦道：“会……会被砍头吗？”

“会吧。”虞桃吓唬完虞小满又安慰道，“不过你长得美，那将军就算看出你是假的，估摸着也得掂量掂量是否要戳穿。”

鲛人多容貌姣好，成天面对璧月姐姐那等绝色，虞小满早就忘了自己姿容如何。

虞小满思来想去，报恩的念头仍占了上风，便眼一闭心一横，决定不管旁的，硬着头皮冒充一回新娘子。

“不过你这粗嗓门最好捏一捏。”虞桃给一块糖再打一巴掌，“听着真是半点风情也没有。”

虞小满反复揣摩着虞桃口中的声调，清了清嗓子，细声细气道：“好咧。”

虞桃听了扑哧笑开了：“罢了罢了，我有个法子能帮你把声音捏柔软些，你跟着我唱，吴山青，越山青……”

吴山青，越山青。

两岸青山相送迎，谁知离别情？

花轿摇摇晃晃行在进京蜿蜒曲折的路上，虞小满轻声哼唱柔美婉转的曲调，望着远处落在浓稠夜幕中的连绵山影，思及离那片生养自己的海域已有数百里远，心中生出了些辞别故乡的惆怅。

春天到了，不知璧月姐姐会不会一边嫌弃人间污秽，一边偷偷游到地面赏桃花；还有那帮小屁孩，自己教了那么久，他们究竟有没有掌握放风筝的要领？

好在此去并非久别，自己报完恩便可功成身退。

虞小满又打起精神，伸长脖子朝前望去。不知是不是幻觉，虞小满好似能看见巍峨气派的城门，繁华热闹的街市，还有那救过自己的少年清俊温柔的眉眼。

天没亮透，一行人便动身赶路，抵达京城时刚过正午。

陆府位于城中东南方，迎亲队伍自南门进，不多时便来到通往陆府后门的锦花巷。

新娘子入府，竟不让走正门。

周遭静得出奇，虞小满竖起耳朵，便听得几声送亲的嬷嬷和看门仆役的吵嘴争辩。

“我们小姐好歹是陆将军的正妻，千里迢迢赶来，连个正门都不给开？”

“这是大夫人下的命令，不然你找太夫人评理去？”

…………

虞小满的心思跟着虞桃学活泛了，从这小厮一副有人撑腰的态度，便可推知，他口中的“大夫人”在这个家里有实权，而权力更大的便是“太夫人”，按辈分算，应是陆将军的奶奶。

大夫人下令，太夫人首肯，虽然陆将军不是正房夫人亲生，但这也未免太过敷衍轻视。

终是嬷嬷怕惹事，率先收声退让。虞村长花了大价钱请她送亲，无论轿子里坐着的是谁，把人送到喜床上，她的任务就完成了。

轿子在路上晃，停得还算稳当。下轿时，虞小满忘了用盖头遮脸，虞桃眼明手快，趁其挑帘出门，扬手拽了一把，顺带抢了嬷嬷的活儿，扯着嗓子喊道：“新娘子出轿了！”

无人应答。

在迎亲的那几名银甲护卫收队离开后，整个院子更显冷清，除却两个丫鬟打扮的姑娘帮着收拾行李嫁妆，府上主事的一个都没见着。

虞小满被虞桃安置在屋里唯一一张雕花木床上，不过因为有盖头，视线受阻，只能看见往来穿梭人员的几双脚，穿海棠色绣鞋的是虞桃，其余两人分别穿藕色和雪青，没有一点办喜事的样子，倒像被临时调派来的。

果然，两人干了不到一刻的活儿就匆忙拜别，说前屋有客，人手不够，大夫人让她们忙完赶紧回去。

人前脚刚走，虞桃后脚就骂开了："什么人手不够，我看她们压根儿就没打算管咱们吧？"

没外人在，虞小满掀了盖头环视四周，见门梁上挂了红绸，窗户上也贴了大红"囍"字，道："管了的呀。"

虞桃是作为陪嫁丫鬟跟来的，此刻身份还没完全扭转过来，翻着白眼道："但凡体面点的人家，纳个妾的排场都比这个大。"

虞小满听得不清不楚，心道村长没给几件像样的陪嫁物，自己也没脸要求人家隆重对待呀。

不过就算没经历过嫁娶，陆府对于这门亲事的怠慢，虞小满也不至于全无察觉，只是被即将见到恩人的喜悦冲昏了头脑，顾不上这些细枝末节。

虞小满趁虞桃被嬷嬷叫到外面说话，站起来活动活动筋骨，在屋内转悠。

这里应该就是陆戟的住处了。

当年被他所救之后，尚未化形的虞小满数度游到岸边，期盼再见到救命恩人。那时陆戟在虞家村附近习武，闲暇时来海边休憩，真让虞小满碰上几次。

彼时陆戟年少，低头望着水里游动的鱼，勾唇浅笑："你不是上回在岸上搁浅的小鱼吗？怎么，这回你是来谢我的？"

鱼形的虞小满摇头摆尾，拼命地游，似在用身体语言回答"是是是"。

少年陆戟觉得小鱼这副迫切的模样有趣，一跃而起坐在礁石上，跷起一条长腿，先是仰头望碧空，任海滨新鲜潮湿的空气盈满肺腑，再垂低视线时，眼中漾着几分笑意，玩笑般地同水里的鱼儿说："我叫陆戟，你叫什么名字？"

虞小满将思绪从回忆中拉回，开始打量这间屋子。屋里陈设简单素雅，书桌上堆放着几本古籍，底下压着的宣纸上杂乱无章地写着几排潦草的字。

虞小满化形不久，识字不多，只觉得这字张狂犀利，和当年意气风发、飒爽张扬的陆戟一样。

当时虞小满有口说不得，情意无处表，现下虞小满身处陆戟的卧房，想到今晚就能见到他，忽然有些紧张。

虞小满生怕自己毛手毛脚弄乱陆戟的东西，乖乖回到床边坐下，小心翼翼地将销金红帕子盖回头上，遮住因为期待浮起红晕的脸庞。

虞小满一等就是好几个时辰。

日头偏西，虞桃敲门而入。嬷嬷先前交代过，说丫鬟总待在主子房里不合规矩，虞桃只好隔段时间敲下门，问虞小满饿不饿。

“不饿。”虞小满第五次回答，然后坐直身体，问，“陆……我说将军，他来了吗？”

虞桃扭头往前院张望：“没呢，刚才那位云萝姑娘路过，说前头摆了几桌，正喝酒呢，将军一时半会儿估计过不来。”

虞小满霎时松了肩膀，放松的同时又有些失落，轻轻“嗯”了一声。

掌灯时分，周遭更静了。虞桃怕黑，倚在门边同虞小满有一搭没一搭地说话，说自己家里务农，若不是长兄缺钱娶媳妇，也不会把她送到村长家，又说虞家村虽然地方小，不过依山傍海，空气新鲜，天气也比这地处北方的京城暖和许多。

虞桃刚刚勾起虞小满对海底的思念，又换了话头：“哎，你在虞家村的时候有没有相好的啊？”

本朝民风开放，海底的鲛人族亦受其影响，可虞小满听了这话，还是无端地羞臊：“没……没有啊。”

“那等会儿陆将——”虞桃拍了下自己的嘴，根据府上规矩改口道，“等下大少爷来了，你打算怎么伺候？”

虞小满忖度片刻，说：“给他打水擦脸，宽衣洗脚？”

虞桃扑哧笑出声：“你是少奶奶，哪用得着干这些。”

“那我该干些什么？”虞小满没了主意。

“我也不晓得，嬷嬷走前没说。”还是一个黄花大闺女的虞桃也跟着苦恼，“不过听说那陆……大少爷早过了弱冠之年，他该是清楚的吧。”

虞小满掰着手指算了算，按照人间年岁，陆戟已经二十有二，娶亲虽晚，但这种事他也是头一遭经历，说不定也无甚经验呢？

这边虞小满兀自着急，那边虞桃望月叹息：“都说人生两大乐事，洞房花烛夜，金榜题名时，这洞房花烛到底有多快活啊……”

快不快活虞小满不知道，现下只知道等待这件事有多难熬。

虞小满虽等了七个年头，可眼下这一夜仿佛竟比那七年还要漫长。虞小满坐得腰僵腿麻，恨不得找一条河，回水里泡一泡。

月上中天，困倦席卷，虞桃熬不住回房睡下了。

没人聊天，虞小满渐渐也意识模糊了，身子歪斜，脑袋抵着木头立柱，面朝窗外挂着灯笼的方向，沉重的眼皮缓缓合上。

陆戟推开门，目之所及便是一身火红嫁衣的新娘坐在床边打盹的景象。

他只看一眼便移开视线。屋前建有坡道，方便四轮车滑行，他手扶门框，肩臂施力一抻，连人带车进入室内。

屋内看不见一张椅子，桌子也都改为合适的高度。昨日陆戟心烦气躁时随手写的字还丢在桌面上，边上白日里摆的果盘也未动过。陆戟将自己屋里的陈设扫视一番，面容沉静，不露喜怒。

他是来取东西的。

今日的喜事，于他来说甚是荒唐，他本不欲参加筵席，一早就起身打算出门，临到门口被太夫人挡了路，她指着祠堂方向质问：“婉儿最大的愿望就是看到你成家立业，眼下你伤了腿，业是立不成了，妻也不愿娶，难道你想让她在地下不得安生？”

婉儿是陆戟亲生母亲的闺名。

那场意外后，去世的母亲成了唯一能牵动陆戟情绪的存在，因而他再三咬牙，终于没避开这场做给外人看的戏。

方才在前院，几个喝得醉醺醺的官家子弟语带调笑说要闹洞房，还要瞧瞧新娘子漂不漂亮。

不知哪个插了一嘴，说这个新娘子是乡下渔村来的，身上怕是还沾着腥味。话音未落，满堂哄笑，唯有端坐其中的陆戟眉眼淡漠，如死水般波澜不起。

若是放在三年前，此等言语必定激得他怒发冲冠，拔剑相向。

思及此，陆戟扯动嘴角，似在自嘲。

三年前，谁人敢在他面前如此造次？

这番假设根本毫无意义。

虞小满是在听到动静的时候醒的。

木轮转动碾压地面的声音，剑鞘触碰墙面的轻响，鲛人虽然饥困交加，可感官依旧敏锐，虞小满腾地站起来，警惕道："谁？"

虞小满睁大眼睛瞪了半晌，才记起自己还盖着红盖头。虞小满抬手胡乱地撩起流苏，眼皮一抬就撞上一双冷冽的眸子。

两人的对视以虞小满放下盖头终结。虞小满一屁股坐回床上，按住胸口，一开口，声音都在抖："陆……大少爷？"

试探性的问句久未得到回应，虞小满听着木轮滚向门口的声音，急得差点再次坏规矩自己把盖头掀了。

我还没看清陆戟的脸呢！

像是听见虞小满的心声，四轮车停在门口，对话声响起，另一人听着像迎亲队伍里那个凶巴巴的银甲护卫。

"老爷吩咐了，仪式须得做足，以免落人口实。"

"还要我做什么？"

"至少挑了盖头，喝过合卺酒。"

门口的人似在犹豫，不过还是转过身，车不疾不徐地往床边行来。

视野有限，虞小满只看见一双置于四轮车木质踏板上的脚和一段衣袍下摆。普通的皂靴，鸦青色常服，与虞小满的盛装打扮比起来，陆戟的穿着朴素得不像一个新郎官。

正想着，眼前乍现的亮光令虞小满猛然一怔，等回过神来，就瞧见一只骨节分明的手捏着一柄系了红花的秤杆，虞小满这才知道，在脑袋上捂了几天的红盖头总算被挑开了。

紧接着便是“当啷”一声钝响，虞小满心头跟着一跳，只见那秤杆被随手扔在一旁。不知何时进门的丫鬟云萝捧上托盘，里头并排放着两杯酒。

陆戟率先执起一杯酒，抬臂举高，无声地指示下一步行动。虞小满忙拿起另一杯酒，胳膊相绕时，两人的距离猛然拉近，无须刻意寻找便能将对方的面孔一览无余。

虞小满还是一条鱼的时候，就知道陆戟长得好。那英挺的眉目，虞小满曾在梦里细细勾勒，用手指在滩涂上寸寸描摹。所以，从嬷嬷口中听闻虞梦柳不肯嫁的原因是“陆将军又老又丑”，虞小满当时便觉得好笑。

可七年时光于鲛人来说，是生命中很短暂的一部分，于人类来说，则足以发生天翻地覆的变化。

譬如虞小满通过眉眼隐约能看出眼前人便是当年的少年，而棱角锋利的轮廓、赛雪欺霜的面孔以及凝结于眸底的孤冷沧桑，这些都在告诉虞小满，他变了，与从前不一样了。

陆戟仰头，喉结一滚，将杯中酒全部饮下。他甚至没耐心等虞小满把酒喝完，就自顾自抽回手臂，把空酒杯放回托盘里，扶着矮几转动四轮车，转身便走。

虞小满匆忙抿了口酒，被呛得咳嗽也顾不上，急道：“你去哪儿？”

陆戟不答。

“你不记得我了吗，我是——”

这回陆戟给了反应，却是打断虞小满期盼已久的互通姓名。

“这间房以后归你。”陆戟没有回头，声音里透着拒人于千里之外的冷漠，“明日你随我去前院奉茶，之后你在府上便可自由了。”

虞小满听不懂，也不想要什么自由，只想报恩，想让陆戟变回从前潇洒恣意的模样。

可陆戟已然丧失耐心，将取到的佩剑挂于四轮车的左手边后，便在门口护卫的帮助下出门了。

着深色素衣的身影进入夜色，宽阔平整的肩和挺直如松的背脊令人不禁想象，假若他能站起来该多么高大挺拔。

而如今，原本在沙场上纵马驰骋、挥斥方遒的他，只能坐在这张狭小的木椅上，移动都要借助他人的力量。

虞小满抬手摸了摸隐隐抽痛的心口，有些迷茫地看着贴着大红“囍”字的门扉在眼前合上，未出口的话哽在喉间，须臾便消失了。

虞小满吹熄蜡烛，和衣躺在铺了鸳鸯被的喜床上，然后侧过身，从怀里摸出一块叠成四方的锦缎。

此物名为鲛绡，质地薄如蝉翼，触手绵软细腻，在黑暗中发出莹莹微光，是虞小满花费不少精力收集材料编织而成的。

今日，虞小满瞧着陆戟的身形比预想中高不少，想着得重新做一条才好。

半梦半醒间，少年陆戟神采飞扬的笑容与方才见到的冷峻面孔重叠，虞小满抱紧怀里珍贵的礼物，唇瓣微启，将在心中练习许多遍的话念了出来：“我叫虞小满。”——姓随了虞家村，他们都姓虞，名来自节气，是七年前你救我的那天。

都说春宵一刻值千金，虞小满醒来后非但没收获金子，还冻得手脚发僵，转个身险些滚到床下去。

虞小满寻思着洞房花烛夜也没发生什么，起身后便把感想说给虞桃听。虞桃反应夸张，握着小满的头发一篦子戳下去，虞小满天灵盖都被戳疼了。

“昨晚就你一个人？大少爷没在？”

“他来过，拿东西。”

“就拿东西？”

虞小满想了想：“他还挑了盖头，喝了酒。”

“然后呢？”

“然后他就走了。”

“完了完了。”虞桃愁得直拍脑门，“新婚头天就分房睡，以后可怎么办哟。”

虞小满问为什么不能分房睡，虞桃也说不出个所以然，只道：“就影响感情呗！我爹回家晚了，我娘都着急，更别说外宿了……夫妻哪有分开睡的道理啊。”

虽然虞小满不太懂其中奥妙，但也跟着瞎着急起来。

送亲的嬷嬷圆满完成任务，收拾行李打道回府，走前又絮絮叨叨叮嘱虞小满，说的无非是“好好表现”“别给虞家村丢脸，回头有你好处拿”那些话。

嬷嬷上了年纪，懂的事情比虞桃多，虞小满刚要问她有关分房睡的事，外头就有人叩门。

“时间差不多了，还请少奶奶麻利些。”

是昨天来屋里帮忙的名叫云萝的丫鬟，语气听着算不上恭敬，甚至有些不耐烦。她成功地把嬷嬷昨天据理力争，最后还是走了偏门的窝囊气给勾了上来。

昨天陆戟没在屋里留宿的事嬷嬷也听说了，她清了清嗓子，摆足姿态朝门口道：“烦请新姑爷先进来，咱们这儿还有个习俗，要您搭把手呢。”

虞小满下意识屏住呼吸，扭头往门口方向看。虞小满本以为陆戟会拒绝，或像昨晚那样转身离去。没承想，不多时，木门嘎吱一声被人从外面推开，坐在四轮车上的陆戟被云萝推了进来。

今日他换了身衣裳，不过依旧简单素净，虞小满曾在街上见到过的时下贵族公卿喜爱的发冠、抹额之类的装饰，他身上一概没有，只简单地束了发，几绺乌发垂落耳边，为他锋利冷峻的面容平添几分柔和。

他冷冷开口："何事？"

嬷嬷既然敢把他叫进来，必定留有后招。

只见她从发着愣的虞桃手里抽过檀木梳，上前两步塞到陆戟手里："虽说咱们那儿只是个村，可那儿成亲的规矩比京城这边的，也少不到哪儿去。昨儿大家忙没顾上，听说新姑爷还没给咱们小姐梳头呢？"

她说着冲虞桃使了个眼色，虞桃立刻点头如捣蒜。她满意地扭身过来："旁的省了也就罢了，这新婚次日新郎为新娘梳头可是老祖宗传下来的规矩，若是不亲眼见了，老仆真不晓得该怎么回去向里长交代。"

姜还是老的辣，嬷嬷这番话说得圆融妥帖，既道出了对被怠慢的不满，又给陆府找了台阶下，顺带为新娘子在夫家立了威风，可谓一举三得，虞桃听了都想鼓掌。

虞小满却更局促了。

陆戟抿着唇，眉宇微蹙，看上去心情不佳，显然对这门婚事也多有抵触。虞小满听说将士在战场上杀人不眨眼，万一把他惹怒，他一气之下拔剑砍人……

虞小满的心吊在嗓子眼，瞪圆眼睛紧盯四轮车上挂着的剑，听见木轱辘声时，惊得差点跳起来。

谁料，陆戟绕至虞小满身后，一只手托起小满那垂于脑后的发，另一只手执梳，木齿插入青丝，缓缓向下梳。

嬷嬷见新姑爷还算明事理，心满意足地说起了吉祥话："一梳梳到尾——"

虞小满不由得挺直后背，坐得像一个在学堂里听夫子讲课的学生。虞小满虽然看不见陆戟的脸，但能感觉到陆戟的动作很轻很温柔，生怕弄疼人似的。

也可能是因为陆戟以前从未给其他人梳过头，就像虞小满的头发也是第一次被别人碰一样。

虞小满这么想着，更是手足无措。恰逢嬷嬷念到"二梳白发齐眉"，虞小满的手指揪紧衣裳下摆，连呼吸都刻意收敛，脸却不听话地发烫，红晕悄悄爬上耳尖。

虞桃眼尖，起哄道："新娘子害羞咯。"

虞小满想反驳，一扭头对上陆戟轻握着自己头发的手，指骨修长而分明，虎口覆着因长期持刀剑产生的茧，无端令虞小满心跳更快，在心口敲打出密集的鼓点。

虞小满只好"嗖"地转回身，梗着脖子正襟危坐，再不敢轻举妄动。

陆府正中设有堂屋，两人到的时候，里头几乎满座。

坐主位的是陆家老太太，也就是陆戟的奶奶、大家口中的太夫人。原以为她会是一位严肃的老人，没承想虞小满奉茶上前时，老太太不仅喝了茶，还拉着孙媳妇的手夸赞生得好，笑得慈眉善目。恍惚间，虞小满以为见到了菩萨。

换个人就没这么好糊弄了。

大夫人冯曼莹四十上下，因保养得当看着就三十来岁。华服裹身，珠钗满头，整间屋子里的光大抵都聚在她身上了，与一旁肃穆寡言的陆戟，瞧着就不像母子。

早在几年前，虞小满就托壁月姐姐帮忙算过，陆戟的亲生母亲在他十七岁那年得了急病撒手人寰，眼下这位大夫人曾是陆老爷的妾，后来才成了正妻。

难怪两人从穿着喜好到举手投足，无一点相似之处，虞小满心想。

偏生冯曼莹还要摆婆母架子，让虞小满举着茶盏半天才接过去，慢悠悠地呷了一口，掀起眼皮上下打量一番，道："脸蛋儿算出挑，就是不知道这身段好不好生养。"

虞小满还没来得及领悟"生养"的含义，耳边忽然传来几声窃笑，站着的几位平辈和坐着的三两长辈互相使着眼色，一会儿看虞小满一会儿瞄陆戟，神色充满戏谑。

陆老太爷虽已仙逝，但陆家尚未分家，仍是热热闹闹的三代同堂。待虞小满从这笑声中琢磨出点头绪，方才介绍家人时被陆戟唤作叔母的二房夫人甩着帕子插嘴道：“莹姐姐何故心忧这事？说亲的时候不是都商量过了嘛，娶妻娶贤，旁的不要紧，重要的是会照顾人。”

立在冯曼莹身旁的年轻男子也道：“大哥这情况，生活自理尚且困难，娘你就别想那些个开枝散叶、延续香火的事了。”

饶是虞小满再迟钝，也能听出这明摆着的奚落。令人惊异的是这家人对陆戟的态度，陆戟在战场重伤腿残已经深受打击，回到家里竟还要承受此等侮辱。

虞小满朝陆戟那边看了一眼，见他神情木然地坐在那里，仿佛什么都没入耳，心中刚升起的愤怒立时化为丝丝缕缕的疼。

虞小满暗下决心，定要让陆戟的腿好起来，无论用什么方法。

我的恩人，谁都别想欺负！

陆老爷不在府上，晨间敬茶礼大家早早地散了。

按习俗，新媳妇进门，婆母要单独交代几句，顺带敲打一番，树立威信，然冯曼莹头回当人婆母，明嘲暗讽的话也说够了，随便讲了几句在府上要守规矩之类的话，就按着额角说乏了，让虞小满自便。

虞小满如蒙大赦，扭头就跑。

陆戟刚离开不久，赶着点兴许能追上，虞小满不由得加快步伐，眼看跨过院门就到外头，在拐角处冷不丁撞上一个人。

这人姿态悠闲，像特意在这里等着谁，看清是虞小满便道：“大嫂急匆匆的，是要往哪里去？”

他不喊这声大嫂还好，虞小满着急赶路不稀罕理他，他喊了，虞小满抬头一看，可不就是方才帮腔挖苦陆戟的坏家伙。

虞小满想着他是冯曼莹亲生的，陆戟平日里八成也受他欺负，怒从心头起，后槽牙也跟着咬紧。

被虞小满用一双圆溜溜的眼睛瞪着，陆钺不慌不忙，笑盈盈道：“方才我在屋里就想同大嫂说话，一直没寻着机会。大嫂初到府上可还适应？要不要我带你四处转转，认认路？”

“不用，我认得路。”

虞小满瞪够了，绕开陆钺要走，被一条伸平的胳膊拦住去路。

“别着急走啊。”陆钺笑得越发玩味，露骨的视线在虞小满的脸上转悠几圈，“先前是谁说虞家小姐脸宽如盘、眼小如豆来着？今日一见，传言也不可尽信嘛。”

虞小满心头一跳，以为调包的事露馅了，转念一想，虞家村山高水远，村长安排妥帖谨慎，送亲迎亲的除了虞桃和嬷嬷，无人知晓此事，连自己都是走到半道才得知原委，京城这边的人能去哪儿打听到？

果不其然，陆钺另有所图，仗着路窄虞小满躲不开，凑近调戏道：“大哥真是好福气，瘫了还能娶到这么个如花似玉的媳妇儿。”

他话音落下，且听“嗖”的一声，似有疾风掠过。他愣了一下，四处打量什么都没瞧见，才又放心地转回来面向虞小满，接着说：“横竖我大哥不能人道，也不懂得欣赏，以后不如跟着我……”

这回他的话没来得及说完，车轮碾压石板路的声音由远及近，陆戟自道路尽头的竹林拐角处出来。见了两人，他的表情丝毫不震惊，像早知道会在此处相遇一般。

虞小满借机侧身退开。

好事被打断，陆钺扫兴道：“大哥你不是吧，故意躲那儿偷听？”

他以为刚才的动静也是陆戟弄出来的，陆戟不反驳，示意身后的云萝上前，而后对虞小满说：“以后云萝在你身边，有事吩咐她。”

虞小满悄悄把手背到身后，眼神躲闪地点了点头。

陆钺是有些畏惧这位曾在沙场上杀伐果决的大哥的，尤其是在没有掌权的母亲在旁撑腰的情况下。

陆钺见他指派完婢女就抿唇不语，又偷瞄一眼他随身携带的佩剑，接着不动声色地往后退了一步：“我一大早急忙赶过来，还没顾上练武，大哥大嫂且慢慢聊，我先行一步。”说着便沿来时的路后退，半步没到，脚底一滑，猛地仰倒，摔了个四脚朝天。

那边陆钺还在嗷嗷叫唤，骂骂咧咧地怪石板太滑，这边虞小满一路小跑到陆戟跟前：“回去吗？我和你一起。”

陆戟依旧不答话，算作默认。

他在转身的瞬间视线下移，捕捉到被虞小满背在身后，还没来得及收进袖口的一抹草绿。

早饭与上朝回来的陆家老爷一起吃，在陆戟的院子里。

年逾半百的陆老爷身穿官服，腰缠革带，自有一种不怒自威的气势。

席间大家倒没说什么话，虞小满用不惯人类食物，咬了两个菜包子就当饱了，放下筷子的时候听见陆老爷道：“既已娶妻，今后你就是这院子的当家，凡事都要记着，你不是一个人，切忌浮躁莽撞。”

陆戟低声应道：“儿子明白。”

一顿饭，就当见过儿媳了。那句训诫大约是走个过场，因为散席后不过洗个手的工夫，陆戟就不见了。

虞桃拿了布巾来给虞小满擦手：“不愧是用四个轮子的，跑得真快。”

虞小满又跃跃欲试地想追出去，虞桃却抓着不放：“嬷嬷说了，新婚头几天不准到处跑，安分地待在屋里学规矩。”

因着正式成为陆府的下人，虞桃更名为桃红，和云萝一起伺候新少奶奶。

云萝在院外候着，多数时候见不着人，虞小满和虞桃在屋里便不分主仆，还跟从前那般相处。

两个异乡人在陌生的地方相依为伴，成为无话不说的朋友是迟早的事。

用过午膳，两人捧着肚皮在屋檐下晒太阳，虞桃见虞小满满面愁容，道：“怎么了，我的少奶奶？先前我们以为陆将军生得青面獠牙，叹叹气也就罢了，现下见到本尊，他这相貌走大街上都有姑娘扔花儿吧？腿是不顶用，但他又不要你伺候，你愁个啥？”

虞小满又叹了一口气，望着头顶的瓦檐，摇着脑袋道：“你还小，不懂。”

作为一条鱼活了十七年，又半人半鱼地活了不到半年的虞小满，嘴上说别人不懂，实则自己也不明白。

夜里，门窗紧闭，虞小满脱了鞋把脚放盆里，一面变回鱼尾享受来之不易的轻松，一面继续琢磨接下来该怎么办。

从前有璧月姐姐指点迷津，现下自己揣着秘密，不能同其他人商量，只好自己想法子。

加上陆戟冷酷的脾性，为行动再添阻碍，虞小满放开胆子想，不如一不做二不休，跑到陆戟睡觉的书房，直言不讳地告诉他，自己是来报恩的，让他有想要的东西尽管提，但凡自己能办到，上刀山下火海也在所不辞。

想象的画面颇有武林传奇的味道，虞小满乐呵呵地拍着水，摇头晃脑哼起小曲儿。

虞小满刚哼两句，门被敲响了。

虞小满瞧着映在门上的坐姿人影，猜测是陆戟。

虞小满大惊，念着谁，谁就送上门来，自己这是要羽化成仙了？

虞小满忙收了鱼尾，化作双腿，趿上鞋跌跌撞撞跑去开门。

陆戟是独自一人来的。门开后，他见虞小满扶着门框喘气，视线回归原位时自然往下，一双半露在鞋外、湿漉漉的脚落入眼帘，他先是一愣，而后别开视线刻意不去看，沉声道：“打扰了。”

虞小满浑然没察觉哪里不对，心想这是你家有什么打扰的，直截了当地问：“你要进来睡吗？”

沉默少顷，陆戟道：“方才父亲去了趟书房，我……”

“长辈查房，我懂。”虞小满看出他为难，干脆接了话，“这屋挺大的，够我们俩住。”

说着就抬脚向门外走，打算把陆戟推进屋。

虞小满心急，侧身时下盘没稳住，本就没穿好的鞋离了脚，身子陡然歪斜，双膝一软，摔坐在陆戟怀里。

这猝不及防的一下直接把虞小满摔蒙了，待虞小满意识到屁股下面垫着的是人腿，才猛地扭头，对上陆戟灼灼的目光。

许是被新娘的热情大胆惊到，陆戟面容僵硬，有些不自在地仰身撤后，却因四轮车的椅背退无可退。

两人靠得这么近，比昨晚喝合卺酒时还要近一点，近到虞小满能听见陆戟的呼吸声，还能嗅到他身上沾了书房熏香的好闻气味。

虞小满能感觉到，陆戟自然也能。

坐在他身上的人身形纤细，脖颈修长，许是洗脸后没擦干净，些微湿气覆在莹润透红的面颊上。这人扭过头时，一绺湿发自肩窝垂下，刚好贴着他的胸口擦过。

晨间，他触碰过这头青丝，带着皂角的气息，馨香又柔软。

两道呼吸交错缠绕，陆戟下意识屏气敛息，无处可落的视线与那双乌黑透亮的眸相撞，发现里头除却几分惊慌，竟寻不到其他人望向他的眼神中，必定带有的怜悯或戏谑。

这个自东海渔村来的姑娘甚至不惧怕他，反而眨了下眼睛，红着脸问：“我是不是把你坐疼了？”

陆戟本不欲作答，见虞小满一副听不到答案就不挪屁股的架势，到底是说了：“不疼。”停顿片刻后补充，“我的腿没有知觉。”

虞小满又眨了眨眼睛，从惊讶不解到顿悟了然，再到眼神黯淡下去，瞬息万变，比自己站起来的速度要快得多。

虞小满把陆戟请进屋里，才后知后觉害起臊来，先是把洗脚水端出去倒了，又把下午没吃完的半个苹果收好，接着跑到床边铺平被褥，最后转过来面向陆戟，理所当然地问：“现在就睡吗？”

经得方才在门口的“投怀送抱”，陆戟镇定不少，随手翻开桌上的一本书，眼也不抬：“你睡吧，我不困。”

虞小满也不怎么困，弯腰把鞋穿好，又把没吃完的半个苹果拿出来啃，坐在床边，咬一口苹果往书桌方向偷瞟一眼。

起先陆戟察觉到被人盯着，在一次扭头时把虞小满逮个正着。虞小满也不慌，举起苹果问他要不要吃，他拒绝了，转回头去继续看书。

大约是看书看进去了，后来虞小满再怎么明目张胆地瞅陆戟，陆戟都没给反应。

他看书时很专心，坐姿端正，嘴角紧抿，在摇曳的烛光中，立体的五官在脸上投下一片阴影。虞小满捧着腮歪靠在床边，看着看着就痴了。

三更天，外头阒无动静，两人想着陆老爷总不至于这么晚还爬起来查房，俱是放松警惕，一个坐在床边，一个伏于案前，悄然打起瞌睡。

其间，虞小满因为脑袋猛点惊醒，满床摸了半天没摸到水草，睁开眼看见头顶的房梁，才想起自己身在何处。

床上除了两只枕头空空如也，被褥也没有动过的痕迹。虞小满揉着眼睛抬头看，陆戟还趴在桌上，面前摊着书，姿势都没换。

虞小满唯恐他这么睡不舒服，想把他弄到床上，又怕把他吵醒，思来想去，把被子抱过去，轻轻给他盖上。

棉被厚重，陆戟在睡梦中动了下身体，好不容易盖上的被子差点掉地上。虞小满便想了个法子，拖了矮凳在他边上坐下，攥着被角不让被子往下滑。

璧月姐姐说人类脆弱得很，沾点凉水都会伤风着凉。种族有别，虞小满虽没尝过伤风的滋味，但既然是疾病，想来定不怎么好受。

为了不让陆戟生病，虞小满打起精神，双手使劲攥住被角。

原本虞小满的目光落在陆戟脸上，离这么近，越瞧越不好意思，脸又烧起来，虞小满只好垂低眼帘，改盯他的腿。

果然没那么刺激了，虞小满连打几个哈欠之后，终于困得顶不住，握着被角睡了过去。

次日一早，陆戟悠悠转醒。

在书房睡了一阵，又坐着睡了一晚，陆戟感觉脊骨隐隐作痛，皱着眉撑起脑袋，刚动了下脖颈，便发现身上盖着的厚重棉被，还有腿上趴着的人。

许是昨夜休息太晚，虞小满这会儿睡得很沉，弯腰弓背，大半个身子都歪在陆戟身上，侧脸贴着他的大腿，两只手别扭地蜷着，紧紧握着一边被角。

虞小满的姿势颇有难度，若不是坐着的凳子矮，趴下有个高低差，陆戟都怕这人闪了腰。

陆戟静坐了一阵，见趴在腿上的人并没有要醒的意思，便隔着袖口布料握住虞小满的左边手腕，试图把被子抽出来。谁知虞小满睡着还不忘使劲，被子纹丝不动，陆戟一时陷入两难。

到底不习惯坐以待毙，经过观察考量，陆戟从另一头慢慢把被子从身上扯开，搭在四轮车椅背上。

陆戟将将直起腰，扶着虞小满的肩打算把人搬到桌上趴着，睡得很香的人忽地睁开眼睛，迷瞪瞪地与陆戟对视了一会儿，而后惊道："被子呢？"

云萝推门进来，就看到两人围坐在桌边挤作一团。陆戟双手搭在虞小满肩上，虞小满不遗余力地把被子往陆戟身上盖，头发和衣着都有些凌乱，像极了小夫妻调情打闹。

云萝唤了一声"大少爷"，便整理床铺去了，经过虞小满身边时甚至没看这位少奶奶一眼。

虞小满正在学规矩，以为自己哪里做错了，主动把被子抱回床上，笑嘻嘻地跟云萝道早上好。云萝还是冷着脸不搭理。

打水洗脸的时候，虞小满想着陆戟行动不便，打算先给他洗，谁知走到半道上，盆被云萝夺了过去。见她娴熟地浸了面巾挤干递给他，虞小满讪讪地摸了摸鼻子，拿了另一个盆去外头。

院子里有一口井，虞小满打了半桶水上来，拿起放在边上的皂荚搓脸，闭着眼犹自想，大户人家真是麻烦，在虞家村见过的平常人家，明明都是娘子给夫君洗脸的嘛。

毕竟云萝是在陆戟身边伺候了好几年的人，即便现在分给了虞小满，这人终归也没底气使唤，更没胆质疑云萝的做法。

虞小满也不是没察觉到云萝的敌意，但虞小满想破脑袋也不知道自己做错了什么，惹得这位姐姐一见自己就冷脸。

姑娘家的心思不好猜，小伙子的还算容易，比方说陆戟身边的护卫，那个迎亲时领队的名叫段衡的，虞小满到府上没几天，就把他瞧不上自己的原因弄清楚了。

据虞桃打听，陆家与虞家说亲的时候，全按照京城这边王公贵族通婚的规格下的聘礼，而虞村长大约觉得横竖嫁的也不是亲女儿，嫁妆上敷衍了事，缺斤少两，派去迎亲的段衡头知道此事，可不得瞧不起这小门小户的所作所为？

虞小满听完觉得冤枉，自己哪里知道虞村长这么小气，不肯嫁自己的女儿也就罢了，收下人家那么重的聘礼，竟连嫁妆都舍不得备齐。

因此，这位替嫁的少奶奶在陆家待着更没底气了，被叫去大夫人那儿喝茶，腰板都挺不直，每次都坐角落里，心里阿弥陀佛地盼着没人瞧见自己。

可虞小满是府上的新人，是陆戟明媒正娶的大少奶奶，别说上头的两位夫人爱点这位新妇的名，陆府来个串门的亲戚也总爱把人叫出来见一见。

“梦柳，梦柳去哪儿了？”

今儿个又被太夫人点名了，虞小满愣了半天，才反应过来自己如今顶了虞梦柳的名，腾地站起来：“我在……在这儿。”

来的是大夫人冯曼莹娘家的亲戚，带了一个刚及笄的姑娘，虽未明说，不过都知道是来给陆家相看的，多半想许给陆钺。

冯曼莹如今是陆府后宅当家主母，身份今非昔比，待自家亲戚都不怎么爱拿正眼瞧，懒懒地歪在官帽椅上，介绍新媳妇也懒于多费口舌：“这是刚过门的，娘家姓虞。”

冯家来的梳凤尾髻的妇人不知缘由，忙拉着带来的姑娘同虞小满攀关系：“你快叫大嫂，以后指不定就是一家人了。”

按规矩，长辈初次见小辈该给见面礼，首饰银钱什么的都作数。然而虞小满没带什么嫁妆来，平日里也不喜打扮，就洗把脸再束个发，眼下摸遍全身上下，只摸出随身携带的一把贝壳。

说起来贝壳是鲛人族的货币，虞小满稀罕得紧，在心里不断用旧的不去新的不来说服自己，才勉为其难摊开手掌，老不情愿地说：“你挑几个喜欢的拿去吧。”

若是知道把最宝贝的东西拿出来反而招致责骂，虞小满当时定然装傻到底，就说来得匆忙没顾上带。

送走亲戚，冯曼莹叫虞小满留下，自己回屋休息去了。

虞小满在堂屋一站就是一个多时辰，好不容易等到婆婆赏脸出来，不知是犯起床气还是怎么的，冯曼莹指着虞小满就挑剔上了：“你怎么还杵在这儿？”

站得腰酸腿疼的虞小满道：“不是您让我留下的吗？”

等的就是虞小满这句，一边伺候冯曼莹的申嬷嬷立刻出声教训道：“你怎么跟大夫人说话的？”

冯曼莹嗤笑一声：“东西拿不出手也就罢了，规矩也学不会，小门小户出来的果然上不得台面。”

虞小满想着大夫人到底是陆戟的继母，开罪了她，陆戟在府上的日子也不好过，便再三忍耐，被冯曼莹挑刺也都左耳进右耳出，没有放在心上。

然若奚落到陆戟头上，虞小满就忍不了了。

“先前我寻思着你从乡下来，多半不会挑三拣四。”冯曼莹捧了杯茶，慢条斯理地边喝边说，“如今想来，你这相貌在你们村，也算得上数一数二，至少能攀个土财主过舒坦日子。启之性子冷僻古怪，倒是为难你了。”

启之是陆戟的表字，虞小满今日才从大家的谈论中得知。不过此刻，虞小满的关注点全然放在了“性子冷僻古怪”上，心里噌地冒火，半藏在袖子里的手不由得捏紧。

“听说他这些日子多在书房睡，不怎么往你屋里去？”说到这儿，冯曼莹想起什么似的掩唇轻笑，“也是，他去你屋里也没用，瞧我这记性，白日里见他出门去了，一时忘了他腿残，比不得寻常男子。”

虞小满狠狠吸了口气，压着火道：“大少爷好着呢，比寻常男子都要威风厉害。”

这话自然指的是曾经战场上的威风厉害，不知冯曼莹听成了什么，有些难以置信的样子，盯着虞小满上上下下打量了好几圈。

半晌，冯曼莹又捧起茶掩饰般地喝了一口，道：“既然你们小夫妻还算和睦，那启之今晚要进宫赴宴，怎的没带你一起？”

虞小满没听说这事，正思量着该怎么回，门口忽然传来动静。

虞小满扭头看去，坐在四轮车上的陆戟由段衡推至门槛边，却没有进来的意思。

“想必母亲训斥得差不多了。”陆戟仍是那张沉静无波的脸，声音听不出情绪，“外头马车等候许久，可否先把梦柳交还于我？”

等坐到马车上，怎么瞧这车里的空间都不像给两个人坐的，虞小满结合方才出门前虞桃的挤眉弄眼，再一琢磨，登时明白过来。

“抱歉，小桃她总爱自作主张。”虞小满扭着屁股往角落挪，生怕挤着陆戟，“不然把我放这儿吧，你进你的宫，我自己回去。”

陆戟道：“无妨，圣上邀的本就是你我二人。”沉吟片刻，又说，“该道歉的是我。”

虞小满听不得他这样说，忙道：“是我不对，我不该顶撞婆母，也不该拿贝壳这么寒碜的东西送人。”

贝壳的事陆戟从云萝那里略有耳闻，见虞小满垂低脑袋，满脸沮丧，嘴唇动了动，到嘴边的话终是拐个弯咽了回去，换成别的："头发散了。"

难得跟陆戟对上话，无论他说什么，虞小满都一惊一乍犹如听到圣旨。虞小满四下寻找一番，正愁不记得把发带落哪儿了，就听见陆戟说："转过身去。"

虞小满收到指令，乖乖转身，披散的头发被一只手托起，另一边腕上缠着的水草被抽走的时候，这才猛然想起，方才在堂屋里因为没摸到称手"兵器"，拆了用来束发的水草打算给冯曼莹一个教训，竟被陆戟发现了。

说不定上回绊倒陆钺的时候，他就已经瞧出端倪。

"你不必为我在人前争脸面，"身后的陆戟低声道，"更不必为我出头。"

虞小满还处在震惊中，喃喃问："为什么？"

良久，陆戟回答："不值得。"

虞小满怔了怔，眼中的迷茫只停留一瞬，忽地云散雾开，变得清明。

原来陆戟的不在意只是因为无甚必要，他早把自己与周遭人区分开来，根本不在乎他们如何看待自己。

可即便他早习惯了冷漠以对，虞小满仍能从他的言行举动中寻到与从前一般无二的坦荡赤诚。

譬如那天陆戟进屋时刻意回避的视线，还有自己摔倒时虚虚圈在自己身侧、不碰分毫的手，以及眼下束发刻意放轻的动作……这一切，皆是他怕唐突了自己。

因为嫁给一个腿不能行的残废已经让新娘受了莫大的委屈，因为成亲当日就许下了给新娘自由的承诺。

虞小满心里发暖，眼眶也热得厉害，闷声说了句什么，陆戟没听清。

陆戟正欲询问，虞小满突然扭过头来，黑亮的眼睛直直地看着他："你值得。"

一时没弄明白的陆戟还愣着，虞小满斗志昂扬地接着说："你放心吧，我再加把劲，定让你尽快好起来，重振雄风！"

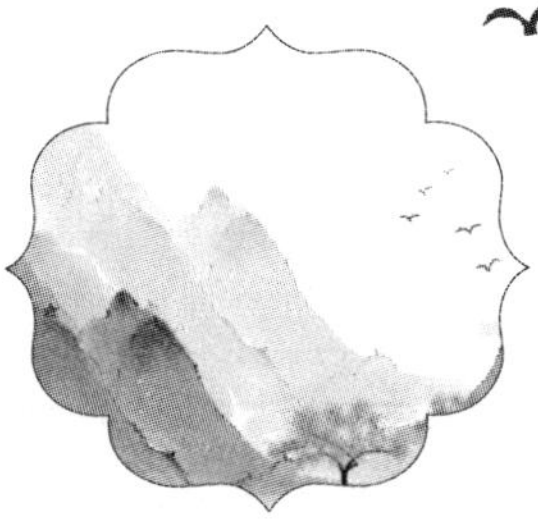

第二章 上元明灯

第二章 上元明灯

火树银花合，星桥铁锁开。

马车行至宫门前，梳好头发的虞小满探出脑袋张望，瞧着街道车水马龙，灯市如昼，恍然想起今儿个正月十五，是人族的上元节。

去年的上元节自己尚未化出双腿，游到岸边远远瞧着虞家村灯火辉煌，听壁月姐姐讲那些花灯多么巧夺天工，满溢的向往之情险些漫过堤岸。

今年非但赶上了，还来到京城，瞳中映着璀璨火光，耳边回荡着热闹喧嚣，虞小满高兴得快要飞起来，忍不住呼朋唤友："快看快看，那盏灯好漂亮！"

除了在赶马车的段衡，身边能被召唤的唯有陆大少爷一人。

陆戟显然不爱凑热闹，只往窗外扫一眼，附和般地"嗯"了一声。

马车停在宫墙外，得扶陆戟坐在四轮车上，虞小满撸起袖子要去推他，被一边的段衡拦下："将军经不住颠簸，还是让小的来。"

虞小满撇嘴，心道我也没那么毛手毛脚啊。不过到底清楚自己不擅长照顾人，虞小满一路仔细看着段衡推四轮车的姿势，以及如何推车越过门槛，俨然在做接手的准备。

宴席设在太极殿，进到大内，穿过亭台楼阁，看遍阶柳庭花，虞小满对一切都充满好奇，前头的景致尚未赏完，目光又被其他东西吸引了去，虞小满伸手指着嵌在石墙里的壁龛灯："这叫什么灯？比方才在星拱门看到的那两盏还要亮。"

陆戟顺着眼前人手指的方向看一眼，道："长明灯。"

"为何叫长明灯？"虞小满来了兴趣，"难道它风吹不熄，雨浇不灭吗？"

这回段衡抢在前头答："此灯以鲛人油为燃料，自可做到永不熄灭。"

听到“鲛人”二字，虞小满已经吓了一跳，后面跟着的“油”字更令人浑身哆嗦。

段衡以为这乡下来的又在胡思乱想，接着道：“你看看就好，鲛人罕见亦难捕捉，鱼油比珍珠翡翠还要珍贵，普天之下唯有皇室有资格使用。”

虞小满被吓到蜷肩缩颈，别开脑袋闭上眼，嘴硬道：“我不看，我不看，这有什么好看的。”

虞小满对鲛人被榨油的恐惧一直持续到筵席开始。

宫宴规矩繁多，座次亦有讲究，陆戟和虞小满被安排在金龙大宴桌西面的官座，周围皆是武官，寒暄之后方可落座。

虞小满头一回进只在话本里看过的皇宫，眼前的场面比想象中还要气派。虞小满心惊胆战地吃完整顿饭，对于这期间皇帝说了些什么、点了谁的名，一概不知。虞小满只觉得危机四伏，皇帝身边的灯说不定也是那什么长明灯。

筵席后半段，文武百官在皇帝的首肯下离开座位互相敬酒闲聊，虞小满也稀里糊涂地被邻桌一位官家夫人领到殿前，然后抬头看见一位身着华服的美妇人，才惊觉自己越级来到了宫人的地盘。

虞小满在身旁那位官家夫人的提醒下行大礼，唤了声“虞娘娘”。待得皇帝也得空过来看看，虞小满差点一跪不起，想到那灯，更是后背冒冷汗，大气也不敢出。

“是臣妾娘家那边的堂妹，初到皇城难免不适应，看着畏缩了些。”连自家堂妹长什么模样都不知道的虞娘娘，在皇帝跟前吹捧道，“虽说家里官职不大，可那地方依山傍水，称得上钟灵毓秀，我这表妹也算知书达理、蕙质兰心，配陆将军倒也合适。”

虞娘娘说着让虞小满抬起头。皇帝本来还有疑虑，瞧见一张端正漂亮的脸，便放下心：“陆家满门忠良，陆戟更是少年英才，十六岁便披挂上阵，立下战功无数，合该为他娶一房花容月貌的夫人。”

虞小满满脑子灯灯灯，被皇帝夸了也高兴不起来。等人走了，几名官家夫人围上来问东问西，虞小满也只是心不在焉地随口应付。

“虞家村在哪里？我先前没听过这地方呀。”

“挨着东海。”

“听说海风生猛，你的皮肤怎的如此光滑水嫩？”

“晒得少。”

“你在京城待着可还习惯，夫家待你可好？”

“挺好的。”

…………

见陆将军的新夫人没有参与聊天的意思，找不着乐子的众人扭头重新拼桌，顺势掉转话题。

“听说沈尚书家的姑娘总算肯嫁人了。”

“也是可怜，等了这些年，硬生生拖到这个岁数。”

“原本郎才女貌、天造地设的一对，谁能想到陆将军的腿当真药石难医。”

“沈家姑娘也算有情有义，陆将军如今娶了妻，她也该放心了。”

…………

虞小满听她们提到陆戟，回过神，竖起耳朵听。

诗礼簪缨出身的女眷们唠起嗑来别有一番技巧，既不冒犯又能让人听懂，几句闲聊拼拼凑凑，竟让虞小满串出一个不输民间话本的跌宕起伏的故事。

上元佳节，良宵苦短，京城解了宵禁，筵席也未设时限，天子与朝臣把酒言欢，热闹持续到后半夜。

殿内灯火通明，有几名顶不住的官家女眷先行告退，三三两两归家去。虞小满混在其中，离了太极殿，穿过树木葱茏的小径。

虞小满又想到先前段衡就是往此方向去的，便大着胆子走进曲径通幽处。孰料这处并非王公贵族们把酒言欢的场地，而是一片寂静园林。

虞小满吃饱喝足，还听了一箩筐闲话，此刻就想赶紧回去泡个脚，然后倒头就睡。

可这地方半个人影都瞧不见，只在前头拱门旁点了两盏灯笼。虞小满沿着来时的路往回走的时候，边走边想该去哪里找陆戟，却在路过一方水波荡漾的池塘时停下脚步，面露向往之色。

算算日子，虞小满近半月没下过水了。

所幸大家都在前殿喝酒，这犄角旮旯无人造访，虞小满蹑手蹑脚挪到池塘边，蹲身脱去鞋袜，挽起裤腿再捞起裙摆，先用脚尖点了下水面，看着散开的一圈圈涟漪，到底没扛住诱惑，慢慢地将腿伸进水里。

再次钻出水面的不是脚，而是柔软剔透的尾鳍。虞小满长长地舒了口气，合眼叹息，这可比用盆泡脚舒服多了，要是陆府也有这样一方池塘该多好。

虞小满感叹了一番后，便自顾自泡着，任由鱼尾轻轻摆动，被清凌凌的水洗濯，倚在池边的身体松弛下来。

而后虞小满听见由远及近的脚步声以及熟悉的车轮碾压地面的响动。

那两人停的地方与池塘只隔了一棵树，虞小满想从水里爬起来已然来不及，稍有动作都会被发现。虞小满如同被施了定身术，鱼尾贴着池底水草，捂着嘴巴一动也不敢动。

一树之隔的那头，先出声的是一名女子："年关那阵，我随父亲下江南，听说你娶亲了，还未来得及道一声恭喜。"

嗓音清脆中带着一抹女儿家的柔软，虞小满听不出她是谁，不过接下来出声的那位，虞小满倒是一下子就听出来了。

"多谢。"陆戟的声音依旧低沉，语气淡淡的，"年关事忙，未曾得空登门拜见，若是方便，代我向令尊问好。"

"你究竟是没空登门，还是不愿登门？"女子问道。

此话一出，陆戟和泡在水里的虞小满俱是一愣。

陆戟作何想，无人得知，虞小满却从这简短的对话中弄清了两人的关系。想必此女子便是方才席上官家女眷们讨论的那位了，姓沈名暮雪，是名满京城的第一才女，也是陆戟曾经的未婚妻。

等了一阵，沈暮雪又问："你究竟打算躲到什么时候？"

与她的心急追问比起来，陆戟显得有些冷淡。

他说："如今我已娶妻，你也即将嫁人，理应避嫌。"

沈暮雪轻笑出声："避嫌？先前我怎么没听你说起这两个字？"

"我以为你知道。"

"我不知道！"沈暮雪忽地拔高嗓音，顾不得贵女仪态地急道，"我只知道，三年前送你到城关，你答应过我，回来就登门提亲。"

她说着语调逐渐转低，似在呜咽："你说过会娶我。"

良久，陆戟回答："你也说了，三年前。"

况且那场仗未得凯旋，本朝大军在捷报频传的情况下原计划乘胜追击，谁想，追至边陲峡谷山坳时遭遇敌军伏击，因地形不利，制约发挥，全军吹起冲锋号角浴血奋战，仍死伤惨重，主帅更是在此役中残了双腿，再无法挂帅出征。

"我不在乎，陆哥哥，我不在乎。"沈暮雪上前两步扑于他身前，"你不能上战场也好，站不起来也罢，当年我既应了你，就没想过嫁别人，我可以照顾你，照顾你一辈子……我不在乎旁人怎么看怎么说，我只想与你在一起。"

虞小满听到这里，腾出一只手捂在胸口心脏的位置。

这番热烈剖白听得自己都感动不已，世上大抵没有哪个男子能拒绝此等情真意切。

何况沈暮雪还是万里挑一的美人，从相貌到才情再到家世，无一不出类拔萃。

虞小满不禁在心里感叹：若是这样的儿媳，再苛刻的婆母怕是也挑不出错处，不像我……

很短暂的时间里，虞小满就把接下来将要发生的事设想好了——陆戟接受沈暮雪，两人相拥而泣，共同与父母抗争，最后长辈妥协，两人双宿双栖。

而自己呢，便是这个故事里无足轻重的小角色，为了不阻碍两位的姻缘，当然是自己讨了休书去，自此人间蒸发，再不出现。

可是陆戟的腿还没找到法子治呢。

虞小满光顾着发愁，忽略了心头一闪而过的失落，还险些漏听了陆戟的回答。

从声音里分辨，陆戟的反应似乎还没有一个旁观者来得激烈，声线是冷的，语速也不紧不慢。

“可我在乎。”他说，“就当三年前的许诺是玩笑话，从此你我婚丧嫁娶，各不相干。”

返程路上，明月当头，人群熙攘。

虞小满趴在窗边假装看夜景，经过灯火明亮处，便偷瞟端坐在车内的陆戟。见他左边脸颊泛红的五指印尚未消去，虞小满不免心情复杂，一面心疼陆戟挨巴掌，一面又觉得这个巴掌他理应受着。

璧月姐姐说了，把妻子惹哭的夫君不是好男儿。

不过现下陆戟的妻是自己，不是那个沈暮雪。

想到这里，虞小满又没来由觉得轻松，好像刚才白为某些事纠结烦恼了。

回到府上，碰了水的裙摆还没干透，虞小满本想洗个脚换身衣服，抱着盆推开门，就见云萝指挥着两个家仆把盛了热水的硕大木桶往屋里搬。

虞小满比画了下大小，坐一个人绰绰有余。

虞小满呆呆地看着木桶被放在屋里正中位置，喊住转身要出去的云萝：“请问姐姐，这是……”

云萝没拿正眼瞧这位少奶奶：“沐浴用的，记得把屏风拉上。”

虞小满顾不上琢磨又哪里得罪了这位姐姐，待得掩上门，虞小满走到木桶前蹲下，感受着蒸腾的湿润热气笼罩面颊，钻入鼻腔，在这透着薄寒的初春深夜，比在宫里头的池塘还要令人舒爽畅快。

既是送上门的，不享受是傻瓜。

于是虞小满直起腰，两腿一蹬，扑通一声跳进桶里，溅起水花无数。

细长的腿迅速幻化为鱼尾，温热清水没过鳞片，令它们久旱逢甘霖般焕发光芒。

虞小满快活了一阵，停止扑腾，身上渐渐有些不适。

对于一条长期生活在海底的鱼来说，人类洗澡水的温度还是偏高了些，在里头泡久了就头晕目眩，呼吸也急促起来。

不想变成水煮鱼的话，就得出去透透气。

虞小满双臂攀住桶沿，哗啦一声响，半个身子钻出水面，抬手抹了下脸上的水，恰好瞧见屏风还折叠在墙边，刚解了发带打算甩出去把它拉开，忽然听得门开的动静。

虞小满心头一跳，扭头往门口看，见是陆戟，下意识松一口气，而后突然想起什么，连忙遮掩。

鱼尾尚未来得及收，露了一截在外头，幸而桶沿高，身上衣裳也没脱，陆戟八成没看见。

陆戟是闻声赶来的。

云萝心怀怨气伺候不周的事也是白日里他听虞家的陪嫁丫鬟说的，于是陆戟回到府上就吩咐云萝给夫人房里送热水。一来意在敲打，让她明白主仆有别；二来，下车的时候他瞧见虞小满的裙摆都脏了，许是在宫里到处跑着玩的时候不小心蹭的。

对这个比自己小几岁的少妻，陆戟心里始终愧疚居多。

她也是父母的掌上明珠，原本可以嫁一个年龄相当、四肢健全的男子，过自由快活的小日子。陆家内宅钩心斗角、危机四伏不说，她还要因为夫君承受嘲笑和非议。这是陆戟不愿看到的，也是先前无论长辈如何施压逼迫，他都不肯成亲的原因。

眼下既然已经娶了，他便有责任护她周全，不说多么幸福美满，至少让她过得安逸，在府上不至于缺衣少食或担惊受怕。

因此，在听到屋里传来非同寻常的落水动静时，陆戟什么也没想，驱动四轮车沿坡道行至屋前，谁想门没关紧，手一碰就开了，里头屏风也未撑起，一眼便瞧见置于正中的浴桶以及桶里的人。

惯性回避之前，陆戟无意捕捉到虞小满遮挡身后的古怪举动，紧接着便瞧见了更怪的。

旁人都夸他的夫人有沉鱼落雁、闭月羞花之貌，连觉得她出身低微配不上他的段衡也挑剔不起来，听说要带她一起进宫赴宴时还嘀咕道：“也好，这下外面的人不会再造谣将军娶了一个浑身腥味的乡下丑姑娘了。”

加上平日里未曾关注，陆戟也忽略了虞小满与寻常女子的不同之处。

原来不是乡下丑姑娘，而是……

陆戟恍然明白过来，菲薄的嫁妆、全无羞涩的言行、不通世故的天真，还有对自己毫不嫌弃的态度……如此这般，一切都说得通了。

陆戟忽然有点想笑，一时分不清是觉得滑稽更多，还是恼羞成怒更甚。三年来，他学会了收敛脾气，学会了冷漠以待，却仍是对这种把他当猴耍的荒唐欺骗行为无法忍受。

面前的人这会儿才回了魂似的，猛地坐回水中，双手抱胸，怯怯地看着他：“我……我不是……”

没等对方说下去，陆戟便扶着门框，掉转四轮车的方向，扭身离去。

翌日清晨，虞小满没在餐桌上见到陆戟。

这些日子，即便两人不在一间屋休息，早餐也尽量一起吃，为的是扮演相敬如宾，应付陆老爷的突击检查。现在陆戟连这都不顾了，虞小满心里乱成一团，最喜欢的菜包子也味同嚼蜡。

白日里向来是见不到陆戟人的，据虞桃打听，陆戟接了份监督禁军操练的活儿，每日无论刮风下雨，都恪尽职守地前往城外练武场。夜里他回府就径直往书房去了，根本不给虞小满打照面的机会，一连几天都是如此。

第二章 上元明灯

这天虞小满等不住了，抱着盘切好的苹果送到书房，却连门都没能摸着，被段衡拦在外头：“将军不见客。”

虞小满：“我不是客。”

段衡刚正不阿：“不管是不是客，反正将军任何人都不见。”

虞小满：“我不是人。”

段衡：“……”

新夫人脑子烧坏了，段衡叫了云萝和虞桃来把人扶回去。

虞桃当虞小满真发烧了，一路紧张兮兮：“怎么回事啊，昨天不还加了床被子吗？”

云萝还是那副好似谁欠了她银钱的凶模样，没好气道：“都说了将军不想见你，还到处乱跑。”

虞小满被两人扛回屋，噘着嘴委委屈屈地坐在床边，切好的苹果都发了黄，全进了虞桃肚里。

“前阵子不还好好的吗，大少爷还带你一块儿进宫了。”待云萝出去，虞桃便打听上了，“小夫妻闹别扭？”

虞小满慢吞吞地摇头，闷声道：“比闹别扭严重。”

虞桃一惊：“怎的，他动手打你？”

陆戟是武将，身形比虞小满大了许多，气势更是压人，坊间传说这样的男子多有打老婆的行为。

虞小满又摇头：“没有。”

虞桃观察这人的表情，觉得不像在撒谎，再一寻思，搬出去住的是陆戟，她大惊失色：“难道你打他？”

虞小满蔫巴巴地垂着脑袋，连摇头的劲儿都没有了：“我怎么舍得。”

虞桃从“舍得”二字中琢磨出点别的意思，挑眉揶揄道：“哟，到底是自家夫君，这就宠上了。”

虞小满对“宠”这个字一知半解，猜想大约是对谁很好的意思。

陆戟就对我很好，不但让了房间，还派了丫鬟来服侍，甚至将我带进宫玩，为我弄来洗澡水，哪怕知道我是冒牌货也不多言语。

好几天过去，陆府上下风平浪静，一丁点关于新少奶奶的流言都没有，无论是长辈还是下人，看过来的眼神都未有异样。

可见陆戟没向任何人提起，不然虞小满这会儿可能被拉去午门斩首了。

虞小满捂着脖子倒回床上，脸朝下闷在被褥里。

虞小满越想越觉得自己浑蛋，当初顶了新娘的身份来到陆戟身边，打着报恩的名理直气壮，可站在陆戟的角度思量，这分明是一场骗局。

新娘并非说亲时那个名叫虞梦柳的姑娘，而是一个鲛人，换作谁都受不了。

虞小满哀叹一声：让恩人伤心了，我可真不是一条好鱼。

虞桃以为这人还在为感情烦恼：“你别想那么多啦，夫妻床头打架床尾和，睡一觉就好啦。”

虞小满埋在被子里摇头，陆戟都不肯上床，怎么睡？怎么和？

“瞧瞧外头，难得天晴。”虞桃又撺掇道，“你不如出去溜达一圈，心情也好啦。”

闷在屋里也不是个事，虞小满还是跟虞桃一块儿出门了。

虞小满主要想着去街上看看有没有什么好吃的、好玩的，都说赔礼要诚心，拿人家府上的苹果送给人家吃，算什么诚意？

虽然虞小满兜里揣的钱也是陆府发的例银，掏出来换东西的时候，虞小满还是心虚得紧，买了串冰糖葫芦就舍不得再花了。

谁知这东西是山楂做的，舔着甜丝丝，一口咬下去酸味弥漫。虞小满悔不当初，心想人类果真可怕，用鱼油点灯已经够狠的了，还吃这么酸的东西，不怕把牙齿酸掉吗？

有这钱还不如买个糖人。

在虞家村的时候，虞小满拿贝壳跟那帮小孩交换过一支兔子形状的糖人，既好看又香甜可口。当时虞小满都没舍得一口气吃完，舔了一半藏在珊瑚礁里，结果被路过的一条石斑鱼瞧见拖走。等虞小满找到小偷，糖人已经被舔得只剩一根竹棍。

想到这事就生气，虞小满立马找了一个走街串巷的糖人师傅，豪迈道：“来一个！”

等师傅问要个什么样的，虞小满又踌躇起来，哼唧半天，说：“要个……原本在生气的人看了立马消气的。”

吹糖人的是个年过半百的老头，听了这话面露难色：“老朽头次听说这样的要求，可难倒老头子我了。”

虞小满猜不到陆戟会喜欢什么样的，糖人师傅便问：“送给谁的呀？”

“送给……给……”

这回轮到虞小满犯难了，说朋友吧，两人还没亲近到那份上；说主仆吧，似乎也不是这关系，连成亲都是假的。虞小满思来想去，觉得什么称呼都不合适。

最后虞桃看不过去，替虞小满做了决定：“给她相公的！”

陆府对后宅看管不严，外出的话知会一声，门禁前回来即可。

即便如此，虞小满也心急火燎，街没逛完就赶着回府，左手捧糖人右手护着挡尘，走路也不看脚下，光盯手里的东西，若不是有虞桃领路，指不定一脚踩沟里去。

到陆府正值暮色四合，虞小满站在门口摆摆手，让虞桃先走：“你回院子去吧，我在这儿等他。”

近日京城倒春寒，天还没黑，冷风就刮起来了。虞桃缩着脖子往手心呵气，一步三回头地劝道：“进去等也是一样的。”

“不一样。”虞小满摇头，视线还是纹丝不动落在糖人上，“我不在这儿等着，就见不到他了。”

虞桃劝不动，只好作罢。

酉时三刻，陆府挂起了灯笼。

虞小满站在门内廊下，听见动静就探头探脑地张望，陆老爷当差回来了，大夫人也串门归家了，连陆钺这个喝得烂醉的纨绔子弟也被人扶进门，却迟迟瞧不见陆戟的身影。

过了一阵，在陆老爷的呵斥下，净过面醒完酒的陆钺闲着没事路过回廊，忍不住逗弄：“大嫂这是在等大哥呢？何不派人通传一声，叫他早些回来？”

虞小满懒得搭理陆钺，陆钺自顾自笑开了：“我早说了我这位大哥为人古板，不解风情，我就不一样了，哎哟——”

话说一半，被不知道从哪里飞出来的小石子打中膝盖，陆钺的腿一软，差点跪下，扶着柱子骂了句，一瘸一拐地走了。

这下清净了，虞小满捧着自己精心挑选的糖人，立在门口一门心思地等。

大家都以为陆戟有意晚归，实则他今日诸事缠身，还被许久未见的朋友堵在练武场，说什么都不让他回家，马鞭一扬把他连人带车拖到了天香楼。

店名听着旖旎，其实做的是正经饭店生意，最多有几名舞姬在楼下歌舞助兴。因此，在一众垂涎欲滴目不转睛地盯着台上的男食客中，冷漠淡然的陆戟显得格格不入。

无人碰杯，沈寒云孤单地自斟自酌，一杯酒饮下，见陆戟仍静静坐着，对周遭喧嚣漠不关心，玩笑道：“听闻陆将军的新夫人花容月貌，皇上都赞不绝口！怎的，家有娇妻就瞧不上这些个庸脂俗粉了？”

陆戟抿唇不语，不多时，端起酒杯一饮而尽。

沈寒云与他自小一起长大，见状便知他心里有事。要问什么事，说来说去无非那些阴错阳差，于是沈寒云长叹一口气：“天意难测，你与家妹有缘无分！如今你已娶妻，她也即将嫁人，与其哀怨沉湎，倒不如想开些，快活一天是一天。”

陆戟没告诉他，自己同沈暮雪说过差不多的话。

这样的开导他从许多人口中听过，起先还有些感触，听多了便麻木了。

第二章 上元明灯

从天香楼出来，马车一路疾行后停在陆府门口。

陆戟被沈寒云和段衡一人一边从车上抬下来时，还与平日里一样无动于衷。等到沈寒云反回身去弃车骑马，扬鞭一挥，喝了一声“驾”，他才像被骤然唤醒，抬眼目送好友策马远去，直至马蹄声消失在浓稠夜色中。

陆戟刚进门，就被跳到面前的人拦住去路。

“你回来了。”

虞小满的声音偏清亮，先前没留意，现下听来便能察觉一些，语速拖拉犹豫的时候尤其明显。

比如眼下，这人垂着脑袋似在不好意思，青涩羞赧地举起手中的东西，送到陆戟面前：“这个给你，我在街上看到的，料想你该喜欢。”

檐下挂着灯笼，光线恰好够看清楚眼前物——细长的竹签上串着一个糖人，形似奔腾的骏马。

下午在街上，虞小满挑了好久才选定这个，在师傅做的时候还仔细盯着，不厌其烦地叮嘱，让师傅务必将这马做得飒沓如流星，好配得上送的那个人。

当时师傅还笑说“情人眼里出西施”，虞小满红着脸道：“他就是很好啊。”

因此，虞小满不由自主地在这份礼物上寄托了期待，盼着陆戟喜欢，盼着他接受自己的道歉。

可惜天色昏暗，虞小满没留意陆戟进门时就低迷压抑的状态，亦没有瞧见陆戟看到糖人时骤然黯淡的眼神。

“对不起，我不是有心骗你的。”虞小满说，“我不是虞梦柳，但我真心想待在你身边，想帮你把腿……”

陆戟无意听下去，掉转方向要走。

好不容易堵到人，虞小满哪能让陆戟就这么走了，忙疾步追上去，递上糖人：“这是马，能吃的马，你尝尝，很甜的。我知道你不想坐着，想骑马，再给我一点时间，我定让你——”

让你站起来，让你跟从前一样鲜衣怒马，万里扬名。

未说完的话消失在陆戟挥臂的动作中，只听啪嗒一声，被虞小满护在手上几个时辰、丁点灰尘都没沾的糖人掉在地上，奔驰的骏马裹了满身尘土，腿也断了两根。

开春后，随着京城里各家来往走动频繁，流言也甚嚣尘上。

这天虞桃气冲冲地从外面回来，门还没关严实就骂道："一个个吃饱了撑的，整天在背后嚼舌根！"她咕嘟咕嘟喝完一杯水，润过嗓子接着说，"方才我出了锦花巷，拐个弯就看见几个白府的丫鬟小厮围在后门说悄悄话。我凑上去一听，果然在谈论你。"

"谈论我什么？"虞小满问。

"还不是那些子虚乌有的……"虞桃冲动上头，这会儿才意识到不妥，摆手道，"嗐，反正都是胡说八道闲扯淡，听了徒惹心烦，我就不说与你听了。"

就算虞桃不说，虞小满也能猜到，无非是陆家不满意新媳妇儿，陆将军本人也对其厌恶得很，不在房里留宿不说，上回还摔了新婚妻子送去的饭菜。

虞小满垂了眼，哑声道："事实就是如此，他们也没乱说。"

只不过摔的是糖人，不是什么饭菜。

许是年少，身上有股天然的傲气，因为觉得丢脸，不想叫更多人看笑话，余下半句虞小满藏在心里没向任何人吐露。

虞桃跟这人混熟了，不消说也知道对方在想什么："他们听风就是雨罢了，我瞧着大少爷待你挺好，吃的用的从来没短了咱们的，上回还特地叫人送热水给你沐浴……"

不提这些还好，稍一提起虞小满就想到，先前陆戟的细心和温柔，为自己梳头时的沉稳呼吸仿佛犹在耳畔。虞小满吸了两下鼻子，眼圈霎时红了。

虞桃慌了："哎，怎的又要下毛毛雨了？"

上回虞小满在门口等到夜里，回来也是这样垮着脸，被谁欺负了似的，没说两句，眼泪就顺着脸颊滑下来了。

这回虞小满到底没哭，怕丢人。

虞小满用手背揩了下眼角，虚张声势道："没下雨……我又不是那些个垂髫小儿，动不动就哭。"

"好好好，没哭。"虞桃放了心，把买来的针线放到床边的竹篓里，"他不来也好，正好那个叫云萝的心也不在这儿，咱俩做做绣活儿唠唠嗑，过咱们的安逸日子。"

说来轻松，然陆府也算京中大户人家，进出拜访者络绎不绝，几乎没个空闲时候。

还没出正月，上回来给陆钺相看的刘家姑娘又被领上门来，一口一个"嫂嫂"地叫着，弄得顶包货虞小满诚惶诚恐，很是受不起。

十五六岁的姑娘，嘴巴抹了蜜，专拣人喜欢听的说："嫂嫂生得这样美，大少爷定欢喜得紧，舍不得叫你受委屈。"

虞小满心道，怎的一个个都拿相貌当免死金牌，若是真有用，糖人怎会掉地上摔个稀烂？

虞小满嘴上倒是客气，把官家女眷那套学了个七八成："妹妹才是出水芙蓉，想必二弟对这门亲事也满意非常，你们二人当真郎才女貌，天作之合。"

这话是虞小满从话本里学来的，为显真诚，连陆钺那个浪荡子都夸了。虞小满自觉无甚纰漏，谁想一不留神戳到了刘家姑娘的伤心处。

"嫂嫂说笑了。"姑娘帕子一捏，秀鼻翕动，眼泪掉得比下雨还快，"只怕二少爷嫌我无趣，还未过门就急着要纳妾了。"

时过正午，虞小满接了太夫人布置的任务，带着刘家姑娘去街上玩。

因着把人家惹哭了，为了弥补过失，虞小满格外殷勤，糖果、糕点流水一样地买了塞人家怀里，见她朝着天上的风筝多看了几眼，忙不迭在路边买了个。

横竖都是太夫人付账，用不着自己缩手缩脚省着花。

最后三人手上大包小包，硕大一只燕子风筝成了累赘，只得让虞小满举在手里，进茶楼的时候燕子头刮了下门梁，进去之后还惊了人。

那是一个锦衣华服的年轻公子，下楼时正跟人闲聊，扭头便对上燕子铜铃大的两只眼睛，惊诧之下一脚踩空，拿着风筝的虞小满手疾眼快扶了对方一把。

沈寒云活到这把年纪，无论如何也想不到自己会被一只风筝吓到。待瞧见从风筝后面探出来的一张白嫩漂亮的面孔，他张着嘴巴，再度怔住。

“你没事吧？”虞小满抬手在他面前挥了挥，“对不住，风筝挡了眼睛，没瞧见前头有人。”

待回过神来，沈寒云面上立刻带了笑，拱手道：“是我没留心脚下，幸得姑娘相救。”

虞小满一行三人逛累了来这儿歇脚，谁想这家店生意如此兴隆，楼上楼下一张空桌也无。

眼看要等上至少半个时辰，刘家姑娘和虞桃都腿酸脚软走不动了。虞小满站在柜台前正发愁，方才被自己惊到的那位公子走上前来：“沈某在楼上有个雅间空着，若三位姑娘不嫌弃，可移步上楼小坐。”

有得坐就谢天谢地了，哪会嫌弃。

虞小满跟着他去到楼上，见雅间内奢华精致，心慌得紧，把两位妹妹送到里面，返回门口时压低声音问：“这得按时辰计费吧？”

沈寒云愣了一下，旋即笑了：“和楼下的桌一样，只算酒菜钱。”

虞小满就怕兜里的钱不够付，被扣在这儿刷盘洗碗，歪着脑袋将信将疑：“真的？”

“当然。”沈寒云半开玩笑地说，“沈某岂敢欺骗救命恩人。”

既来之则安之，等借雅间的人走了，虞小满做主点了几个小菜，还要了壶酒，叫虞桃也坐下，三人边吃边聊。

姑娘家的话题，说来说去无非那些，刘家姑娘说起从旁人口中听说过的关于陆钺的风流韵事，帕子就没离过手，哭得好不可怜。

“我在家时母亲劝过我许多回，这门亲事也是我们家高攀，让我忍着点，好歹进了门就是正妻，没人能欺负到我头上。可到了这儿我听说，二少爷非但风流成性，还在外头租了私宅养着个舞娘，我就……就……”

虞桃见她把帕子都哭湿了，把自己的递上去，不忍道：“我娘也说，这世上的男子都吃着碗里的瞧着锅里的，姑娘也不必太难过，说不定等成了亲，二少爷就收心了呢？”

刘家姑娘哭得更厉害了：“江山易改本性难移，他本性便是如此，又不像大少爷，自幼在军中习武，秉性纯良，没那些花花肠子。”

虞小满正伸长脖子听楼下的老头说书，被虞桃碰了下胳膊，才回过神来继续扮演知心大嫂，谦虚道：“他也没那么好，不爱说话，猜他的心思能累死人。”猜不准还伤人。

虞小满按了按左边胸口，这块儿到现在还在隐隐作痛。

虞桃长叹一口气：“难道这世上就没有既专情又体贴的好男儿了吗？”

“有啊。”虞小满努嘴指楼下，“故事里在讲的这位。”

三人一听便是半个下午。

晚些时候送客出门，虞桃还挽着刘家姑娘的手，两人正聊着下午听来的故事。

“那雪姑娘是一个好女子，骠骑将军也是真英雄。”

“为了心爱之人的幸福，甘愿舍弃自己，这样的男子普天之下怕是再找不出第二个。”

“想到骠骑将军即将目送雪姑娘出嫁，我就心痛难当，若换作我，定当毁了婚约与将军私奔了。”

“我们尚且不甘至此，他该多难过啊。”

…………

虞小满默默听她俩聊，把人送走回去的路上，发着呆没看路，脚踩到石板路外面，一个屁股蹲儿坐在泥地上，险些滑进水塘里。

虞桃搀着虞小满往回走，问怎么了，小满也不说，一只手攥着裙摆脏了的那块，脚步踉踉跄跄，像把魂摔没了似的。

虞小满回屋刚要把脏衣裳换下，听得外头云萝操着尖细的嗓子嚷道："大少爷今晚怕是也不会来，衣裳明天再换吧。"

换作平时，虞小满定告诉她不用她洗，自己来洗，可今儿个实在是心情低落不想开口，便没理会。

云萝等不到回复，以为这个乡下来的土包子要脾气，拔高嗓门道："好是不好至少说句话吧，进府这么久，规矩都没学会吗？"

陆戟的院子处在府上正中，她这么一叫唤，旁的院子里的人都能听见。

正是晚膳后的休息时间，好几个丫鬟小厮闻声跑来看热闹，因着对这位出身低微的大少奶奶本就无尊敬可言，有几个胆大的干脆进了院子帮腔。

冯曼莹那边的申嬷嬷便是其中一个，摆着府上老仆的架子道："大少爷好歹有个官衔摆在那儿呢，大少奶奶这样不守规矩可不成。"

有人撑腰，云萝来了劲："可不是，成天不是往外跑就是摆弄针线，缝的也不知道是帕子还是铺盖，别家夫人都忙着给夫君制披风、纳鞋底，她倒好，例银都拿去瞎糟蹋了。"

只听屋内一阵乒乓乱响，紧接着是一串急促的脚步声，门忽地打开，人总算被逼出来了。

没在屋里找到那编织一半的鲛绡，虞小满慌了神："云萝姐姐可是看到我放在枕头下面的……布了？"

云萝从口袋里掏出一团丝绸般的布料："这个？"

虞小满眼睛一亮，伸手要拿，被云萝闪身躲开了。

"不就是普通的绸缎嘛。"云萝拎起来打量，"这东西府上要多少有多少，我还当什么宝贝。"

虞小满忙道："的确不是什么宝贝，还请云萝姐姐归还于我。"

云萝早就看这位少奶奶不顺眼了，恨不得借此机会将胸口恶气一股脑发泄了："这会儿你一口一个姐姐叫得亲热，方才怎的叫好几声都不见搭理？"

虞桃听不下去，从屋里跑出来："平日里使唤你，不也没见你应吗？你可是奴才，我们家小姐才是主子。"

申嬷嬷冷笑道："嚯，大少奶奶好大的威风，奴才就不是人，就活该被轻贱？"

虞小满狠狠咬了下嘴唇，虽知道云萝和这申嬷嬷在找碴儿，但没想到，偌大的陆府，除了虞桃，竟没有一个站在自己这边的。

眼下最好的办法是服软，可一想到陆戟或许也受过此等刁难，因为他在战场上残了腿，成了众人口中的"废人"，虞小满就替他不平，压着怒火道："这里是大少爷的院子。"

申嬷嬷果然是不怕的，叉腰笑出声来："您不必搬大少爷出来压老奴，先不说大少爷腿脚不便，一时半刻走不到这里，哪怕大少爷此刻就在这儿，我也……啊！"

众人只见眼前划过一道白光，待回过神来，一把剑已然竖插在院子正中，也是申嬷嬷的面前不到两寸的位置，若稍差点准头，怕是已将她的天灵盖扎个对穿。

当四轮车压着石板行至人群中时，插在地里的剑还在嗡嗡地颤。

陆戟依旧神色淡漠，细看才能瞧见其中凛冽的锋芒："我在这儿了，还请申嬷嬷接着说。"

死里逃生的申嬷嬷被吓出一身冷汗，抖着嗓子磕巴了半天，一句完整的话都没说出来。

"嬷嬷既然没有要说的，"顿了顿，陆戟抬下巴冲虞小满站着的方向一指，"还不跪下，给大少奶奶磕头赔礼？"

院子里鸦雀无声，在场几乎所有人都被刚才那一剑吓破了胆。

这是三年来陆戟头回当着众人的面发脾气，若不是他拔了剑，府上大部分人都忘了他曾经是声名赫赫、万夫莫敌的少年将军，百姓们在提到他时，除了敬仰便是畏惧。

在这一刻，唯有虞小满敢将目光落在他身上，看他凌霜傲雪却孤寂落寞的眉眼，看他一直带在身边，直到今日才空了的剑鞘。

虞小满不由得想起下午在茶馆听到的故事——骠骑大将军沙场上英勇善战，脱掉铠甲亦是一个有情有义的好儿郎，残了双腿不想拖累心爱的姑娘，进宫求皇帝取消婚约。皇帝忌惮他功高盖主，有意拖着不应，他便当场立下辞官隐退，从此不再征战沙场的誓言。

说书人虽化了名，但虞小满听到一半便知道这是谁的故事，之后便神志恍惚，脑中尽是那日在宫里的所见所闻。

原来并非情到浓时情转薄，而是迫不得已。

这柄收起的剑，既是想碰不能碰的克制，也是未曾诉之于口的保护。

虞小满抬手按住左边胸口，觉得自己简直莫名其妙。

恩人是这样一名顶天立地的好男儿，自己本该高兴才是，至少七年没有白等，为来到他身边付出的努力尽皆值得。

可是为什么，此刻的心比那糖人落地时还要痛上几分？

第三章 骏马糖人

不枉

事情闹得比预想中大。

先是冯曼莹被请来主持公道，申嬷嬷一通添油加醋把责任都推到虞小满身上，说大少奶奶不懂规矩不识大体，她不过指点两句就遭到顶撞，原话是：“老奴在府上近二十年，竟连一句话都说不上了。”

许是怕了，关于陆戟的话她一字未提。

不过那柄剑还插在院子正中，几个小厮轮流上前都没能拔出来，变相坐实了大少奶奶偭规越矩，大少爷非但不管束，还动粗包庇这件事。

申嬷嬷本就是冯曼莹身边的人，她偏心维护在所难免，听完几个下人所谓的供词便定了虞小满的罪：“申嬷嬷是府上的老人了，先前就让你跟着她学规矩，不学也就罢了，怎的还顶撞上了？”

虞桃替虞小满说话：“大少奶奶在屋里待得好好的，是云萝和申嬷嬷先出言不逊。”

“当主子的这般小气？”冯曼莹照样有理由训斥，“以后也别往外头跑了，回头让人家笑话，坏了陆府的名声。”

虞小满担心虞桃吃亏，上前把她护在身后，她踮着脚不服道：“这种以下犯上的奴才才坏了陆府的名声呢。”

冯曼莹刚刚才说了主子该大气些，当着这么多人的面不好发作，只得道：“申嬷嬷是我身边的，回院子我自会管束。”

“那她呢？”虞桃指缩在一旁不吭声的云萝，“事可都是她挑起来的。”

冯曼莹挥帕子，似是嫌麻烦：“云萝是你们院子的人，早前就说要抬姨娘的，就交给你们大少爷处置了。”

虞小满想说话，却根本插不上嘴，听到“姨娘”二字更是迷糊了，瞧云萝满脸愤然，顿时了然。

冯曼莹企图大事化小，小事化了，领着人要走，没到门口被陆戟叫住：“申嬷嬷是忘了磕头吗？”

申嬷嬷老脸挂不住：“夫人都发话了，大少爷这又是何必。”

陆戟沉声道：“我的院子，轮不到旁人说话。”

大约是没想到平日里沉默寡言的陆戟会公然跟她叫板，冯曼莹难以置信地瞪大眼睛：“你——”

她视陆戟为眼中钉肉中刺，不过当着这么多人的面，到底是自己收了声没骂出来，两方大眼瞪小眼对峙着，谁也不肯让一步。

直到太夫人被搬来主持公道。

老太太听了事情原委，道：“申嬷嬷和云萝先给大少奶奶赔个礼，再回各自的院子处置。”

太夫人发话，无人敢不从。申嬷嬷和云萝一前一后跪下说“奴婢知错”，看着不情不愿，脸也朝着陆戟。但对于本就没指望在这极重长幼尊卑的家族中得到公平对待的虞小满来说，这已经算客气了。

等人散得差不多了，老太太多留了一会儿，拉着虞小满的手说了些安抚的话，诸如“你婆婆性子急，其实没坏心”之类。虞小满左耳进右耳出地应了。

此刻，虞小满只担心自己那做了一半的鲛绡，直到从云萝手里完整地取回来，才大松一口气，脸上也露了笑。

“傻孩子，一块布料紧张成这样。”老太太笑着拍小满的手，顺势将人上下打量一番，皱眉道，“手脚勤快是好事，可好歹也是咱们陆家的媳妇，怎的也不好好打扮打扮？”

虞小满不喜穿人类服饰，女儿家的烦琐打扮更令人头疼，所以平日里虞小满只着长裙加外衫，头发也只松松绾个髻，虞桃有时候都嫌主子穿得不像官家夫人。

好在虞小满有理由遮掩："方才我摔了个跟头碰脏了，正要换呢。"

老太太听虞小满这么说才又笑了，眼睛眯成了一条缝。

她越瞧着漂亮孙媳妇儿越喜欢，拉过陆戟的手与虞小满的叠放在一起："先前我听了些谣言，还以为你俩处不好，现下瞧见启之还晓得护着媳妇儿，我这个当奶奶的就放心了。"

太夫人前脚刚出院门，陆戟后脚就松开了手。

手背还残留着掌心覆上时的温度，虞小满不自在地弯起手指攥住身侧衣料，又悄悄把手背到身后，用指腹不舍地蹭了蹭刚被陆戟碰过的皮肤。

四轮车行至院中，陆戟倾身向前，一只手把剑拔了出来，利落地插回剑鞘，转身时听见虞小满说："谢谢，谢谢你帮我。"

段衡替陆戟接话："我们将军只是嫌吵，不是特地帮你。"

想到陆戟已经知道自己是来顶包的，虞小满就难堪得抬不起头，闷闷地"哦"了一声，站在原地目送陆戟离去。

虞小满的目光落在他挂在身旁的剑上，毫无缘由的失落再次占据了虞小满情绪尚未平息的心。

陆府这场闹剧为人津津乐道了好些日子，由此牵扯出的陈年往事都足够听上半天。

"说来大少爷真是命苦。"这天虞桃又感叹上了，"小小年纪被送到军中习武，十六岁上得战场为国效力，四处征战，连亲生母亲最后一眼都没见到。母亲尸骨未寒，陆老爷就抬了个妾给他做后娘，原本远在边疆眼不见为净，又意外受伤残了腿……"

虞小满埋头做针线，听到这里抬起头来："意外受伤？"

"可不是，战场上刀剑无眼。我听我爹说，尸首都找不到的比比皆是，最后只能立个衣冠冢供亲人悼念。"

虞小满微微睁大的眼眸中显露迷茫，心想：当年璧月姐姐算的，分明是为奸人所害啊！

虞桃自顾自接着道："唉，这下子只能待在这深宅大院天天看人脸色，爹不疼娘不爱的。"说着她打量了四周，压低声音道，"我听说啊，大夫人正想尽办法让陆老爷把爵位传给二少爷呢。"

本朝世袭爵位向来传嫡不传庶，传长不传幼，按说无论怎么排都该传给嫡长子陆戟。然陆戟伤了腿，求医问药三年都未见好转，这种情况便不好说了。

虞小满关心的重点立刻转移，急恩人之所急："那该怎么办？"

虞桃眼珠一转，凑到虞小满耳边："我听说应以功高者优先，既然大少爷仕途已断，二少爷又是一个不堪用的，这方面比对不成，那传宗接代也算功劳吧？"

虞小满觉得虞桃这小妮子净胡说八道。

就算有点根据，这忙自己也帮不上啊，陆戟知道自己是替嫁新娘之后，躲都来不及，见一面尚且困难，怎会与自己同床共枕？

璧月姐姐说过，睡在一张床上才会有小宝宝。

因此，虞小满转脸就把这馊主意忘到脑后去了，一门心思研究如何为陆戟治腿。

所幸虞小满来前曾问过族里年近三百的几位老叟，都说鲛珠可医百病。然问到鲛珠是何物，见多识广的老族人们没见过也说不明白，只知道祖先传下来的一句话——诚则泣泪成珠。

区区六个字，虞小满从虞家村琢磨到京城，也没弄懂其中深意。

流泪对于虞小满来说多是因为疼，要么身上疼，比如拔鳞片的时候；要么心里疼，比如上回糖人掉在地上的时候。

为了找到传说中的鲛珠，虞小满这些日子但凡得空就找一个空荡无人的地方哭。

凭空哭不出来就掐自己身上的皮肉，胳膊腿、肚腹、手心手背……连肉最厚实的屁股也试了，疼得虞小满龇牙咧嘴，又不能叫出声，眼泪扑簌簌地往下掉。

虞小满已然这般努力了，掉下来的还全是浑浊易碎的泪，一颗晶莹剔透的鲛珠都没见着。

这日虞小满趁府上众人午间歇息，偷摸跑到池塘边，脱了鞋袜踩水里，化出半条鱼尾。

拔鳞之痛乃鲛人最难忍受的痛楚之一，堪比人族凌迟之刑。上回虞小满为了交换关于陆戟的消息，拔给璧月姐姐几片，疼得虞小满咬烂了一团水草。这回虞小满退而求其次拿了一条手帕咬在嘴里，鼓足了劲儿刚要动手，水里突然冒出两条小鲤鱼打岔。

虞小满吐了半条帕子，含混不清地说：“我拔两片鱼鳞就走，不占你们地方。”

鲛人作为鱼类，天然有和其他鱼类沟通的能力，哪怕池塘里家养的鲤鱼不会说人语。

两条肥美壮硕的鲤鱼围着虞小满的尾鳍游来游去，虞小满着急拔鳞，懒得跟它们聊天：“什么络子？我没丢什么络子……哎，你们俩松口，别拽我衣带呀！”

小鲤鱼不知吃什么长的，力气大得很，两条鱼分工合作，险些把虞小满泡在水里的布腰带扯掉。

虞小满被缠得没办法，只得暂且放弃拔鳞，根据它们的指引蹲身到水底摸。不多时，果真摸出一条梅花络子。

虞小满原以为这东西是陆钺的，府上只有他爱玩这些装饰，腰上挂着、扇底坠着，花哨得很。

虞小满随手放在窗边，等晾干了再一看，发现这络子用的织线单一朴素，花样也中规中矩，似乎与肃穆的官服更匹配些。

陆府有逢初一、十五阖家聚在堂屋用饭的习惯。逢得间隙，虞小满便打量坐在对面的陆钺，心想就这样子还想当官袭爵？笑死鱼了。

虞小满本想忍着厌恶趁机问问络子是不是他丢的，陆老爷发话问“启之呢”，下人答曰“大少爷身体不适，在房里休息”。冯曼莹立刻在陆老爷面前扮演慈母，差人给陆戟煲汤送饭，之后席间便充斥着她以担心为名，暗贬陆戟身体每况愈下担不起大任的话语。

许是这回表现得过分明显，二房的附和搭腔也太刻意，惹得陆老爷动了火气，把筷子在桌上重重一拍，顿时无人再敢言语。

大家噤若寒蝉地吃完饭，刚散席陆钺就跑没影了。虞小满乐得不跟他打照面，把络子揣怀里回了自己院子。

天黑得晚，虞桃这会儿才张罗着点灯，虞小满也拿了火折子帮忙。

云萝自上次的争吵后就没在院子里出现，许是回陆戟身边伺候去了。想到这儿，虞小满既觉得轻松，又有一种说不清道不明的难受。

冯曼莹说过，云萝是要抬了给陆戟做妾的。

在海底的那些年，虞小满曾无数次想过该如何报恩，甚至想过若是陆戟不喜钱财，不争仕途，就给他娶几房美娇娘，横竖但凡他想要，自己都尽力给。

现下不知怎的，虞小满竟不太愿意见他妻妾成群、左拥右抱了。

虞小满拍拍自己的脑袋，暗叹道——小满啊小满，你是来报恩的，切不可再动旁的心思呀。

虞小满进到屋里，将烛台放于床头，望着摇曳的火光，长长叹了一口气。虞小满正自顾自惆怅黯然着，于是抬头瞧见窗边坐着的人时，生生被惊得后退两步，扑通坐在床上。

待看清是陆戟，虞小满忙平复了心绪：“你……你怎么在这儿？”问完又觉得自己嘴笨，这是人家的屋子，让给自己睡几天，怎么就当成自己家了？

知错能改，善莫大焉，虞小满腾地站了起来，抱起枕头就走。

半道上虞小满想起枕头也是人家的，扭身把枕头放了回去，只抽走下面压着的绡纱揣怀里，埋头拔腿往外冲。

虞小满被陆戟出声叫住。

“我来找件东西。”陆戟问，“你可见过一条紫檀色的络子？”

虞小满自是见过的，不仅见过，还当场摸出来给陆戟过目。

陆戟修长的手指缓缓捋过络底的锦线流苏，确认后如释重负般舒了一口气，道："是它。"

为陆戟找回失物，虞小满很高兴，一高兴便有些忘形："这络子编得可真好啊，在水里泡了这么久都不曾散开，只掉了几根流苏。"

陆戟蹙眉："水里？"

"是啊，我从池塘底捞……"说到一半，虞小满才惊觉不妥，"呃，下午我去池塘边纳凉瞧见的，顺手捞起来了。"

像是信了这话，陆戟并未追问如何捞的。他将络子收好，平淡地道了谢，转身便走。

虞小满眨眨眼睛，心想该走的不是我吗，于是开口留人："你就在这儿睡吧，我出去。"

"不必。"四轮车继续往外行。

虞小满有些急了："书房里没有床铺和被褥，会着凉的。"

"天暖了。"陆戟说，"你不是都去池塘边纳凉了吗？"

春日里纳什么凉？被抠字眼抓到漏洞的虞小满恨不得打自己的嘴巴，可一时又不知该如何解释。难得碰面，把人留下的急切之情更甚，虞小满灵机一动："老爷回府了，席上还说到你，今晚说不定会来查房。"

陆戟身形一顿。

虞小满趁热打铁："正好我懂点编织，帮你把络子理一理，省得再去找别人。"

陆戟扶着门框的手不动了，似在犹豫。

"反正……反正你也知道了我的身份。"虞小满将最具说服力的一条搬出来，既心虚又害臊，声音都微弱下去，"就算共处一室，也不必避什么嫌。"说完便又垂低脑袋，一副全无底气的样子。

虞小满的耳朵还竖着，因而捕捉到细微的木轮转动声传来。

紧接着便是陆戟低沉悦耳的嗓音：“那便多谢了。”

红烛背，绣帘垂。

虞小满坐在床边修络子，陆戟依旧守着他桌前的老位置，轩窗灯影摇曳，只听得细微布料摩擦与书本翻页的轻响。

虞小满的手指钩几下再一挑，末了打个结加固，络子的流苏便打理好了。

其间，虞小满理了理由于长期佩戴变得松紧不一的织线，梅花恢复立体饱满。虞小满站起来将它送到桌前，微扬下巴似在邀功：“你看看，这样如何？”

陆戟放下书，接过络子看一眼，道：“可以，多谢。”

虽未得到夸奖，但看陆戟的表情想来是满意的。只要能为他做点事，虞小满就满足了。

虞小满的脸颊不由得飘起红晕，幸好烛光微暗瞧不出来，便略显忸怩道：“方才你不是谢过了吗？”

陆戟没回话，放下络子便将视线移回书页上。

虞小满看出陆戟这是不想再同自己说话了，可还想多待一会儿，便无所事事地在桌子周围转了两圈，翻翻陆戟收藏的古籍，再戳戳陆戟用的狼毫笔。

陆戟不在的时候虞小满恪守规矩，从不碰这些东西，这会儿主人在场，虞小满胆子大了，好奇心被激发，什么都要看一看摸一摸。

可惜虞小满识字不多，提笔写字怕丢脸，书也看得似懂非懂，磨蹭一会儿，又拿起那个紫檀色的梅花络子赏玩。

虞小满越看越好奇，谁做的络子，能让对周围万物都漠不关心的陆大少爷四处寻找，甚至不惜屈尊询问讨厌的人？

虞小满不抱希望地问：“这络子怪精致的，不知出自哪位名家之手？”

这回陆戟给了应答：“并非名家。”

“那是……”

陆戟眼皮都没抬：“一位故人。”

与没回答无异。

他不愿意说，虞小满便没讨嫌追问，只在心里偷偷寻思，梅花……梅花是何时盛开来着？

常居海底的虞小满对此不清楚，遂在脑海中搜寻听过的咏梅诗，不期然想到一句“凌寒独自开”，恍然大悟，原来梅花开在冬日里。

天寒地冻，大雪纷飞。

雪……沈暮雪。

当这个名字忽地冒出来的时候，虞小满心头一跳，随后没来由的失落卷土重来。

原来是她做的络子，那就说得通了。

虞小满把流苏拨弄整齐，轻手轻脚放回桌上，扭头时耷拉着嘴角，心想鲛人擅织造，我做得也不差啊。

就是不知自己若真做了，陆戟要是不要。

次日一早，虞小满就看见那梅花络子系在陆戟的剑上。

贴身之物意义非同凡响，虞小满眼巴巴地瞅了半天，然后把还没织完的绡纱往被褥里塞了塞，唯恐又招了嫌弃，被挥到地上。

不过经得那晚共处一室，陆戟的态度扭转不少，虽仍是冷冰冰的，不爱搭理人，至少不会摆明抗拒了。陆老爷散衙早的那些日子，不消虞小满提，陆戟也会主动来屋子里过夜。

起初虞小满还心有惴惴，生怕陆戟一个不高兴将自己的身份戳穿，后来瞧着陆戟独来独往，与谁都不亲近，连身边的近卫段衡也不知此事，想来是伤了腿后过惯了这样的日子，并非与世无争，而是不在意了。

虞小满清楚，陆戟从未打算与自己有夫妻之实，先前不知自己是替嫁顶包的时候便与自己划清界限，说要还自己自由，如今句句都落到了实处，当真一言既出，驷马难追。

虞小满再度陷入茫然纠结中，不知该为恩公君子如兰的品行骄傲，还是该为恩公历尽千帆的麻木伤怀。

这日家中来客，又是给陆钺说亲的。

想到那刘家姑娘来了几趟，冯曼莹却一点没放心上，削尖脑袋想攀龙附凤，选个京中名门贵女，坐在席间充门面的虞小满就替刘姑娘生气。

虞小满从长辈的交谈中得知，为陆戟娶亲是为了早些把陆钺的亲事定下，因为按理兄长成婚后弟弟才可说亲，更是憋了一肚子火。

合着一家子都把陆戟视作可有可无的人，有用处了才为他做点事，无怪乎他养成如此冷漠疏离的性子。

十五岁的陆戟分明不是这般，彼时的他热情、善良，怀着少年人的无畏和傲气，对前程翘首跂踵，琥珀色的瞳孔中无时无刻不散发着熠熠光辉。

那是虞小满铭记在脑海整整七个春秋的模样，也是虞小满此生的追逐和向往。

如今，这梦想被这些浑蛋亲手捏碎了。

虞小满揉碎掌中的龙眼壳，狠狠瞪了陆钺一眼。

许是虞小满太明目张胆，被陆钺那家伙发现了，只见他歪唇一笑，对媒婆道："相貌嘛，要求也不高，与我大嫂姿容相当即可。"

原是讲到说亲条件，陆钺那家伙横插一嘴，顺带调戏一把大嫂。

虞小满火冒三丈，当着长辈的面又不好发作，默默抓了一把龙眼在手里，边吃边数，打算攒到七颗龙眼核，趁其不备打他个七窍流血……哦不，满地找牙。

虞小满还没数到五，又有客人登门拜访，来头还不小，连太夫人都拄着拐杖出门迎接。虞小满愣愣地跟到门口，见那两女一男冲自己使了半天眼色，才一拍脑门反应过来："啊，村……父亲母亲，你们怎么来了？"

虞村长和夫人没空手来，给虞小满带了一个既熟悉又陌生的朋友。

进得门来，真虞梦柳拉着假虞梦柳的手写字，试图把自己的新名字通过这种方式告知虞小满。可虞小满浑身都是痒痒肉，痒得憋不住笑，差点蜷起身体滚到地上。

幸得虞桃聪明伶俐，上前一步拉住虞梦柳的手，惊喜道："柳绿，你怎的也跟来了？"

虞梦柳自己也没想到，琢磨了一路的新名字，没派上用场不说，进到陆府还化了柳绿这个又土又俗的名，跟桃红凑了一对，对外只能自称是虞小姐在老家的丫鬟。

长辈在前厅说话，陆钺趁机溜了，其余小辈转移到堂屋后面的花园玩。

虞梦柳头回进京，头回见如此气派的宅子，门外两座凶神恶煞的辟邪石狮，门里亭台水榭，雕梁画栋。看着看着，她忍不住回头瞥了虞小满一眼："我不肯嫁，倒让你占了便宜。"

话酸归酸，虞小满觉得她说得没错，自己确实占了大便宜，遂连连称是。

虞梦柳哼了一声，还有些不甘心，又问："那将军的相貌究竟如何？孩童见了他，当真啼哭不止？"

虞小满正欲作答，被跟在后头的虞桃抢了先。

"丑，丑极了，洞房那天把我俩吓得不轻。"虞桃生怕这位想一出是一出的大小姐反悔，信口胡诌道，"幸好您没嫁，不然八成会两眼翻白晕过去！"

虞村长一家此次进京，说是走亲访友，实则分明是来探听情况以求心安的，虞小满心里门儿清。

一家三口见虞小满顶包之事未被发现，都松了一口气。

太夫人待客有礼，对亲家更是热情，闲聊中恰好得知和虞夫人有烹茶的共同爱好，两人聊起来没完没了，干脆留虞夫人今日在府上小住一晚，明日再走。

虞小满回到前厅听闻此"噩耗"，惶恐的同时又想着好在今日并非初一、十五，用不着一大家子人聚在一起闹腾。

后来长辈们聊到陆大少爷，虞小满又庆幸陆戟从来不参与这种活动，有客亦不现身接待，不然任自己身上长十张嘴也解释不清，为何新婚夫妇如此疏远。

第三章 骏马糖人

虞小满如坐针毡，在心里把能求的菩萨佛祖挨个跪求了，孰料天上的神仙只管人不管鱼，长辈们终是聊起了小满最畏惧的话题。

“爱女远嫁，换谁都舍不得。”虞夫人俨然入了戏，凄切的模样不似作伪，“为人父母最大的心愿，就是女儿能觅得贴心郎君，过得舒坦快活。”

许是勾起了太夫人嫁女儿的伤心事，老人家拈起帕子抹泪，接着一挥手：“还不快把大少爷叫来，让岳父岳母瞧瞧可否值得托付。”

虞小满的心直蹿到嗓子眼，恨不得拿百年寿命交换陆戟尚未散值，或心情不佳拒绝前来。

然虞小满今日恐是犯了太岁，事事不如意。不多时，虞小满便听到熟悉的车轮声传来，紧接着清冷嗓音贯入耳中：“小婿见过岳父大人、岳母大人。”

虞小满艰难地抬起头，瞧见的便是端坐于堂屋正中的陆戟，以及目睹他的真颜，惊得眼珠子快瞪出来的虞梦柳。

晚些时候，送完长辈们各自回屋歇息，虞小满还不得闲，留在花园里安慰失意少女。

说来也没什么要紧的，无非虞梦柳见了陆戟本人，春心萌动，悔不当初，连让虞小满明日跟她父母走，自己留下的馊主意都提出来了。

“你们骗我！”虞梦柳气得直跺脚，“他明明生得这般好，脸上也没有疤，你们竟然骗我，说他丑得能把人吓晕！”

虞桃装傻：“他生得好吗？我瞧书里都爱以‘目似朗星’描绘俊朗男子，他眼里不是也没见着星嘛。”

虞梦柳又不是稚龄孩童，这牵强理由自当蒙混不过去。

虞桃只好另辟蹊径，从陆府规矩烦琐、婆母恶毒苛刻说起，将先前虞小满被下人欺负到头上来的事夸大一番，辅以虞小满本人的点头肯定，把娇生惯养的虞梦柳吓得一愣一愣的。

加上陆戟虽面若冠玉，却是一个腿不能行的残废，几经权衡，虞梦柳觉得自己受不了这等委屈，最后听了劝，颇为不甘愿地放弃了。

总算把大小姐哄妥帖，回到自己院子，大功臣虞桃得到虞小满削皮切片的苹果一碟，瘫在椅子上有气无力道：“我也是为自个儿打算，若是真换回来了，虞小姐那蛮横性子我可受不了。”她说着摆摆手，“别管我了，快去和你的俏郎君共度良宵吧。”

因着这句话，虞小满进到屋里，一瞧见坐在桌前的陆戟，脸无端地发热。

陆戟自是不知这人在想什么，也无暇过问，听虞小满说已经把人安顿好了，只点了点头。

虞小满藏不住事，搬了一个凳子坐陆戟旁边，趁他翻书，和盘托出道：“那姑娘，就是名唤柳绿的那位，其实是虞梦柳。”

陆戟说：“我知道。”

虞小满先是一惊，旋即稍一琢磨便明白了。毕竟线索明晃晃地摆在那儿，虞梦柳趾高气扬，恨不得把“我是小姐”四个字写脸上，哪有一点丫鬟的样子。

瞧陆戟镇定的模样，似乎也没对真虞梦柳有想法，虞小满舒一口气，接着道：“还有，昨日老爷派来查看的嬷嬷瞧出我俩分开睡了，我说我腰疼，你把床让给我睡，我瞧着她的眼神，应是不大相信。”

“无妨。”陆戟仍不上心，“明日起身后，你将床铺弄乱些，糊弄过去便好。”

虞小满歪着脑袋疑惑道：“为何要将床铺弄乱？”

陆戟睫羽轻掀，看了虞小满一眼，似在探究这人是在装傻还是真不懂。

陆戟正思量着该如何解释弄乱床铺的意义，忽闻外头一名妇人的洪亮嗓门：“大少爷和少奶奶怎的还不歇息？今儿个亲家可在府上呢，若知道二位一个睡桌一个睡床，少不得伤心欲绝呀！”

虞小满吓得险些岔了气，拍着胸脯道：“她这是不打算走了？”

果不其然，过了亥时，伴着哈欠的声音再次传来：“少爷少奶奶快吹灯歇息吧，书中有黄金屋也禁不住这样脸对脸地熬啊！”

竟是连两人坐在哪儿都晓得！

想来是人影映在窗上叫那嬷嬷瞧见了，这下可好，分两边睡自会被抓包，直接吹熄蜡烛又显得欲盖弥彰……虞小满一边埋怨这老嬷嬷何至于如此尽忠职守，一边抓秃脑袋想应对的法子。

终是陆戟拿的主意。

他合上书，视线扫过屋内的雕花木床："这床应当睡得下两人。"

在一墙之隔的耳房内净面时，虞小满愉悦地哼着小曲儿。

陆戟愿意与自己同床共枕，是不是已经不那么讨厌自己了？

虞小满转念一想，陆戟分明只是为了掩人耳目，无奈才想出这等计策，睡一张床既不逾矩也不稀奇，虞小满又欢喜不起来了。

虞小满回到屋内，陆戟已经自行上床躺平。瞧着四轮车的摆放朝向，应是双臂撑着身体挪上去的，虞小满心酸之余失落更甚。

方才不是说好自己扶他上去吗？虽然他压根儿没出声答应。

虞小满唯恐陆戟行动不便，说要睡里边，此刻陆戟便躺在外边，双目紧闭，呼吸绵长，似是睡着了。

虞小满吹熄床头的蜡烛，除去鞋履，缩手缩脚往上爬。

到底是头回与朝思暮想的恩人同床共枕，期待逐渐取代紧张，虞小满心怦怦跳，一只手臂越过陆戟撑在床铺里侧，抬起一条腿正要跨过去时，脚尖冷不丁被绊了下，身体霎时一晃，四肢着地骑坐在陆戟身上。

这么大动静，任是死人也生生吓活了。

陆戟睁开双眸，对上的便是虞小满落在他正上方的惊惶面孔。

"对不住，我把你吵醒了。"

虞小满说得慢，喘息却很急，头发也散了几绺在陆戟脸侧，皂角清香扑面。

窗外的月光将将够照亮这人一张一合的唇，陆戟却记得，这张嘴白日里是红色的。虞小满不喜用胭脂点唇，生来唇便是柔嫩的嫣红。

嘴唇上头覆着一层润泽水光，尤其是在贝齿轻咬过唇瓣之后。

此刻虞小满并不知道陆戟在想什么，只知道自己心跳得很快，若再多对视一会儿，心脏说不定会从胸膛里跳出来。

到底是陆戟率先别开目光，他淡声道：“无妨。”

待到虞小满爬到里面，和衣躺平，羞耻才缓缓爬上心头。

气氛有些凝滞，虞小满故作轻松道：“谢谢你今日到前厅来，若是你不来，太夫人说不定也要以为我俩不合，派人来盯了。”

陆戟“嗯”了一声。

他答得轻巧，虞小满却没法平静地接受他的照拂。

这因由上可追溯到拔剑那回，陆戟说是怕吵，实则那么做的得益者，唯有虞小满一人。即便路过听见，他也完全可以置若罔闻，可是他没有，还出手相救了，哪怕明知可能招惹麻烦。

七年后，他看似变化许多，内里还是老样子，还是那个会将搁浅在滩涂的小鱼送回海里的温柔少年。

一腔热血化作勇气自胸口蔓延，虞小满藏了许久的话脱口而出：“我叫虞小满，你可以叫我小满。”

即便借着冲动说话，虞小满仍是没什么底气。言罢，虞小满便闭上眼睛，仿佛眼不见就能当作没说过，也并没有期待得到回应，终归自己就是一个替嫁的赝品，一条无足轻重的、哪怕见过一面也会很快被忘记的鱼。

是以陆戟出声时，虞小满猛地一哆嗦，勉强合上的眼皮抖得厉害。

“嗯。”陆戟先应下，随后缓而轻地唤了一声，“小满。”

次日清晨，送村长一家离开，虞小满颠儿颠儿地推着陆戟到门口。村长夫人假模假样地拉着“女儿”的手嘱咐了几句出嫁从夫、切勿任性什么的。虞小满满口答应。

就是虞小满挣扎半天也没挤出一滴临别不舍的泪，对方毕竟不是亲娘。

一夜过去，虞梦柳仍是心有不平，趁长辈们说话时不时偷瞄陆戟一眼，活像本该属于自己的东西让别人夺走般舍不下。

她好容易得空把虞小满拉到一边，上来就问："他平日里就这样板着脸吗？看起来好凶。"

虞小满想了想，确实没见过陆戟笑，如实回答道："是啊，他平日里就这样。"

这下虞梦柳心里舒坦了，扬起下巴哼道："生得再好，脾气臭可要不得，我的郎君必得性情温和，处处让着我。"

虞小满原想说陆戟私下里也很温和，怕大小姐又对陆戟动心思，到底憋着没说。

"那他平日里管你叫什么？"虞梦柳对婚后生活充满好奇，亦怕自己的名字被占了去，"不会叫你梦柳吧？"

"啊，不是不是。"虞小满想到昨天夜里吹熄蜡烛后的事，禁不住害羞起来，"他叫我小满。"

虞梦柳撇撇嘴，嫌弃这名字俗，而后又问："那你管他叫什么，也叫名字吗？"

这可难倒虞小满了，大少爷、陆将军、恩公……听着都生分，可确实也没用过其他称呼，只好含糊地"嗯"了两声。

没承想，虞梦柳听了还是皱眉："你俩也太生分了吧？"

虞小满虚心求教："那该如何称呼？"

怎么说也是帮她顶包的，她心里总怀着些愧疚，于是凑到虞小满耳边小声说了句什么。

虞小满先是没听清，茫然地眨巴了一下眼睛，待得虞梦柳重复一遍，才忽然"啊"了一声，白净的脸瞬间涨得通红。

晨风轻拂，碧波荡漾，吃饱喝足的虞小满坐在池塘边喂鱼，边捻馒头屑往水里扔，边念叨方才学来的称呼。

虞小满念了两遍又羞怯起来，问两条抢食的鲤鱼："你们说，我若是真这样叫他，他会生气吗？”

两条鲤鱼边抢食边帮忙出主意，道：“你姑且先试试。”

虞小满忙不迭摇头：“我不敢，万一惹得他不高兴，刀剑可没长眼，我还想留着小命回东海呢。”

鲤鱼们咕嘟嘟地吐泡泡，似在笑这鲛人胆小。

“况且他心里有人了。”虞小满垂低眼帘，声音也低了下去，“沈姑娘生得美，识字也比我多，虞桃这些日子念的诗都是她写的，我拿什么与她比？”

两条胖鱼在水里来回扑腾，帮小满出主意。

“个头高？我是比她高几寸，可这也算不上优势啊。”

提到身材，虞小满不禁抱住身形单薄的自己，想到那日沐浴的尴尬一幕，哭丧着脸道：“我甚至不是一个身材窈窕的美娇娘！”

除却难讨陆戟欢心，诸多麻烦也在近日逐渐显现。

比方说入春后穿着日益单薄，虞小满发现太夫人看自己的眼神都变得不对劲。

这天后宅夫人们聚在堂屋闲话家常，太夫人特地吩咐下人用野葛根泡茶给虞小满喝，说是对身体好。

虞小满当时就觉得席上几人看自己的眼神微妙中似带嘲笑，出得堂屋听虞桃一说，才知道这野生葛根不足为外人道的功效。

虞小满又惊又羞，等不到回自己院子，路上就抠嗓子眼，欲把刚喝下肚的茶吐出来。

慌乱之下虞小满没找到隐蔽的地方，碰上了在庭院闲逛的陆钺。

“我能在这里碰到大嫂，当真是天定的缘分。”浪荡子开口就没一句中听的，挡了虞小满的去路，“别着急走啊，春色满园，风光正好，大嫂陪小弟一面欣赏一面吟诗作对如何？”

虞小满干脆道：“我不识字。”

陆钺先是一愣，随即爽朗大笑：“难怪大哥瞧不上你。”他说着凑近几分，以扇掩唇，“我就不同了，我没那些个光风霁月的心思，只稀罕大嫂的皮相，光瞧着大嫂皓齿明眸、肤若凝脂，我就……哎哟！”

无论吃几次亏，陆钺仍是栽在虞小满手上。这回又被绊住了脚，不同的是他还没挪步子，就被拽了个狗啃泥。

“好你个不识抬举的村里泼妇！”陆钺呸掉几口泥，坐在地上骂道：“我哪里比不上陆戟那个瘫子了，你竟敢一而再再而三地拒绝我！”

虞小满已经走出去几步，听到陆戟的名字，终于没忍住，返回抬腿冲陆钺踹去，一脚正中肩膀，让他还没爬起来又骨碌碌摔了回去。

“他的名也是你叫的？”虞小满嫌裙摆碍事，干脆撩起一边别在腰间，昂着脸居高临下地看陆钺，“你问哪里比不上他？那我就告诉你，他处处比你强，身体棒、武功强、学问好，连脸蛋都生得比你俊朗万倍有余！”

许是发了一通火，气息顺畅了，这天虞小满胃口大开，午餐用了两碗白米饭，放下筷子就跑到院里中气十足地练了一套五禽戏。

虞小满练完五禽戏还觉得不够，正巧虞桃把昨日两人一起做的风筝拿了出来，说糨糊晾干可以用了，虞小满便撸起衣袖接过来，绑上绳子开放。

陆府宅院占地几十亩，即便亭台楼阁无数，放个风筝还是放得开。

虞小满旁的不会，但玩的东西上手比谁都快，在虞家村就是那帮垂髫小儿的老大，这会子威风不减，一阵疾跑将风筝放得老远老高。虞桃在边上高兴得拍手直跳。

虞小满刚要把风筝线送到虞桃手里，风向忽变，飞上半空的风筝偏了方向，线绳缠在一棵高耸的松树枝上，鱼形风筝在空中打了几个转，落叶般直直朝下坠落。

虞小满顺着线摸到那棵碍事的树，眼看风筝落在一墙之隔的外头。虞小满生怕它被路过的孩童捡走，连忙追了出去。

陆府后门外是一条名为锦花的巷子，虞小满乘轿入府走的便是此处。

当时春寒料峭尽显萧瑟，此刻花满枝头姹紫嫣红，沿途寻着寻着，虞小满的目光就被路边的树木花草吸引了去。

虞小满在被泥土掩盖的几片红粉落花前定住脚步，抬起头，非但看见了墙头的千叶桃，还看见了前方不远处，身着靛青长衫，坐在四轮车上的男子与他执于手中的风筝。

今日休沐，陆戟的时间几乎消磨在书房里。

方才他觉得乏了，出来转转，车行至巷道便听得院墙内的欢快笑闹声，仰头见一只鱼形风筝飞在头顶，不由得盯着看了许久，直到它缠了树枝，虚虚晃晃地掉在地上。

虞小满快步上前，临到陆戟面前又胆怯似的放慢脚步，轻声问："这个是你捡到的？"

陆戟点头："你做的？"

"嗯，我做的。"虞小满难得听他问自己点什么，忙接话道，"昨日里我弄来几根竹子，连夜劈开做骨架，虞桃……就是我的丫鬟也有帮忙。"

陆戟又点了点头，垂眼看了一会儿手中的风筝，不再言语。

他的神情分明与平时无异，可不知为何，虞小满从中看到了几分落寞，进而想到他伤了腿，至少三年不曾放过风筝了。

他本该翱翔于天际，却被困在小小的一架四轮车里，与离了水的鱼又有何分别？

因而陆戟将风筝递还时，虞小满没接，只轻快地问："你想不想放风筝？"

暮色来临前，陆府后的锦花巷沸反盈天。

今日，虞小满生龙活虎，胆量也跟着大了，看陆戟抬头并未作答，就权当他默认了。虞小满将断了的线打结接上后，塞到陆戟手里，接着绕至他身后，大喊一声"放风筝咯"，推动四轮车撒腿狂奔。

陆戟没想到对方会这样做，车轮飞速滚动时身体猛地后仰，心也跟着高高悬起，手一松，风筝擦身飞了出去。

虞小满跑得极快，还有余力腾出一只手帮陆戟放线，只见那风筝晃晃悠悠飘了起来，尾端的飘带被吹得猎猎作响，忽高忽低上下摇摆一阵，终于还是乘着风飞向高空。

巷道不长，半个来回勉强够把风筝放到天上。掉头往回跑时，虞小满更是加快速度，生怕风筝掉下来似的，跑得哼哧哼哧，鞋都险些甩脱。

虞桃和段衡闻声赶来时，见到的就是这样一幕——虞小满推着四轮车急奔向前，陆戟坐在车上扯风筝线，木轮以前所未有的速度转动着，咯吱咯吱的动静叫人心惊胆战，唯恐它不堪重负散了架。

“将军、将军，您还好吗？”段衡把随身佩刀拔出半截，发觉派不上用场又插了回去，转而怒喝虞小满，“还不快停下，别吓着将军！”

虞桃倒觉得有趣，加入跟在后面跑，扭头冲段衡扮鬼脸：“你家将军哪里这么弱不禁风，连个风筝都放不得？”

虞小满在后方推车，瞧不见陆戟的表情，急得探头探脑：“怎么样，好玩吗？”

陆戟闻声别过头，望向飘在远山残阳之上的一条碧色流光的鱼，神情称不上和颜悦色，但至少不见愠怒。

虞小满仿佛受到鼓舞，忍不住又问：“好看吗？”

虽然虞小满问的是风筝，但陆戟却收回视线，比平日里多了一丝温度的目光从虞小满面上扫过。

恬暖春风拂面，心跳震耳欲聋，轻轻一个“嗯”字飘入耳中，虞小满不确定是否听错，再追问时，陆戟已扭过头去，将无心流露的情绪收敛了个干净。

白日晴空万里，夜里竟下起淅淅沥沥的雨来。

虞小满托腮坐于窗前，思绪漫天飘飞，心想不知虞家村下雨了没。

自己虽不喜欢雨，却因为风雨过后的天晴，对雨总是怀着莫名的期待。而且七年前，陆戟便是在一场大雨后的清晨救了自己。况且雨会桎梏脚步，至少今晚陆戟不会从自己身边离开。

虞小满闲来无事，捧着诗集翻阅，念到“忙趁东风放纸鸢”时，惊觉风筝或为民间叫法，纸鸢方显诗情画意，便执起毛笔将这二字写满整张宣纸，确定记到脑子里了才停笔。

虞小满换了一张纸，忍不住开始写陆戟的名字，从大名到表字，再到未曾诉之于口的那个称呼。夙夜思之，心神往之，虞小满写着写着便自口中念了出来，自己尚未发觉，倒是陆戟抬了头，用询问的眼神看过来。

“我没说什么。”虞小满捂着嘴解释，“就是嘴里没味，想吃甜的，随便咂巴两下。”

不提及倒还好，提到甜的，虞小满忽然想起那支脏了也没舍得扔、被藏在院里树下的糖人。

虞小满急急忙忙跑出去，垂头丧气走回来，噘着嘴像要哭了，嘟哝着怨道：“土地公怎的这样贪嘴，竟偷吃我的糖人。”

陆戟想了想，道：“许是蚂蚁吃的。”

待弄明白蚂蚁是何物，虞小满羞赧地挠头：“我当然知道蚂蚁，只不过家住海边，见得少罢了。”

休沐的日子疲倦来得迟，陆戟合上书时，外头的雨已经停了。

今日，虞小满睡得早，规规矩矩地躺在床铺里侧。陆戟移至床前，扭身刚要吹熄床头的蜡烛，瞧见摆在边上的东西，愣怔片刻，伸手将它拿起。

是一根沾了泥土的竹签，上头原本有一片形似骏马的糖人。

当日他不耐烦地挥手推开，没承想会把这东西掀翻在地。等他走远了，回身瞧见虞小满还蹲在廊下，垂头瞅着那在泥里滚了一圈的糖人，头顶的灯笼照亮这人泫然欲泣的面孔。

当时陆戟烦躁不耐，不明白为何这人如此爱哭，现下才觉得或许只是被伤了心，实在难过罢了。

就像他习惯了掩藏情绪，而虞小满则惯于将情感露于人前，因而可以抹眼泪，可以放声笑，可以坦荡地表露喜恶，哪怕会因此得罪人。

陆戟思及白日里路过庭院时无意中听到虞小满在陆钺面前的一番豪言壮

语，心觉有趣，紧抿的嘴角不由得向上弯起，勾出一抹浅笑。

尚未待他觅得这股轻松快意的来源，躺在床铺上的虞小满扭动了一下身体，嘴唇翕张念了句什么。

陆戟心头微微一动。

方才在桌边，他听虞小满这样叫他，还以为听错了。

现下虞小满翻了个身面向外边，双目自始至终没睁开，日有所思，夜有所梦，呼唤声倒是更清晰了。

“陆郎……”虞小满唤了一声还不够，抬起软绵绵的手拍了拍身侧空着的被褥，“陆郎，别看书了，快来歇息吧。”

第四章 医治腿伤

第四章 医治腿伤

在虞小满不长也不短的十七年鱼生中，与人同床共枕的经历是这阵子才有的。

或许是生于大海，上无父母，下无牵挂，虞小满被璧月姐姐捡到时还是一颗小小的鱼卵，裹在翠绿的海草里，只能看见两只黑乎乎的眼睛。

虞小满化出鱼体后便独自生活，海底的每一方土地都能成为栖息之所，无人提醒，虞小满便一直以为自己睡相不错，直到近些日子才不由得对自己产生怀疑。

一来，陆戟身体不便，躺下就不会乱动，可每日起床被褥都不甚齐整，分开摆放的枕头也挨到一起去；二来，陆戟最近对自己的态度也有了些微变化，偶尔视线交会时不像从前那样轻飘飘移开，而是会多停留一瞬，似在探究什么。

难道我夜里说梦话，让他知道我是一条鱼了？

想到这一层的虞小满惊恐万状，对陆戟更是敬畏有加。某日，虞小满在饭桌上见到一盘红烧鱼，吓得大气也不敢出，生怕落得与这可怜的鱼同样的下场。

虞小满转过头又想到，人类的寿命至多百年，而鲛人则是三百年不止，于是不再愁被宰了端上桌，开始担心别的。

等几十年后陆戟成了白发苍苍的老头，我还风华正茂，到时候还管他叫陆郎，会不会被笑话呀？

关于延长寿命，人族的探索并不比虞小满来得少。

早在前朝就有皇帝炼丹求长生不老的文献记录，甚至有活捉了鲛人研究它们为何长寿的先例。

治腿计划由于得不到鲛珠而遇到瓶颈，虞小满转而投向钻研延年益寿之法门，心想众人都想要的东西，陆戟必定也想要。

某个暖风吹拂的午后，虞小满窝在陆府的池塘里拔鳞，即便口中咬了树枝，仍痛得大汗淋漓，抑制不住的痛吟断断续续自喉咙溢出，听得人的心也跟着揪紧。

水中两条小鲤鱼看不下去，又无力阻止这人的自残行为，嚷嚷着说要把这事告诉璧月。虞小满松了口吐掉树枝，抹了一把额角的汗，喘着气道："你们若是告诉她，以后我就不带好吃的来了。"

水路四通八达，鱼儿在传递消息上颇为拿手，离了水便不行了。两条鲤鱼为口腹之欲闭了嘴，气呼呼地在池塘里甩尾巴，不慎碰着虞小满的伤口，引来一声痛呼，又偃旗息鼓不再乱动，乖乖挨在池边。

剥鳞之痛持续甚久，虞小满休息了一阵，仍没力气站起来。

虞小满迎着太阳的方向举起刚取下的几枚扇状鳞片，它们折射出碧蓝晶莹的光。虞小满眯起眼睛，终于挤出一个苍白的笑，轻喃道："他这么好，哪怕知晓我是鱼，也不会生我的气吧？"

书上说鲛人浑身上下都是宝，除了鲛珠，鳞亦为养身上品，于是虞小满将鳞洗净碾成末，一半混在陆戟的茶水中，一半偷摸敷在他腿上。

前者相对简单，鳞粉溶于水后无色无味，人类几乎不会察觉。后者便不那么容易，尤其是陆戟这样防备心极重的人。

这日虞小满掐着大腿不让自己睡，好不容易熬到午夜爬起来，伸手刚碰到陆戟的亵裤，陆戟便醒了，在黑暗中一把按住虞小满的腕。

虞小满像一个做坏事被抓包的流氓，慌得嗓音都在哆嗦："我……我睡不着，起来喝杯茶。"

陆戟像是信了，松开手道："喝茶更难入眠。"

虞小满心虚地躺回去："那就……就不喝了。"

第四章 医治腿伤

这下不喝也睡不着了，虞小满摩挲着自己被握过的手腕，盯着帐顶发呆，思量着该怎样神不知鬼不觉地把鳞粉抹在他腿上，冷不丁听到陆戟问道：“很疼吗？”

“不……不疼。”虞小满险些灵魂出窍，“我就睡不着瞎揉揉。”

俗语说精诚所至，金石为开，又过去几日，到底让虞小满寻着机会。

越到夏日，越是催人萎靡困顿，陆戟亦是如此，四月里某个休沐的午后，他捧着书在窗边睡了过去，虞小满来回走了几圈，他都没有要醒的迹象。

虞小满蹲下身，小心翼翼卷起一双裤腿，脑袋里想着非礼勿视，最终还是没忍住瞟了一眼。见陆戟双腿修长，覆着一层薄薄肌肉，瞧着与常人无异，虞小满一时不知该庆幸还是遗憾。

据说陆戟当年在战场被奸人自背后偷袭时，伤的其实是后颈，那人丝毫余地未留，一刀直劈要害，分明想要陆戟死。

没想到陆戟福大命大，在数名医者摇头称无能为力的情况下，昏睡几日竟然醒了过来，不过从此双腿全无知觉，再无法正常行走。

趁陆戟睡得沉，虞小满蹲在他面前仰头看了他好久。

“陆郎，”只有在这时候，虞小满才敢这样贪婪地唤他，“陆郎你别难过，我发誓，无论用什么方法，定会把你治好。”

行医讲究望闻问切，上药之后该做的便是观察病人状态，以便调整用量。

因着新一批禁军入编训练，陆戟一连几日未曾归家。这天虞小满等不住，大中午追到练武场去，在门口见陆戟上了马车，二话不说也跟着爬上去，未待段衡通传便着急问：“你近来感觉如何，身体可有变化或异常？”

陆戟扭头发现车里多了一个人，一愣：“你怎会在这里？”

虞小满恨不得直接掀了他的裤子自己看，忍了又忍，以理服人道：“我先问的。”

陆戟虽满腹疑问，还是回答：“没有。”

直到马车出发，窗外的景致迅速倒退，虞小满还在叹气，一脸苦大仇深地思考究竟是哪里出了错，难不成非要那传说中的鲛珠方能起效？

陆戟当这人忙着来寻自己有难以启齿的事，问：“陆钺又为难于你？”

虞小满心中烦闷，忽略了“又”字，摆手道：“没有啦。”

他敢为难我？我为难他还差不多。

马车行到半路，瞧着沿途景色陌生，虞小满问：“我们不回家吗？”

陆戟说：“我去朋友的马场，挑几匹上得了战场的好马。”

虞小满这才反应过来马车并非往家里去，扭头便要下车，被陆戟叫住。

“那马场养着几匹性格温顺的马儿，”陆戟说，“若你想学骑马，再合适不过。”

想来他是为了还上回放风筝的情，或是通过那骏马形的糖人猜测虞小满想学骑马，无论出自何原因，倒正中虞小满的下怀。

从未骑过马的虞小满向往之情溢于言表，收了跨出去的脚，咽了口唾沫，故作正经道：“那就打扰了。”

马场建在京郊空无人烟的一处空地上，周遭地广人稀，自车窗向外望去，烈日仿佛将飞扬的尘土照出虚影，恍惚间有置身大漠之感。

即将抵达马场时，他们老远就听得一阵爽朗的笑声，与骏马奔腾声混在一处。

“前头领路的说，陆大少爷带了夫人来，我等不及想一睹夫人真容，这就快马加鞭前来迎接了！”

紧接着车帘倏地被掀开，来人先是冲陆戟作一揖，摇头晃脑道：“陆大少爷大驾光临，沈某有失远迎。”

来人抬头将视线移到虞小满身上时，先是惊讶得愣住，随后如同见到久别故人般扬唇笑起来。他正欲说什么，见虞小满躲避陌生人似的往陆戟身边靠了靠，在二人身上扫视的目光倏然黯淡下去。

他到底还是摆出笑容，冲虞小满也作揖道：“鄙人沈寒云，久仰陆夫人大名。”

第四章 医治腿伤

进到马场里头，在待客用的帐篷里坐下，虞小满捧着一盏茶抿了几口，总算想起在哪里见过这位马场主人。

天香楼，风筝，雅间……当时这位沈公子与眼下一般亲切客气，还把自己唤作救命恩人。

只是不知为何，这位沈公子隐瞒了二人曾见过的事，这令虞小满百思不得其解。

不过一面之缘而已，转眼便忘了也不稀奇。索性不是什么重要的事，虞小满便也不多想，安静地坐着听他俩说话，同时雀跃地期待即将到来的扬鞭策马。

两位瞧着便是至交好友，陆戟在沈公子面前说话也比平日里多些。

讲到马场里一匹资质极佳的宝马竟为争夺一匹母马与其他雄性马撒疯打架，沈寒云笑说“马儿也不能免俗”，陆戟听后竟扯开嘴角笑了一下。

虞小满险些又看痴了，晕头晕脑地想，若他能叫我一声小满，再对我笑一笑，纵是让我将身上的鳞片拔光也值了。

两人聊了一会儿，有个小厮模样的人进到帐中，禀报道：“二小姐正往这边来，已经到门口了。”

沈寒云眉头蹙起：“不是说好明日带她骑马，怎的突然要过来？”

小厮冲陆戟看了一眼，不吱声。

这下连虞小满都看明白了，二小姐是冲着陆戟来的，加之是沈寒云家的亲眷，八成是那位沈暮雪沈小姐。

“本来安排好了不让你俩碰面，没想这丫头……”沈寒云面露愧疚，叹息一声，“临近婚期，她反倒想不开了，前些日子竟以绝食相逼，非要见你一面。不如这样，我安排你们去别处待一阵，等她来了就说你们已经走了……”

“不必。”始终安静、不发一言的陆戟出声道，“我们就在此处。”

待听到急匆匆往这边行来的脚步声时，虞小满不由得屏住呼吸。

来人一身火红骑马装，更衬得她面若桃李，百花都失了颜色。

沈暮雪先拖着嗓子叫了声“哥”，而后像风一样跑到沈寒云跟前，嗔怒般质问他为何说今日马场不开。

沈寒云摸了摸鼻子，支支吾吾圆不上谎。沈暮雪也懒得听，径直面向陆戟，道：“烦请陆少爷随我来，我有话要对你说。”

“就在此处说吧。”陆戟说。

沈暮雪看了虞小满一眼，眼神中露出几分讥诮：“好，横竖目不识丁的乡村妇人，不见得能听懂。”

拼命垂低脑袋还是被揪出来的虞小满愣了一下，意识到被人瞧不起了，也只得在心里苦笑，毕竟她说得没错。

“我想清楚了，成亲尚且可以休妻，我这婚约尚未兑现，推了又何妨。”沈暮雪掷地有声道，“我知你心中有我，若非如此，当年也不至刚下战场便求皇上取消婚约，你是怕拖累我，误我幸福，对不对？”

此言一出，虞小满和沈寒云俱是一怔。

他们都晓得事实正是如此，眼下让沈暮雪猜到了，陆戟的冷漠拒绝便成了徒劳，说不准沈暮雪剑走偏锋这么一激，能直接令他将真心话和盘托出。

虞小满蜷起放在膝盖上的手，脑中乱成一锅粥，手心都沁出汗了。

“只要你一句话，一句话便可，无论清贵还是布衣，天涯或是海角，我都随你去。”

沈暮雪此番有备而来，句句往人心窝里说，但凡陆戟动摇，都有可能变成另一个故事。

虞小满正想着，攥着布料的一只手忽然被握住。

陆戟的手比虞小满的大许多，因此能够轻易包住这人的拳头，再用掌心的热度令其紧绷的指节松开，修长手指顺势插入指缝间，形成十指紧扣的亲密姿态。

“起先我确有不想拖累你之意，然而如今……”陆戟语调平缓，一字一句道，“我与小满自新婚之初便琴瑟和鸣，早已互许终身，非卿不可，望沈小姐亦能早日觅得良缘，届时我夫妻二人必登门贺新婚之喜。”

虞小满隆隆的心跳响在耳畔，在松掉的一口长气中逐渐平息，第一次被陆戟主动牵住手的喜悦也冷却了下来。

虞小满头一回恼自己如此清醒，没法将陆戟说的话当真，更没法想象这只手的暖意是为自己散发。

但凡他稍有动摇，就不会编这样的谎话。

但凡他没那么爱沈暮雪，就不会牵起自己的手，借自己布一场骗局。

璧月姐姐说得没错，人族男子果然惯会骗人，黑的也能说成白的，若自己不是当事人，怕是都要信了这份夫妻情深。

虞小满的气愤来势汹汹，只好咬牙切齿地想，坏人，改明儿不拔鳞给你治腿了！

不多时虞小满又后悔了，心想鳞还是要拔的，不然耽误医治。五片别想了，减到四片吧。

虞小满心里逞凶，行动上也不遑多让。虞小满挣开陆戟的手，反过来扣住，掌心紧贴着掌心。

这是自己梦了许多回的场景，得偿所愿明明该痛快，虞小满却鼻头泛酸，狠狠吸了两下才将涌上的泪意憋回去。

都怪陆戟的手那么暖，让人总想多牵一会儿，最好一不留神，就牵了一辈子才好。

沈暮雪离开好一阵子，两人的手还交握着。

虞小满是怕丢脸光顾着憋泪，陆戟却不知怎么的，全然没有松开的意思，到了帐外选马，他也耐着性子跟着。虞小满瞧见一匹毛色漂亮的白马，想抬胳膊指一下，才发觉手还在别人手里。

虞小满急急往回抽手，还习惯性地往后倒退两步，以为是自己无意识抓着人家不放，这下不光眼睛红，脸也红成熟透的虾。

“你喜欢这匹马？”陆戟看了看那匹马，“瞧着温顺，体形也不大，叫人牵出来给你试试。”

等到马从厩里出来，虞小满在小厮的引导下踩着马镫战战兢兢地上马时，才意识到陆戟考量马的体形是因为自己腿短可能爬不上去。

虞小满到底小孩心性，不愿被小瞧了去，听小厮讲了一遍骑马要领，便握着缰绳一夹马肚，沿着马场外圈慢悠悠地走了起来。

陆戟坐在场边的一棵树下，目光投向走远的虞小满身上，见这人安然无恙地骑了半圈，那小厮也寸步不离地跟着，便稍稍放了心。

此时沈寒云走过来，顺着陆戟的视线望过去，笑着夸道：“骑得不错啊，一点儿也不像初学。”

陆戟“嗯”了一声，似表示认可。

“说实话，昨儿个我邀请你的时候，还以为你又会拒绝。”沈寒云双臂环抱，背倚树干，不知从哪儿掐了一根马尾草叼嘴里，“没想到非但来了，还带了夫人。”

陆戟说：“正好我有空闲，小满来找我，就一起过来了。”

“原来你们夫妻感情这般好。”沈寒云干笑几声，“倒是我乱操闲心了。”

犹自沉默了一会儿，陆戟忽然道：“令妹的事，失礼了。”

沈寒云吐了马尾草：“你这个人……这有什么好再三赔礼的，你也是受害者。”

陆戟不语。

沈寒云从他面色中瞧不出什么，直截了当地问：“就是不知，你现在对暮雪可还有情？若是还有的话，我这般阻拦，倒有棒打鸳鸯之嫌。”

“都是过去的事了。”陆戟说。

沈寒云拿不准他话里的意思，干脆换了一个话头：“从小我就羡慕你为人干脆，拿得起放得下，我就不行，一件事放心里惦记好几年。”

“还在找那人？”陆戟问。

沈寒云眯起眼睛望向远处的一人一马：“原先挖地三尺找不到人，还以为那是一个梦，结果你猜怎么着，最近又见到了，人就在京城。”

陆戟似是猜到了什么，扭头望向沈寒云。

沈寒云毫不露怯地与他对视，表情三分玩笑三分正经：“就是不知陆公子对这人情深几许，是不是舍得放人了。”

这边的聊天还在继续，那边虞小满的骑马之旅也在进行中。

其实虞小满骑了两圈就有些累了，毕竟自己的下半身原是鱼尾，化了腿行走还好，长时间叉开坐着便颇为不适，加上马鞍在颠簸下磨得屁股疼，虞小满停在马场西头的一处茅草亭里歇脚。

今日，马场里人不少，打杂的下人也有好几个，许是这会儿无事可做，三五成群地凑在凉亭一角唠嗑说闲话，见来了一个人也没在意。

“方才我还见着二小姐在这儿，怎的这么快就走了？”

“还不是因为陆家大少爷，一个已娶一个待嫁，避嫌吧。”

“唉，说来也可惜，好好的一对儿就这么散了。”

“我听在这边待了几年的一个老奴说，从前陆大少爷但凡没在外打仗，就和我们小姐出双入对的，那匹单独圈养的枣红赤兔马，就是当年陆大少爷为小姐挑的，驯好了才交给她，生怕那匹马性子烈伤了小姐。”

“啧，真是羡煞旁人的一对啊。”

“可不是，眼下陆大少爷就算落了残疾，也不至于配那样一个村妇。”

“我听说这陆夫人非但不会骑马，连大字都识不得几个。”

“哎，你们小点声，别以为这地方宽敞，就没人听见。”

…………

几人刻意收敛嗓门，按说的确不会被人听见。

然而虞小满是鲛人，鱼类的听觉比人类的敏锐数倍，在水底几里外同伴的呼唤都能捕捉到，传递介质改为空气效果也只下降些许，因而这些话一字不落地进了虞小满的耳朵。

虞小满满腹委屈，又觉得这委屈来得不讲道理，想上前同他们理论，又觉得自己压根儿不具备任何立场。

我现在是陆戟的谁呢？发妻？朋友？还是一门心思想着报恩，对方却避之不及的跳梁小丑？

虞小满连自己为何伤心都搞不清楚，只不想再听这些刺耳的话，于是没等牵马的小厮帮忙，便自己翻身上马，一夹马肚出发了。

虞小满因着急离开，手上就没个数，挥动缰绳喝了几声“驾”，马儿本就行得快，后面跟上的小厮手上的鞭子一个不留神拍到马屁股，收到指令的马儿便撒开四蹄奔跑起来。

待到场面不受控制，虞小满再勒缰绳试图令马儿减速已然来不及。久未自在奔跑的白马在偌大的马场中自在奔腾，快如闪电。

陆戟听得马场那头传来的呼喊声，放下聊到一半的话，率先转过身去。

刚还骑着马悠闲踱步的虞小满，此刻整个人都趴在马背上，双臂紧紧环抱着马脖子，即便如此，也抵御不了发了狂的马儿不受控制肆意狂奔带来的颠簸。

眼看几名小厮上前围堵，马儿受到惊吓嘶鸣着扬起前蹄转向。陆戟撑着四轮车扶手就要起身，一旁的沈寒云按住他的肩膀：“你不方便，交给我吧。”

相交多年，陆戟自是知晓沈寒云擅长骑马。

只见他随手牵了一匹黑马骑上，行至虞小满身边时甩出手上的鞭子，以最快的速度准确套住马颈，而后利落地向后一扯。

待得马儿被逼停脚步再度扬起前蹄，他适时收了手，跳下马去稳稳接住从马背上被甩下来的虞小满。两人在地上滚了几圈，不多时便互相搀扶着站了起来，远远瞧着都没受伤。

陆戟悬起来的心总算落了回去。

可不知怎的，当陆戟收回的目光落在动弹不得的双腿上时，那刚回归原位的心仿佛被施加了旁的压力，它越沉越低，越陷越深，令他连抬头的力气都丧失殆尽。

第四章 医治腿伤

因着这场事故，整个下午马场都没得安宁。

回去的时候，虞小满看见那群小厮还在帐外跪着，不忍道：“他们也不是有心的。”

“正因为不是有心的，才更该罚。”沈寒云难得收了笑，冷面无私道，“有第一次就有第二次，这次若不是我在，保不齐就闹出人命了。”

命自然是虞小满的命，想起方才的惊险一刻，虞小满心有余悸，摸了摸自己没摔折的脖子，心道以后再也不骑马了，陆郎带我来的话另说。

到了马场外，陆戟先被抬上车，虞小满扭身刚要上去，被跟来的沈寒云叫住。

“今日多有怠慢，还让你受了惊，沈某惭愧。”他说着便鞠了一躬。

自打来到京城，虞小满还是头回得到如此礼遇，受宠若惊地回礼：“哪里哪里，是我骑艺不精，吓着诸位了。”

沈寒云不知为何笑了起来，直起腰，说：“你还与从前一样。”

没等虞小满问从前是什么时候，沈寒云又道：“天色不早了，此处距京中尚有一段距离，快些启程吧。”

虞小满想着陆戟还在等，便匆忙道别，抬脚登上马车。

这一路，陆戟沉默异常。

来时的路上两人还能说两句，这会儿不知是累了还是怎的，虞小满起了几个话头，陆戟都不曾搭理。

热脸贴多了冷屁股也没趣得很，虞小满撇嘴不说了，趁马车行至平坦的道路，俯身查看腿上的伤。

下午那一摔虽不算很重，却误打误撞碰了虞小满拔了鳞的伤处。原以为磕了个瘀青，这会儿一看才知道破了皮，丝丝缕缕的血往外渗，看着颇为瘆人。

陆戟这回倒是主动给了反应，倾身向前，问：“摔伤了？”

虞小满藏着秘密，生怕被他看出这伤口并非摔跤造成，忙闪身往别处躲：“没事没事，就一点小磕碰，方才沈公子给了药，抹一点就好了。”说着从怀里掏出一瓶跌打药油给陆戟看。

陆戟看了那药油一眼，似想再说点什么，犹豫一瞬，终于抿了唇，什么都没说。

夜里，由于白天体力消耗大，虞小满腹中饥饿，四处找东西吃。

坐在对面的陆戟放下笔，刚抬手捞起衣袖，似要取出什么物件，就见虞小满起身推门到外头，不多时捧了一个果盘进来，拿起一个苹果咔嚓咔嚓啃了起来。

虞小满瞧见陆戟看过来的眼神，还以为他嫌弃自己能吃，小心翼翼地竖起一根手指，请示道："就吃一个，行吗？"

陆戟望着这人水光潋滟的眸子，说不出不行二字。

再晚些时候，虞小满先行睡下。陆戟移到门边，推开门，对守卫段衡说："灭灯了，你也回去歇息吧。"

段衡应下，刚要走，又被陆戟叫住。

"这个，"陆戟从宽大袖口里掏出一支用纸包得只露竹签的糖人，说，"你拿去吃。"

段衡今年十九岁，虽未及弱冠，却也早过了吃糖的年纪。他为难地挠了挠头："这不是给夫人的吗？"

陆戟垂眼看着手中原打算送给虞小满的糖人，心想原来赔罪也分早晚，若是硬生生拖到对方不需要的时候，再投其所好的东西，怕是也失了意义。

再说面对突如其来的危急状况，旁人可以毫不犹豫地冲上前去，而自己只能在原地远远看着，什么都做不了。

旁人可以救他的夫人一命，而他只能买这无用的东西，妄想求得心安。

"那将它埋了吧。"陆戟还是将糖人递了过去，沉静的目光转向远处，"就埋在院中那棵槐树下。"

日子流水般地过，进入仲夏，京城的降雨也多了起来，想着此时正当农忙，饶是以渔业为主的虞家村也得腾出几日收割麦子，待在深宅大院里的虞小满难得生出了几分对故土的思念。

其实虞小满心里更多的是期待，转眼自己为陆戟所救已有八个年头，自己时常忘记生辰，却对这件事在意得紧，最近但凡有空就忙着编织绡纱，还打了几条络子。

挂在剑柄上的那条梅花络子的地位自是不可撼动，汗巾、腰带、扇子什么的，总能用上吧？

于是虞小满手上的动作又加快了些，打算不同颜色、不同造型的多做几条，坚信总有那么一条陆戟会喜欢。

许是入了夏各处都忙，陆戟好些天没在晚餐前归家，夜里也极少来屋里睡，虞小满去书房找人，拦在门口的段衡就一句："将军有公事要处理，不得打扰。"

虞小满吃了几回闭门羹，说不失落肯定是假的。

好在陆府的池塘依水而建，和外边的小溪相通，虞小满白日里可以去池塘找那两条鲤鱼唠嗑，托它们给璧月姐姐传话，再闲扯点旁的，几个时辰便过去了。

今日的话题是如何化身为人，虞小满半个身子没入水中，碧蓝色尾鳍甩起水花一串："十三岁之前，我都是鱼形，待化出上半人身，又过去几年，才化出双腿。"

鲤鱼们显然对虞小满半人半鱼的状态怀有更多好奇，继续追问道，是不是故事里讲的那样，鲛人称霸海洋，与人族战斗频发。虞小满听了面露嫌弃："这都多少年前的故事了，自打我记事起，就不兴讲这个啦。"

在求知若渴的小鲤鱼的追问下，虞小满清清嗓子："现下海底的同族们都爱听报恩的故事，譬如八年前……"

陆家大公子将搁浅在海滩的小鱼送回水里的故事，两条鲤鱼已经听虞小满讲了无数遍，耳朵都起茧子了，便游来游去拍着水表示不满，让虞小满讲别的。

不一定是被救的，救人的也行，原话是：毕竟我们鱼类叱咤水域无敌手，总有些光辉事迹留下吧？

回忆半晌，虞小满“啊”了一声，道：“大约四年前，我刚自鱼身化为人鱼不久，有回想见恩人，可没有腿走不了地上的路，就沿着海岸线向北游，没承想恩人没见到，倒是顺手救了一个从船上落水的青年。”

关于那个被救的青年，虞小满印象并不深。

一来当时风浪大，天又黑，虞小满压根儿没瞧清楚那人长什么样；二来自己把人推到岸边已费尽力气，加之没有双腿无法上岸，确定那人暂且安全后，虞小满便回大海里去了。

虞小满只隐约记得那溺水的人似乎称自己为恩人，还吊着一口气问自己姓甚名谁、家住何方。虞小满听多了璧月姐姐说人类凶残，生怕被捉走吊起来肢解，哪敢告诉对方自己是谁，救了人便头也不回地纵身跃入海中。

现下想来，虞小满颇为羞赧，那人只是真心感激罢了，就像自己感激陆戟一样，没安坏心的。

经过这些日子的陆地生活，虞小满深刻了解到无论是人还是鲛人，都是有好有坏的，好的比如陆戟、虞桃、太夫人，坏的比如冯曼莹、陆钺……还有那个总想看自己出洋相的云萝姑娘。

自上回冲突后，云萝受到太夫人责骂，又被安排去洗衣房受罚，月余后回到院子倒是收敛了许多，明里的挑衅不怎么见了，但暗里的讥诮偶尔能察觉一些。

比如这会儿虞小满进到屋里，云萝递来一封信笺：“这是沈府送来的，夫人若是看不懂，小的念给您听。”

虞小满近来除了做编织，书也念了不少，因而这会儿有点底气，进到里屋自己拆开。

虞小满原以为是那位目中无人的沈小姐送来的，拆的时候心里直打鼓，展开读了两行才知道是沈寒云沈公子写的。

内容倒是没什么特别之处，说上回在马场就认出虞小满是那天在天香楼遇到的救命恩人，接着表达了谢意，并询问虞小满何时有空闲，邀请小满再去马场游玩，承诺这回定当全程护驾，绝不让小满再遇险。

虞小满看完直挠头，觉得这位沈公子未免太客气，台阶上扶一把也算得救命恩人？姑且算是的话，上回在马场自己也为他所救，这恩情也早该抵消了呀。

这声恩公受之有愧，虞小满提笔回信，学着写了几句沈公子不必如此客气、我才该感谢你之类的话，待墨干了，叠好纸塞进信封，刚要拜托虞桃帮忙送出去，就见虞桃快步走进屋，拉起自己就往外跑。

“走走走，给刘家姑娘选嫁妆去！”

陆家与刘家的亲事早在上个月就拍板定下，可直到昨儿个，虞小满还听见冯曼莹长吁短叹嫌弃新媳妇儿家无权无势，也称不上富有，仿佛她儿子是一个香饽饽，公主才配得上。

陆钺那德行，刘家姑娘配他都是暴殄天物——最近学了不少成语的虞小满如是想。

不过婚姻大事终归得听从父母安排，虞小满也插不上嘴，只好想着以后若是陆钺敢欺负刘家姑娘，自己定帮着欺负回去。

待嫁的姑娘总是怀着些少女春情，三人到了街上，刘家姑娘左瞧右瞧，一会儿觉得这只荷包不如自己做的好，一会儿又认为那只鸳鸯不及自己绣的一半强。思来想去，她竟是要把嫁妆里的绣活儿自己全包揽了去。

“二爷是一个懂行的，我可不能拿家里丫鬟嬷嬷绣的敷衍他。”刘家姑娘红着脸说。

虞桃听了直摇头，老气横秋地叹息要嫁人的姑娘真真不争气，满脑子只有自家夫君。

虞小满想的却是，幸好她管陆钺叫二爷，而非陆郎。

几人逛了一下午，临分别的时候，刘家姑娘羞答答地将虞小满拉到角落里，咬着唇支支吾吾半天，从怀里摸出一本小册子，别开脸递过来，声如蚊蚋道："不知嫂嫂成亲前可曾看过这个？"

瞧着她的面色，虞小满就猜测这东西不一般，接过小册子翻开，果真不一般。小册子里头画的都是成双成对相拥于榻上的人，且都一丝不挂，赤裸相对！

虞小满状态都不好了，再多待一会儿，说不定会成为史上第一条自燃而亡的鱼。偏偏虞小满还得在小姑娘面前当见过世面的长辈，只好轻咳一声，道："看过，怎么的？"

"成亲后每夜都要做这事吗？"刘家姑娘见嫂嫂镇定如斯，也没那么羞涩了，搓着裙摆凑过来看，"家里的嬷嬷不肯告诉我……我瞧着上头这些人的表情，似是痛极了，这事当真很痛苦吗？"

虞小满作为毫无经验的过来人，委实不知该如何作答。

虞小满思来想去，寻了一个折中的办法："这表情也不见得是痛，与心上人行这事，任是再痛也变成快活了吧。"

这套理论纯属信口胡诌，回到陆府没多久，虞小满就将这事忘到了脑后。

天热了，是时候给陆戟置办几身夏裳，鲛绡质地轻薄，触手凉爽，是缝制夏装的上佳布料，正愁织的布无处可用的虞小满找到方向，马不停蹄地缝了起来。

为了让成品漂亮，绡纱里也掺有细碎的鳞片，加上要拔鳞为陆戟治腿，这些日子虞小满身上总带着伤，经常这处没长好，那处又被撕出了血。

幸好伤在腿上无人看见，在陆戟不留宿的夜里，虞小满就闩紧房门，拉起床帐，坐在里头自己上伤药，疼也不敢叫出声，红着眼咬牙想，衣裳做好了，陆戟若是不肯穿，我定让他把先前喝下肚的鳞全部吐出来！

不过是痛狠了的时候胡思乱想，等衣裳真做好了，虞小满又兴奋得没了边，怎么看这件凝聚了自己毕生绣技的衣裳怎么顺眼，哪怕陆戟真嫌弃不肯穿，自己也有信心改到他肯穿为止。

这日正值小满，听闻陆戟散值早，虞小满忙叠了衣服，连同刚磨好的鳞粉一起抱在怀里，脚步轻快地往书房跑去。

穿过青瓦白墙，九曲回廊，仰面瞧见天边翻起层叠暖色，虞小满心情大好，在路边采了一枝芳香馥郁的茉莉花，闻着闻着，就到了书房跟前。

几乎是立刻，虞小满就察觉到古怪。

往日自己过来，老远就能看见段衡抱着他的刀守在通往书房的拱门前，而今日进到院子里头都没瞧见他半个人影。

酉时已过，屋里也没点灯，虞小满伸长脖子张望，窗户那头黑压压的，不像有人在的样子。

虞小满怀揣着疑惑刚要走，忽闻瓷器摔到地上的碎裂声，心头一惊，再顾不上别的，冲上前抬手便去推门。

书房里头自是有人的。

偌大的陆府，处处都在冯曼莹的管制下，唯有这处偏僻的书房鲜有人来，是陆戟在这个家里唯一能安心待着的地方。

然而此刻的他全然没了平日里的镇定自若，只见他双手紧捏四轮车扶手，手背青筋暴起，似在忍耐着什么，细看整个人都在微微哆嗦。再往上，他冷峻的面颊浮起一片不自然的红，额头上也接连渗出豆大的汗珠。

脚边砸碎的茶壶昭示着他暴涨的愤怒，又或是因为太过难挨失手打碎的，毕竟眼下的怒火更像由身体不适引发的。

段衡也在屋内，他将书房一角用来放置药物的抽屉全拉了出来，瓶瓶罐罐散落一地。他的手也在发抖，他再三确认后不由得露出绝望的神情：“将军，没有那种药，没有能压这药性的药。”

到底是见多了风浪，陆戟瞧着竟比段衡还要冷静几分。他启唇，尽量稳住嗓音：“出去，守着门。”

“可是……”

“让你出去！”陆戟粗声道，“我的命令你也不听了吗？”

段衡跟着陆戟在外征战两年，又当了三年守卫，服从的天性终是战胜了旁的，他站起来，颤抖着应了声“是”，垂头咬牙往外冲，正撞上要推门进来的虞小满。

“发生什么事了？”虞小满问。

段衡见到救星，险些哭出来，忙不迭推人进屋：“苍天有眼，这下将军有救了，您快进去，快进去吧！”

虞小满向来是被挡在这书房之外的，头次踏进门，瞧着眼前的凌乱，尚未弄明白怎么回事：“我可以进来吗？我……我该做点什么？”

“将军被人下了药，眼下只有夫人您能救他了！”

其实陆戟听不清他们在说什么，只依稀捕捉到一句“行夫妻之实”。

听到这里，他下意识想拒绝，想说不，可张开嘴发不出声音，也许发出了声音，自己已然听不见了。

在母亲去世后的几年里，他不止一次受人坑害，后宅的龌龊小动作他能躲便躲，不愿放在心上，也无暇同他们计较。

战场上生死有命，他也只当自己时运不济，废了双腿，当时他无力追究，其实更多的是无法追究，他早在这些磨砺中学会了忍耐，还有认命。

认命二字说来容易，却与陆戟的天性完全相悖，光是收敛脾性掩藏锋芒，就令他受尽折磨。每当他以为足够了，已然濒临极限了，仍会有新的磨难等着他，誓要将他的一身傲骨碾得粉碎，压着他的脖颈让他毫无尊严地匍匐于地，直至再也抬不起头。

今日这药物更是荒唐，想他当年驰骋沙场统率三军，皇帝尚且要给他三分薄面，眼下他回到家中，竟被后宅之人玩弄于股掌之间，当真是一场荒诞无稽的笑话。

陆戟哑声闷笑着，直到此刻他才忽然参透，于他来说，足以毁灭一生的事，说不定只是老天开的一场玩笑而已。

怒发冲冠有何用？将所有东西都砸烂又能改变什么？无非是他一厢情愿的发泄，旁人见了只会嘲笑或怜悯，更显他昏聩无能，犹如不舞之鹤。

身体里熊熊燃烧的火焰几乎要将他吞噬，他绷着最后一丝理智，深吸一口气，抬手去摸桌上的茶盏，盼着半杯凉水入腹缓解这灼人心肺的欲望。

几近麻无知觉的手在桌面上摸索了一阵，触到一片温热柔软时，下意识往回抽手，没承想对方更快一步拉住了他的手。

戌时，京城的天已然黑透，明月自东山而出，悄悄爬上枝头。

屋里阒暗无声，视线仿佛因此清明，陆戟借着月光看清面前人的模样时，产生了身处梦境的错觉。

他晓得虞小满生得美，却是头一回细看这人的面容。眼前的人浓睫如墨，不沾丝毫脂粉味的面颊因泛红氤出几分秾丽，层波细剪明眸，腻玉圆搓素颈，竟像从画中走出的仙人，举手投足都带着几分撩人媚态。

在隆隆心跳声中，陆戟看着画中人轻解罗裳，缓缓走近，白而细的手臂搭于他的肩头。理智回笼的下一刻，陆戟便抬手推人道："不——"

谁想他伸手正触到对方一截柔韧细腰，只隔了虚虚搭着的一层亵衣，一团比火焰更甚的炙热刹那间自掌心蹿上心扉，他的喉结狠狠一滚，动作也随之僵住。

陆戟的拒绝全在虞小满的预料之中——我的陆郎最是正经不过，未曾识穿我时便回避着不看我的身子，识穿后许是因为嫌弃，同床共枕都克己守礼，无半分逾越，反弄得自己慌乱不已，还以为真如璧月姐姐所说，两人躺在一张床上便成了夫妻。

虞小满思及那日看到的小册子，耳根发烫，越发忸怩不安。终是救人于水火的急切占了上风，虞小满又往前挪了挪。

"陆郎，"虞小满倾身贴到陆戟耳边，软声唤道，"陆郎，别拒绝我，好不好？"

先前虞小满还不懂为何那些新婚喜被上都爱绣鸳鸯，胖嘟嘟的鸟儿哪有他们鱼类轻盈漂亮，这会儿埋在陆戟颈窝里，才领会到其中妙处。

陆戟身上清爽的味道令虞小满忍不住凑得更近，整个人都偎在他怀里。

陆戟亦觉得虞小满身上体香清雅好闻，许多个夜里两人在一张床上和衣而睡，这股似有似无的幽香飘散鼻间，当时没觉得有什么，现下有了药物的作用，除却心旷神怡，陆戟感受到更多的是意乱情迷。

虞小满起先还有些畏葸不前，生怕自己太热情冒犯了陆戟，刻意敛着。殊不知这样含羞带怯的躲闪，比明着撩拨更令人把持不住。

其实虞小满也知道陆戟着急，也想快些为他解了药性，奈何自己对床笫之事知之甚少，刚想伸手，又咬牙逼着自己缩了回去。

怕归怕，解药性仍是当务之急。虞小满眼一闭心一横，罢了。

只是虞小满没想到，自己宛如在梦中才有的画面竟然真实发生了，陆郎非但不嫌弃，还与自己这般亲昵。

也只有借着这药性，才能见到如此场景吧。

虞小满见陆戟双目发直，已然失了神志，心中酸涩，另一只手轻轻推开他，手指拂过他俊美无俦却毫无神采的面孔。

“不，不要……”陆戟像突然醒了神，视线虚虚晃晃地落在虞小满身上，嗓音沙哑，“你走，快走！”

虞小满见不得他难受，仰头望着他：“药性不解会伤身的，陆郎别怕，只当梦一场，待今夜过去就全……全部忘了，好吗？”

或许是被这双含着水的眸子蛊惑，陆戟缓缓松开收紧的关节，虞小满怕他神志回笼又反悔，忙倾身上前。

事毕，虞小满将陆戟的下巴抬起，迫他与自己对视：“你可知，眼下与你行鱼水之欢的是谁？”

头回被人以如此轻佻的动作抬着脸，陆戟眉宇微蹙，流露些未能得逞的不耐。冲动之后，虞小满也有些后悔，觉得自己乘人之危好不讲理，于是讷讷道：“那……那你不认得我，亲我一下也好，看在我给你解药性的分上……”

这话虞小满也说得全无底气，陆戟为人冷淡，中了如此烈性的药都不显狼狈失态，怎会被自己忽悠两句就……

虞小满正想着，后脑忽被一只手按住向前，尚未反应过来发生了什么，唇上便贴了另一张唇瓣。

陆戟吻了虞小满。

罗绡垂薄雾，环佩响轻风，吹走了几声甜腻婉转的“陆郎”，隐匿了一场缱绻销魂的美梦。

次日清晨，虞小满在鸟鸣声中醒来，尚不明状况，待得动了下腰，才疼得倒吸一口气，猛地睁开双眸。

此处便是昨夜所在的书房，门扉紧闭，轩窗未开，虞小满小心翼翼掀开衾被，低头去看，见中衣仍好好穿在身上，不由得舒一口气，心道没发现就好。

昨夜实在累极了，虞小满依稀记得自己当时一面打着哈欠，一面趴在陆戟腿边昏昏欲睡，这会儿竟是躺在书房唯一一张软榻上，显然是陆戟将自己抱上来的。

虞小满心头泛起一阵甜蜜，忍着酸痛咬牙坐起身，环视四周没见人，掀被将要下床，门忽然从外面打开了。

虞小满看到陆戟，面上一喜，启唇正欲问他身上舒坦些没有，药性可解干净了，见到跟在他后头进来的云萝，生生把到嘴边的话收了回去，改唤道：“陆……大少爷。”

陆戟不曾回应。

陆戟虽平日里也面容冷峻不苟言笑，但鲜少这样无动于衷，此刻的他眉宇间隐含戾气，望着虞小满的眼神也似有凛冽寒光，弄得虞小满心尖发颤，越发无所适从。

两人对视片刻，陆戟终于开了腔：“你为何下那种药？”

虞小满眨了眨眼睛，似是没听懂：“什么？”

陆戟强压怒火，下颚绷出一条锐利的线，厉声道：“我问你为何下那种药，是谁派你来的？”

这回虞小满听懂了。

只听耳边轰然一声巨响，犹如山体崩塌，又似狂风呼啸，虞小满难以置信地张了张嘴，像被瞬间剥夺了言语能力，一句话都说不出来。

待到云萝作为证人上前讲述事发经过，虞小满已经听不太清了，只在她说到“茶水”又提到什么“药粉”时，忽地打了个战，慌忙收拢涣散的目光，去寻自己昨晚带来的东西。

书房不大，多被桌子和书架占了，此外便只有一张卧榻。

正是那处，虞小满夙兴夜寐费了无数心血编织的那件夏日薄衫，此时如抹布般被扔在地上，边上是自己为了装鳞粉缝制的布袋，袋口大敞着，里头莹白色的粉末撒得到处都是。

虞小满视线稍抬，昨夜来书房的路上摘的，想让陆戟也闻闻的那朵茉莉，蔫巴巴地垂了花瓣躺在车轮边，尽失了昨晚的香气与生机。

虞小满看到这里，神色迷茫，似乎还没明白发生了什么，直到这人别过头看向窗外，被高悬的烈日照得睁不开眼睛——

原是天光大亮，梦该醒了。

第五章 真相大白

陆府丫鬟仆妇众多，有资格在内院走动的，来回就是那几个，是以这事都没怎么对质便有了定论。

先是云萝指证说大少奶奶这些天总往外跑，还格外勤快地给大少爷泡茶喝。有回她路过，瞧见大少奶奶往杯子里加什么东西，看到她便手足无措地躲藏，一看就知道有鬼。

此言得到了申嬷嬷的肯定："上回我路过厨房，也瞧见大少奶奶鬼鬼祟祟地把什么东西往大少爷的汤碗里放，我还寻思着例汤都是各房的丫鬟送到主子房里的，怎的劳动少奶奶大驾了。"

"你瞧清楚，"陆戟沉声问，"是这药粉吗？"

申嬷嬷伸长脖子朝地上的粉末瞅了一眼："可不是吗，白的，用布袋装着呢，想必不是第一次干这事了。"

陆戟与冯曼莹两人不对付，在陆府早就不是秘密，好些个下人都知道冯曼莹爱吩咐厨房给大少爷煲汤以示慈母心肠，而陆戟从来不喝，几乎都原样送去原样端回来，最后只能倒进泔水桶里。

因此这一点当不成什么确凿证据，即便被愚弄，陆戟仍压着怒火试图将事情经过捋顺，问虞小满："是你将这药粉下在我茶碗里的？"

虞小满已经从软榻上下来了，垂首立于书房一角，被数人指证也不反驳不解释，只愣愣地盯着地上那摊白色粉末瞧。虞小满听到陆戟的声音，才给了反应，抬头看着他，点了下头："是，但这粉末不是——"

没等人说完，申嬷嬷便抢了话："大少奶奶倒是也干脆，省去了审问的麻烦。"

云萝方才还有些怕，这会儿也挺直腰杆：“同我想的一样，许是大少奶奶入府数月不得大少爷的宠，才想了这法子，谁想被我们瞧见了。”

大少爷与进门不久的大少奶奶不和睦也算人尽皆知，而先前二人不愿同床共枕，逼得陆老爷派人去看着的事更证实了这一点。

这会儿听大少爷房里的云萝说，大伙儿才知道实际竟比传言还要糟，瞧大少奶奶急不可待地寻到书房来，怕是先前大少爷都不曾近过她的身。

一时嘘声四起，从别处赶来看热闹的家仆们咬着耳朵，将轻蔑嘲笑的目光投向这恬不知耻的大少奶奶身上。

陆戟也看着虞小满。

这人没穿鞋，赤足站在地上，一边裤腿皱巴巴卷着，露出一截细白小腿。再往上，衣裳穿得还算整齐，头发有些凌乱地披散在颈窝，挡了半张脸，瞧不出表情。

药性来得猛去得也快，昨夜的事陆戟已然记不太清了，加上刻意不去回忆，倒好似真的什么都没发生过。

昨日一直与陆戟在一起的段衡也没想到事情会是这样，起先还替虞小满开脱，说昨天大少奶奶是后来才赶到的，被云萝截了话去：“大少奶奶先让我把加了料的茶给大少爷送去，接着便装作无事人来到书房，天底下哪有这样巧的事？”

段衡还是觉得不对劲：“那也不能证明药就是夫人下的吧？”

云萝被他问得一噎，半晌才道：“你这么说是怀疑我？眼下人赃并获，东西可是大少爷亲自找到的，还有什么好说的。不然搜搜看，我身上有没有这种坑害人的药。”

周遭的下人纷纷附和，觉得云萝说得在理，这种事归根结底还是要讲求证据。

云萝得了声援，更是委屈，抹了一把眼角：“我在大少爷身边服侍了三年，对大少爷的心天地可表，你竟这样污蔑我，我……我还不如撞墙死了——”

说着就梗着脖子拔腿往墙边冲，被围观众人拦了下来。

“你这是何苦呢，整个陆府上下，谁人不知你对大少爷忠心耿耿。”申嬷嬷也上去拦她，一副痛心疾首的样子，转身面向陆戟，“这事也算水落石出了，大少爷您做个主吧，这么多双眼睛看着，总不能让身边的人寒了心啊。”

陆戟自是晓得她说的身边的人指云萝，也晓得该如何处理方可堵住悠悠众口。

可不知为何，明明是他最痛恨的事，临到做决定，他却有些狠不下心了。

他最后一次问虞小满：“药可是你下的？”

如若虞小满说不是，他便有理由重新彻查此事。

作为武将，陆戟向来杀伐果决，遇事也从不犹豫，唯有这次他陷入两难，一面觉得人赃并获没什么可再追究的，一面又想给虞小满解释的机会。

代嫁一事瞧着确是虞村长一家搞的鬼，虞小满只是一个听令的。待得稍稍冷静，思及先前种种，陆戟无论如何也想不出对方下药害自己图什么，除非此事另有隐情，这人的品行全是装出来的。

从前的一些经历让陆戟在心里筑起了一堵戒备森严的壁垒，他无法相信任何人，无论是在他身边待了多久的。跟随他多年的部下尚可以背叛他，遑论一个认识短短数月的人。

他稳住心绪，耐着性子等虞小满作答。

可虞小满不知怎的，放弃了挣扎似的，只抬眼看向他，眸底黯然一片，苍白的唇翕张，缓慢地吐出一个“是”字。

家中鸡飞狗跳，外头也吵吵闹闹不得安生。

下午沈寒云不请自来，邀陆戟同赏垄头麦。陆戟虽对这些不感兴趣，却从沈寒云的眼神中看出他有事要讲，便放下家中琐事，同他出门去了。

上了马车，沈寒云还在向窗外张望，半天没见到人，忍不住问：“那位……我说夫人，怎的不一起来？”

陆戟说：“犯了事，禁足在家。”

第五章 真相大白

在沈寒云的一再追问下，陆戟便将下药的事简单讲了，沈寒云比他还激动：“下药？你家那位？不可能。”

“为何不可能？”陆戟面上又有戾色浮现，“就因为这人曾是你的救命恩人？”

上回在马场，沈寒云觍着脸开口要人时便挑明了，说虞小满便是四年前他出游落难时将他从海里救上岸的人，虽然还藏着另一个秘密没说，不过两人如今已算开诚布公，没什么需要隐瞒的。

沈寒云啧了一声：“当然不只如此，你瞧你夫人初出茅庐不谙世事的小模样，像干得出这种事的人吗？”

如此基于第一印象的判断，可靠性大打折扣，陆戟吃过许多这样的亏，沈寒云的话自是无法扭转他的疑虑。

“此事尚未盖棺论定，若真不是，我定还人公道。”陆戟说。

沈寒云立刻道：“如何还人公道？府里上下都看着恩人今日如何受你训斥，今后谁还将恩人放在眼里？”

“那些奴才不敢。”

“嗬，我又不是没去过你府上，你家后宅可没一个省油的灯。”

两人聊不对盘，险些吵起来。

到底是陆戟更冷静些，及时掉转话头，问：“今日你找我所为何事？”

沈寒云也不是爱追根究底的人，深吸一口气缓了缓，也换了说正事的口吻：“你叫我帮忙查的那事，有新进展。”

说的正是陆戟三年前在战场上被人偷袭的事，当年他沉浸在再不能上战场的悲痛中，过了许久才打起精神回顾当时的状况，越想越觉得蹊跷，从地点、周遭的人再到被砍伤的位置和时机，无不令人起疑，像有人在背后一手主导。

于是陆戟在暗中调查的同时，拜托沈寒云也帮忙留意，一有发现便告知他。然而此事牵扯甚广，下及军队上达朝廷，均为调查对象，甚至坐在龙椅上那位也不能放过。是以查了这许久，才取得一点眉目。

“说来也巧，我前些日子去了趟关中，与那边驻扎的军队有了联系，可巧那儿有你带过的一支队伍，有几个人惦记你领队有方，待他们又好，我便同他们聊了聊。你猜怎么着，他们说，三年多前那场边关战役之前，曾有几名祖籍京城的士兵加入队伍，那场战争后便不见人影了，也不知是通过谁进去的，又是谁准许放走的。”

按说，此类军队人员流动应该通过当年身居将位的陆戟之手，可陆戟对此毫无印象，带兵打仗动辄千万兵马，他也不可能挨个点名查验。

思忖后，陆戟再次确认：“祖籍京城？”

“对，当时我听到这儿就知道此行必有收获。”沈寒云一合扇子，“经过一番借喝酒攀交情，你猜怎么着？”

陆戟蹙起眉，耐着性子等他说。

沈寒云与陆戟是多年好友，自是想帮他找到害他的元凶，便也不卖关子，将搜集到的情报尽数告知：“那几人跟新兵走得还算近，聊过几句，问他们打京城哪家来的，他们一个都不肯说，谁想有回驻扎关外分发家书，那几人眼尖瞧见了他们信封上的‘冯’字……没错，你继母那个冯，这就巧了不是？”

天将暗时，陆戟回到府上，原打算直接去书房，可想到今早的混乱场面，心生抵触不愿前往。

他屏退左右，连段衡都遣走了，独自一人坐车行在曲折小径中，仰面望残阳，低头看落花，意外地心平气和。

此刻身处竹林深处，他曾在这里遭遇过袭击，一支破空而来的箭几乎贴颈侧而过，若不是他耳聪目明反应机敏，怕是早命丧于此。

往前便是他从前爱去的池塘，为求幽静，他能在那里待一整天。可有一回他不过打个瞌睡，便有人自身后猛推四轮车，幸得他握了根树枝在手，忙用它卡了轮子才避免落入池中。

三年来，这样的事不胜枚举，且最后都揪不到人，遑论查出受谁指使。结果便是陆戟被迫提高警戒心，明明在自己家却提心吊胆，活得还不如池塘里的鱼儿快活自在。

四下无人，陆戟双目涣散失焦，头回露出类似迷茫的神情。

匹夫无罪，怀璧其罪，从前的他不知收敛锋芒，成了众矢之的而不自知，眼下他残了腿，失去一切，再没了争抢的力气，为何还有人紧紧咬住他不放，非要他死才满意？

这三年他竟活得比之前十九年加起来都要疲累，送来的饭不可轻易入口，睡觉也不得安稳。近来由于服从家中安排娶亲稍有缓解，还以为可以松口气，昨日竟不慎喝下加了那种药的茶水……

想到这里，陆戟驱车向前，打算回自己院子，把今早没顾上问的几个疑点问清楚。

到了地方，他没找到虞小满，先碰上了其身边的丫鬟。

“哟，这不是咱们大少爷吗？真是太阳打西边出来了，稀客呀。”

虞桃开口就没好气，陆戟不同她计较，问：“大少奶奶呢？”

“大少奶奶哭着呢，一天没吃饭了，小脸瘦得巴掌大，是个人瞧了都得心疼，除了大少爷您。”

今早虞桃不在场，后来才听说了这事，气得火冒三丈，扬言要带虞小满走，这会儿见陆戟不慌不忙的，更是恼火，讲话便不怎么客气。

陆戟没空同她费口舌，径自上前推门进屋，虞小满不在里面，左右的耳房也都找了一遍，确实不在。

“这会儿你想起来找人啦？平日里怎么不见您睁大眼睛瞧瞧，谁真心对您好，谁心怀鬼胎、狼心狗肺呢？”虞桃跟在陆戟身后念叨，“把人污蔑完了，您倒是来了，怎么的，打一巴掌给一颗甜枣啊？”

陆戟找一圈不见人，耐着性子又问一遍：“人在哪儿？”

虞桃到底不敢骂得太过分，哼哼着收了叉在腰上的手，道：“我们家小姐满心满眼都是您，自个儿没衣裳穿都不忘给您做一件，熬了许多个夜，好容易做好了，您却给丢在地上。”

虞桃还是咽不下这口气，说着说着眼圈便红了，冲书房方向一指："她捡衣服去了，说捡回来洗干净送给别人穿，您就是现在赶过去，怕是也来不及了！"

陆戟不晓得这话几分真几分假，倒无形中被催得快了些。

他腿脚不便，往日里自院子行到位于陆府西北角的书房尚要半炷香工夫，这会儿天没黑透就到了。

此处无人守卫，今日段衡也没跟着，他甫一穿过拱门，一阵风迎面吹来，在这夏日里竟生出些凄清之感。

仲夏苦夜短，开轩纳微凉。车轮碾着石板地缓缓走近，门窗虚掩着，清晨那帮人早散尽了，唯有凑近方能听得里头的细微动静。

陆戟行至门前，透过缝隙往里看，先瞧见虞桃口中的那件衣裳被叠得整整齐齐放在桌面上，往下便是虞小满跪坐在地上的背影。

陆戟稍微调整了角度，得以看见虞小满的侧脸，以及地上无人清扫的那堆粉末。

虞小满拿着一只干净布袋，小心拈起粉末一撮一撮往里灌，时而抬手抹一把眼角，似在拭泪。

这人还穿着昨日那身衣裳，陆戟记得，清晨醒来的时候身边的人就穿得这般严实，怕他看见似的。他将人抱上软榻时，这人在睡梦里还攥着领口喊着"不准看"。

光线昏暗，他隐约能瞧见露在衣领外的一段白净脖颈上有几处红痕，似乎是昨夜留下的。

陆戟脑中忽起嗡鸣，竟在这个时候记起昨晚的一些零碎画面，可惜太过短暂连不成片段，唯一令人有实感的便是那红唇的温热触感。

可现下这张嘴唇随着抽泣委屈地开合嚅动，虞小满将沾了粉末的手指塞入口中，边舔边带着哭腔含混道："这么好的东西全撒了……哼，你不吃，我吃。"

第五章 真相大白

地上的鳞粉还没清完，拈不起来的那些虞小满就用帕子擦，让粉末沾在上头。虞小满擦完粉末举起抖开，迎着窗外的残阳，只见素色的布帕宛如被染色，浮现一片浓淡相宜的碧光。

这怎么瞧也不像那种药粉可赋予的效果。

在门外的陆戟不由得愣怔，早上不慎将布袋里的粉末撒了的时候，他光顾着气恼，竟没留意其质地。

屋里的虞小满站起身，把帕子叠好，同那无人问津的衣裳放在一处，抬手揩眼角挂着的泪，而后举着手仔细瞧，不知其中又有何玄妙。

虞小满左右端详，似是没瞧出什么名堂，略显沮丧地垂了手，抱起衣裳便要走。

在门外看了许久的陆戟早有准备，提前挪了位置到门廊拐角。他也不晓得自己为何要躲，许是不想虞小满受到惊吓，又或许是不想看到虞小满哭。

待得目送那道纤长背影自拱门穿过，愈行愈远，在夕阳刚刚收走最后一缕光线的时候，彻底看不见了。

隐在黑暗中的陆戟在原地待了许久，末了，几不可闻地叹了口气。

原想着这种不光彩的事合该关起门来自己处理，孰料那几个下人看热闹不嫌事大，不知谁嘴碎捅到大夫人跟前。晚间陆老爷归家，听闻此事勃然大怒，当即派人叫长子长媳速至前厅，一副要追究盘问的架势。

平日里这个点，陆府众人早就熄灯睡下，这会儿有好戏看，纷纷跑来前厅围观。陆钺来了，二房的几位也来了，多数嘴上说着担心陆戟，实则恨不得搭一个戏台子，再弄些瓜子嗑起来，这般看戏才过瘾。

因着屋子离得稍近，虞小满先到，瞧见满屋人各异的脸色，一时不知该如何是好，便垂首立于一旁，等候发落。

陆戟只身前来，进屋抬眼环视一圈，倒没显出过多的惊讶，同长辈们打了招呼，静待父亲发话。

陆老爷平时鲜少管后宅之事，压着火斟酌半晌才开口："我原想着你成了家便可定心沉稳些，谁想你仍是不听管教，竟逼自己的夫人做出这样的事来，当真家门不幸，伤风败俗！”

虞小满琢磨了一会儿，发觉这话不像在骂自己，倒像在训斥陆戟，遂犹疑地抬头，见陆老爷果然盯着陆戟瞧，吹胡子瞪眼凶极了，一时越发迷茫。

冯曼莹许是也没料到事情如此发展，这与她原先的安排背道而驰，于是扯了扯陆老爷的衣袖：“依我看，这事也不全然是启之的错，后宅有乱自该找院里管事的。再说了，自家夫君都留不住，使这等下九流的手段，传出去也不怕人——”

“你少说两句！”陆老爷心情不佳，径直打断了她的话，“既已成家，夫妻不睦，内宅又岂能安宁？”

想来陆老爷派人看着陆戟院里的动静，便是为了促进儿子儿媳的关系，此番苦心众人皆看在眼里。冯曼莹见他固执，便不再多说什么，横竖无论教训了谁，于她来说都无甚坏处，最后多半也能达成目的，她只管坐着看笑话即可。

倒是陆钺不咸不淡地加了句：“父亲也不必如此责难大哥，哪个男子没点见异思迁的毛病？大嫂进门也有些日子了，许是大哥腻了，想自个儿待着清净清净呢。”

此话倒提醒了陆老爷，他忖度片刻，郑重地问陆戟：“你可是对你母亲安排的婚事有不满之处？”

话音刚落，冯曼莹就挺腰坐直身子，面上也流露出些许不自然。

陆老爷平日里忙，陆戟的婚事皆由她一手操办。当时她只告诉陆老爷虞家清贵，配得上陆戟，后来听说这虞家小姐大字都不识几个，虞家压根儿谈不上什么清贵，若陆戟趁此机会翻老底，可就麻烦了。

与她同样紧张的还有虞小满。陆戟早就知道自己是顶包的，先前不说是懒得计较，眼下自己又被扣上了下药的污名，晨间陆戟的暴怒犹在眼前，这会儿怕是恨不得除掉自己，说不准一气之下将事实和盘托出。

如此想着，虞小满竟又不紧张了，反而有些释然。

揭开真相也好，反正自己也演累了，报个恩大费周章的，还得受那等污蔑，早上解释无门的时候就曾生出离开的念头，后来想想又舍不下，毕竟陆戟的腿还没治好。

即便是一条鱼，也晓得君子一言，驷马难追的道理。

虞小满便只好硬着头皮站在原地等待，做好了足够的心理准备，哪想陆戟沉吟半晌，只道出两个字：“并无。”

这下连陆老爷也不懂了：“那怎的你们小两口……”

陆戟说：“下药的事尚未查明因由，目前看来并非小满一人有嫌疑。”

冯曼莹愣了一下：“小满是谁？”

陆戟看向虞小满：“梦柳的闺名。”

虞小满本人也呆了好一会儿，意识到陆戟为自己挡了灾，心中更是复杂。

陆老爷见两人关系并不似下人口中传的那样糟糕，捋了把胡子：“既然如此，早晨你何故发那样大的火？”

“气过了头，是我的错。”陆戟说。

“这话该同梦柳说。”陆老爷的气消了大半，开始做和事佬，“叫几个院子的人看了笑话，你撒了火痛快了，她的脸该往哪儿放？”

父亲的话陆戟多少还听得一些，抿唇沉思须臾，便来到虞小满身前，作揖道：“多有得罪，还望夫人见谅。”

虞小满哪知他竟会向自己赔礼，眼睛瞪得溜圆，难以置信都写在脸上。

一旁看戏的二房叔母见状笑出声来：“谁得罪，望谁见谅啊？这般相处的夫妻还真是开天辟地头一回见。”

陆老爷咳嗽一声，令其不敢再多言，随后又将目光放回堂中二人身上，似乎真盼着佳儿佳妇冰释前嫌的恩爱场景。

众目睽睽之下，虞小满头皮发麻，正欲出声应和，切断这场令人窘迫的表演，陆戟却又沉声道：“今日为夫多有得罪，还望夫人见谅。”

因着这番摸不着头脑的赔礼，虞小满恍惚了一整晚。

虞小满虽晓得陆戟那样做多半是为了息事宁人，不让无关人等说三道四，但还是不免雀跃，想着那声“夫人”，再想到陆戟自称“为夫”，躺在床上时嘴角都压不住。

虞小满醒来又觉得自己没出息，被当着许多人的面那样栽赃陷害，却连解释的机会都得不到，后来陆戟再问是不是自己下的药时已然心灰意冷，横竖挣扎也是没用的，即便说一句，那边也有七八句等着将自己顶回去，不如随陆戟处置，无论结果如何也都认了。

况且药粉确实是自己下的，如果非要说这粉末不是催情药，定有人追问那是什么，虞小满一根筋撒不来谎，总不能说这是从自己身上剥下来的鳞磨的粉吧？

一番好心被污蔑成别有用心已十足伤人，虞小满抬手按了按心口，痛感犹在。

这回可比先前丢糖人那回疼多了，像被无数根穿糖人用的竹签细细密密地戳，而昨晚陆戟的赔礼犹如将这竹签掰断一半，疼仍旧是疼的，不过没那么难忍了。

恢复了些精气神的虞小满有劲没处使，拉着虞桃一起在院中练了套五禽戏，又想抓她一块儿去搜集证据。

虞桃浑身懒骨头，赖着不肯走：“青天白日的上哪儿找证据去？怎么也得等天黑了呀。”

虞小满觉得有道理，这会儿去怕是要打草惊蛇，于是搬一张木凳坐院子里，捧腮等到太阳躲到群山后，才提着一盏灯笼出发。

有了前车之鉴，虞小满与虞桃一致认为此事必与云萝脱不了干系，那申嬷嬷八成是帮凶。

因而真正的催情药粉多半是云萝弄进茶水中的，据说此物不好弄也不便宜，既然一次未发挥作用，便极有可能留在身边，寻机会再度作案。

第五章 真相大白

自上回陆戟拔剑后，云萝与申嬷嬷除却受罚，还被按规矩勒令搬到陆府最北头的下人住所，夜间不得待在主子院中。

这会儿到了这蓬牖茅椽的地方，虞小满才晓得她们为何会心生怨怼——院子里的下人住的至少是板床，这儿只有大通铺，连门窗都老旧破烂摇摇欲坠，条件不可谓不简陋。

门扉窄小，虞小满把灯笼灭了放在一边，耳朵贴墙听了一阵，确认院中无人，蹑手蹑脚地走了进去。

下人住的院子至多分个男女，不分什么内外，也无厢房耳房之别。

两排打通的房间，几根蜡烛并不能将里头的情形照个彻底。虞小满猫着腰蹲在窗边观察半天，勉强通过屋里走动的人分辨出哪间是丫鬟待的屋子，再多便探寻不到了，一样的装束、一样的铺盖，难不成真要到夜深人静的时候潜进去挨个翻?

虞小满一面发愁，一面打算挪到后门瞧瞧，躬身后退的时候忘记自己移了位置，脚后跟撞上放在井边的木桶，“咚”的一声，木桶倒地，还骨碌碌滚了一圈，发出响彻整个院子的动静。

虞小满的呼吸也随之滞住，听到屋里人声渐起，讨论着“怎么回事”“外头有人吗”，自己吓得腿都软了。

院子狭小无处藏身，距门口又有一段距离，虞小满垂死挣扎般贴墙挪了两步，与门口还隔着老远。

正当虞小满以为溜不掉了，闭上眼睛打算束手就擒时，一边手腕突然被握住，紧接着就被人拉进暗处的角落里。

这院子小归小，竟有一面影壁。

此刻虞小满便矮身窝在这面影壁与墙中间的阴暗一角，与将自己拉进来的人无声对视，直到从屋里出来的下人找了一圈又返回，才松掉提到嗓子眼的一口气。

“你怎么——”

“你为何——”

两人几乎同时开口，又一齐收了声。虞小满清清嗓子，不自在地挪开目光：“你……你先说。”

“我来找东西。”陆戟说。

虞小满：“我也是。”

找什么自不必多说，只是没想到两人非但想到一块儿去了，且都选择了夜间行动。

虞小满抬起方才危机之中撑在四轮车椅背上的手，直起身体，摸了摸鼻子，莫名心虚地补了句：“那挺巧的。”

陆戟“嗯”了一声，似在回答。

许是周遭太安静，气氛沉寂得有些诡谲。

眼下里头的人尚未全部歇下，一时半会儿走不了，虞小满思来想去，还是把心中的疑惑问了：“你相信不是我做的了？”

这回陆戟没应声。

晦暗的月光隐约能勾出他的面部轮廓，其余的便瞧不清了。虞小满问完便有些后悔，心想若是当真相信，昨儿个早上就不该是那样冷漠的态度，来这边找东西也只是因为起疑，并非为了帮自己洗脱罪名。

虞小满刚竖起来的脑袋悄没声地耷拉了下去，心想我可真是哪壶不开提哪壶。

“罢了，当我没问。”虞小满说着便往后退，试图与陆戟拉开距离。毕竟但凡清醒着，虞小满就深知恩公是极不愿近自己身的。

可这回陆戟不知怎的，竟上前拉了虞小满的胳膊，另一只手揽过腰一带，将人拖入自己怀中。

“嘘——”

未待虞小满惊呼出声，陆戟松开一只手，竖起食指抵在唇边，示意虞小满噤声。

第五章 真相大白

“有人来了，”陆戟将嗓音压得极低，“别乱动。”

起初的惊惶过去，虞小满屏气敛息，眼珠转了一圈，心想，我想动也动不了啊。

算起来，身下这双不能动的腿是虞小满第三回坐。

这次倒与先前不同，陆戟一只手揽自己的腰，一只手封自己的唇，牢牢掌握自己身上的命门。

虞小满又仔细想了想，不对，在陆戟面前，自己哪里都是容易拿捏的命门。

虞小满虽自顾自嘀咕着不公平，却不知将自己抱在怀里的人也在想旁的。

虞小满肤白胜雪，一点月华倾泻而下便可将这人露在外头的皮肤照得莹亮，迅速唤醒陆戟遗失的关于那晚的记忆——

汗光珠点点，那时这副身体是否正如当下，被他软玉温香抱满怀，腮边添一抹胭脂红。

虞小满察觉到落在身上的视线，掀开眼皮，浓密睫羽颤了颤，漆黑双眸对上陆戟蒙了层薄雾的琥珀色眼睛。

要怪便怪这些个下人谨慎过头，又三三两两跑到院中巡查，闹腾许久还不熄灯入睡。

抑或只能怪头顶的清朗月色，将贴得极近的二人拽回前夜的情境中，明知不该发出动静，虞小满却心跳如雷，魂都被这双清冽的眸子勾了去。

而后虞小满不受控制般吻了吻陆戟的手指。

待得陆戟拿开手，虞小满才反应过来自己方才干了些什么，顿时羞得脸颊滚烫，想躲又无处可去，腰还被陆戟箍在臂弯里。

虞小满扭了几下，便听得一声低沉的命令：“别动。”

听话的虞小满便不动了，睁大眼睛瞧着侧边的人影，看着那白日里想，夜里闭上眼睛也想的那张俊朗面孔一点一点放大，直到一道灼热且熟悉的呼吸缠绕上来。

这是一个浅尝辄止的吻。

两人未曾厮磨太久，须臾便分开，快到虞小满以为陆戟亲错了。

就算没错，估摸着他也是为了堵自己的嘴，让自己坐着别乱动。

思绪百转千回，虞小满一动也不动地坐在陆戟腿上，直到外头人声渐息，屋里头的蜡烛也灭了，才咬咬还残留余温的唇，小声道：“可以行动了。”

陆戟似乎在发愣，半晌低声应道：“嗯。”

两人来到外头院中，虞小满将陆戟推到后门墙根边，转身正欲潜进屋，却被陆戟拉住：“我去吧。”

虞小满觉得这样不妥：“我行动方便些，你在外面守着，有情况就……就学声猫叫，我立马出来。”

陆戟不说话了。

虞小满以为他不知道猫怎么叫，做示范：“像这样，喵——”

虞小满有着一副特有的清亮嗓音，压低拖长后软绵绵的，乍一听如同在撒娇。

不知是学得太像还是不太像，见陆戟沉默许久没出声，虞小满又叫了几声，催促道：“怎么样，你学会了吗？”

陆戟：“会了。”

时不我待，一切准备就绪，虞小满卷起袖子出发了。

虞小满大张旗鼓出发，蹑手蹑脚行动，除年久失修的木门推开时发出嘎吱一声响外，其余时候几乎没发出任何动静。

屋里除了床便是一排斗柜，催情药那种私密物品定然不会正大光明放在柜子里，是以虞小满目标明确，先找人，再找药。

云萝睡在里口中间位置，翻她的随身物品颇费了点工夫。

好在这屋子没什么私密可言，藏东西的地方拢共不过铺盖底、枕头下这两处。今日运气不错，虞小满将手伸到褥子下头一摸，便找到一个叠成四方形的纸包，闻着没味道，用手捏了捏，里面装着某种粉状物。

八成就是这东西了，虞小满心满意足打算离开现场，转念一想觉得这不是在帮她消灭证据吗？索性蹲下把那纸包打开，将药粉分成两半，一半包好塞回去，一半揣兜里。

耳边鼾声此起彼伏，虞小满路过申嬷嬷睡的地儿，顺手也摸了下她的铺盖底，药粉什么的没见着，摸到一张字条，屋里太黑，瞧不清上头写了什么，便干脆一起揣兜里带走。

由于此行十分顺利，回去的路上，虞小满哼着曲儿，推着陆戟健步如飞，像一只快活的小鸟。

进到屋里点了灯，两人围坐在桌前把搜到的东西摊开看，申嬷嬷那张字条上只有四个字——见机行事。

虞小满歪着脑袋念："见机行事……行什么事啊？"

陆戟摇头，又盯着那一排字看了一会儿，眉宇微蹙。

两人说好分工合作，虞小满把字条交给他，自己将那半包药粉打开，拈起一小撮凑过去闻，鼻尖刚要触到手指，陆戟忽然抬手挡住："别动。"

虞小满犹如被施下定身咒，梗着脖子僵在那儿，只余两颗眼珠在转，羞道："不让动，你说便是了，不必亲自动手。"

两人想到刚才在那黑灯瞎火的院子里，非但动了手还动了口，气氛霎时变了，映在窗上的烛火也摇曳扭动，好不旖旎。

"前夜……"到底是陆戟先开口，"是我唐突了。"

他平日里话就不多，"唐突"二字怕是他能找到的最贴合的表述，听着与昨夜那句"多有得罪"相差无几，虞小满却高兴不起来。

在自己眼里，前夜种种并非唐突，全然是自愿的。

被下了药的陆戟兴许不记得了，清醒着的虞小满可记得清清楚楚，包括趁火打劫般满足一己私欲，和他行夫妻之实。

虞小满心头酸涩不已，却还要佯作无事，好了伤疤忘了疼似的咧开嘴笑："事情还没查清楚呢，你就给我赔两回礼了，说起来是我赚了。"

陆戟似要说什么，然而虞小满生怕听到叫人难过的话，率先侧过头躲开陆戟的手，主动与他拉开距离："你放心吧，我不闻，咱们还是赶紧安排，天马上就要亮了。"

有证据在手，事情便好办许多。

次日一早，陆戟先派段衡拿着药粉去外面找人看看是什么药，他和虞小满则分头在府上搜集字迹比对，尝试查出那字条出自谁手。

药粉的事很快有了结果。

正值十五，晚间陆府众人聚在前厅用膳，陆戟也难得赏脸出席，听了冯曼莹几句不痛不痒的嘲讽，在即将收席时宣布道："诸位请留步，我还有话要说。"

纵观整个陆家，谁人不知这位大少爷性子淡漠，旁人挑衅他都鲜少搭腔，现下竟主动要说什么，着实稀奇。

等到捆了双手的云萝被段衡押上来，众人又面面相觑，丈二和尚摸不着头脑般地问怎么了，为何要将一个丫鬟弄到这儿来。

陆戟说："事关小满清誉，占用各位少许时间做个见证，省得明日又乱传消息，扰得府上不得安宁。"

这话说得在场好些个人抬不起头，冯曼莹和边上立着的申嬷嬷交换了个眼神，轻咳一声，状若无事地摇了摇手中的贵妃扇："今日老爷身体不适，还想早些回房歇息，你长话短说吧。"

冯曼莹许是以为搬出陆老爷，陆戟多少会收敛些，谁想陆戟只将后半句听了进去，招手令段衡押着云萝跪下，言简意赅道："药是她下的，并非小满。"

此言一出，议论声四起。虽说陆家大少爷在府上的地位今时不同往日，可到底是主子，哪有主子被下人算计的道理？

有人信也有人不信，最爱讲闲话的二叔母带头问出大家的疑惑："启之你可想好了，哪怕为了袒护媳妇儿，也不能随便抓个下人顶罪吧？"

冯曼莹接腔道："是啊，咱们陆家可不兴威逼利诱、屈打成招那套。"

听了这话，跪在那儿的云萝抬起头，手脚并用，膝行爬到冯曼莹跟前，靠着她的腿：“救命，大夫人救命啊，求您救救我！”

方才还替她说话的冯曼莹登时翻脸，瞪着眼睛踢开她：“你求我做什么？找你自己主子去。”

因着这一脚，云萝似乎明白了什么，缩着肩膀地往后退，含泪瞧了陆戟一眼，怯生生地唤他“大少爷”，到底没敢上前。

陆戟冷眼看着这出闹剧，浑然未受影响，沉声道：“我必是查清楚了才这么说。”

段衡将从云萝床铺下搜来的纸包呈上，禀告上座的陆老爷道：“此药已经查验，确有催情作用。”

“不是我的，这东西不是我的。”没等陆老爷发话，云萝抢先道，“定是有人想陷害我！”

“区区一个丫鬟，谁闲得慌陷害你？”段衡忍不住嗤笑，招招手让外头候着的下属把另外几人带了进来，介绍道，“这两人方才搜房时在场，药是从谁床下搜出来的一问便知。这是卖药的老板，趁老爷主持公道，您快来瞧瞧可是跪着的这姑娘买的药？”

这种下九流的药多半不放在柜台上，也鲜少有人知道正经药铺还卖这个，是以那老板对买药的人记忆深刻，仔细看了云萝几眼后，便点头道：“是她。”

“你可瞧清楚了，”冯曼莹插了句话，“别是眼花，把清清白白的人给污蔑了。”

那老板来前被叮嘱过，这会儿被施压虽有些慌，倒不至于实话都不敢说：“买这药的多为男子，那日我见她一个姑娘家说要这药，就多瞧了几眼，哪怕她用帕子遮了脸，我也能从眉眼辨认出是她。”

云萝满面惊惶，犹在狡辩：“我确是买了此药，可是……是替大少奶奶买的。”

一直默不作声的虞小满抬了头，似乎没想到这姑娘为洗脱罪名竟如此陷害自己：“云萝姐姐，我自认平日里待你不差，也从未与你结怨，为何你一而再再而三与我过不去？”

“她为何跟大少奶奶您过不去我不清楚，我只知那日的茶水是她送给大少爷的，借着大少奶奶的名义。”作为整个事件旁观者的段衡再度发话，“怕是她也没想到大少爷察觉不对劲之后会屏退左右寻个僻静地方待着，等收拾过茶碗回来发现人不见了，吃了一惊吧？”

被说中心事的云萝张了张嘴，一时不知该如何解释，脸都白了。

满堂哗然。

陆戟显然有备而来，无论对方如何狡辩，他都有人证物证应对。眼下证据确凿，坐实了下人把手段玩到主子头上，事情的性质便不同了。

只听“砰”的一声响，陆老爷一掌拍在案上：“下人做出这等龌龊事，还栽赃到主子头上，岂有此理！”

云萝抖如筛糠，到底怕死心切，双手撑地磕了几个响头：“奴婢冤枉啊，奴婢敢对天发誓，确实看到大少奶奶往大少爷茶碗中放东西，不止我一人看到，申嬷嬷……申嬷嬷她也看到过的！”

已得了冯曼莹指示的申嬷嬷扑通一声跟着跪下：“老奴大不敬，可老奴不会说谎，老奴的的确确看到过大少奶奶背着众人往大少爷的碗里添东西，如若不然，那天早上大少爷怎会从大少奶奶身上搜出放了那种药的布袋？那会儿可只有二位在房中，无人插手啊！”

申嬷嬷一番话，又给好不容易洗清嫌疑的虞小满泼了盆脏水。

奈何申嬷嬷说的是实话，盘问之下，除了云萝和申嬷嬷，在场还有一名丫鬟说见到过大少奶奶做这事，问虞小满，虞小满又说不出个所以然，在场众人看过来的眼神又微妙了起来。

眼看变故横生，再由着这两个刁奴一唱一和，怕是先前的努力都要功亏一篑，虞小满急得像热锅上的蚂蚁，险些就要将那粉末是何物讲出来了。

最后陆戟主动开了口：“那是小满为我准备的补药，许是知我腿残已久讳疾忌医，怕我知晓后不肯服用，遂混在茶水中让我一并服下。”

第五章 真相大白

被一语道中的惊讶战胜了恐惧，虞小满呆呆地看着陆戟，然后呆呆地被他牵起手。

“小满真心待我，却平白遭受污蔑。”陆戟神色从容，一句话便让虞小满定下心，“是以今日趁大家都在，我定当做主，还我夫人清白。”

当晚，云萝就受到了应有的责罚，择日撵出府去。

这事闹得荒唐，陆老爷特地吩咐了不准传出去，发卖也只称下人犯了错，否则陆府面子怕是要丢尽了。

责罚当场执行，云萝在众人面前挨打时，起先还哭哭啼啼向陆戟求情，又哀号着求到冯曼莹头上，均未得到回应，便明白了回天无力，瘫在地上不吭声了。

一顿饭吃了近两个时辰，大伙儿打着哈欠散了。虞小满被太夫人拉着说了几句话，落在后头，正疾步去追陆戟，经过云萝身旁时，冷不丁被她抓住裙摆。

“凭什么……凭什么我伺候他这么久，他看都不看我一眼，你算个什么东西，居然抢了本该属于我的位置？”

云萝声嘶力竭，犹如梦呓。虞小满只当她疯了，压着怒火和嫌恶，说：“这不是你害人的理由。”

“我害你？我分明帮了你大忙。”云萝哼笑一声，咬牙切齿道，“我费尽心思筹划那么久，到头来竟让你捡了便宜！”

虞小满不想与此等用心险恶、蓄意谋害自己的人说话，拔腿便走。

云萝站不起来，又不想眼睁睁看着这人得意，破罐破摔地在身后喊：“你以为大少爷帮你，就是对你有意？别做梦了，他有喜欢的人，为着那谪仙似的沈家小姐才不愿娶亲，才不肯碰你！”

虞小满愣了一下，脚步随之顿住。

“男人哪，最痴情也最薄情，我在他身边整整三年，他都能狠心将我丢弃，一点情分都不顾……”

披头散发的云萝笑了又哭，好似真的疯了：“这偌大的陆府，可没你想的那么简单，他帮你，何尝不是在帮他自己？有朝一日你失去他的庇护，你以为光凭你，还能在这里苟活几日？”

夜半，独自躺在床上的虞小满想起壁月姐姐也曾用“薄情”二字形容陆戟。

方才云萝也这么说他，令虞小满不禁茫然，只因自己记得、他不记得了，就能怪他薄情吗？

只因自己动了心，而他没有，便能将他视作薄情吗？

对此虞小满虽无法苟同，但又能对云萝那份不甘感同身受。或许是习惯直来直去地思考，这样自相矛盾的拉锯让人心烦意乱，虞小满头都想疼了，也没得出合心意的结果。

虞小满索性翻个身，掀起被子蒙住脑袋，嘴里念着不想了、不想了，过了约莫一刻，迷迷糊糊睡了过去。

过得两三日，云萝被发卖出府，虞小满自是没去送行。

据虞桃说，云萝整个人都瘦脱了相，身上的伤尚未痊愈，走路一瘸一拐，被两个小厮架到门口还赖着不肯走，嘴上嚷嚷着“我是大少爷的人”“我才是你们的少奶奶”之类，场面好不滑稽。

虞桃当笑话讲，虞小满却笑不出来，只问：“那大少爷有没有去送送她？”

“当然没有，”虞桃说，“大少爷是何等身份，岂会送下人出门，还是犯了事的下人。”

虞小满也觉得答案显而易见，问了等于没问。虞小满点点头，站在门廊下继续发呆。

虞桃见虞小满魂不守舍，撞了下对方的胳膊：“事情不都水落石出了吗，这两天大少爷怎的还不到院子里歇息？”

虞小满半天才回过神来，望着天眨了眨眼睛：“他许是忙吧，反正睡哪里都一样。”

虞小满随口一说，倒是蒙对了实情，陆戟这些天委实忙碌。

第五章 真相大白

自沈寒云处得知那条重要线索，有了头绪，他便着手查当年的事。

身边可信赖的人不多，陆戟差几人暗中看住京城冯家，其余的便只能自己出手，因而进度缓慢。他明知这次云萝闹事与冯曼莹脱不了干系，却碍于证据不足，行动一度受阻，难以进行。

不过好在这回没让冯曼莹得逞。陆戟将那挑起事端的药粉撒在练武场外面的空地销毁时做了假设，如若一切按她们计划的发展，云萝下药成功，按府上规矩至少抬做妾。得了冯曼莹如此大的恩惠，云萝必定更加听令于她。身边被安插了这样一个人，以后他怕是怎样死的都不知道。

碰上这种事，不后怕是不可能的。

段衡今日还起大早烧香拜武神，陆戟路过时听他碎碎叨叨地念着什么“幸好大少奶奶来得巧”。这倒提醒了陆戟，这阵子光顾着忙，有些话尚未同虞小满交代。

陆戟今日提前散值，前脚刚进得院子，后脚就听虞桃扯着嗓门嚷嚷：“大少奶奶被太夫人请去玩儿啦，今儿个咱们院子没吃食，大少爷您不如移步去太夫人那边蹭顿饭吧！”

陆戟便去了。

听说太夫人原本邀的就是他们小两口，只是陆戟这些日子都不着家，说不上话，陆戟到了地方先向太夫人赔罪，说近日忙，还望奶奶谅解。

老太太见他来了就不气了，眉开眼笑地招呼他坐下：“方才我还让小满看紧点，别让你跟那群纨绔学坏，去那些花街柳巷乌烟瘴气的地方寻乐子。小满说你忙，没空去那些个地方。啧，你俩当真是心有灵犀，连糊弄老人家都想到一块儿去了。”

虞小满忙道：“他同我说过，这阵子忙。”

知是帮自己解围，陆戟跟着应了声，太夫人笑得更合不拢嘴：“好好好，你们小夫妻一条心。”

说是席面，实际上只请了陆戟和虞小满，圆桌坐三人足够宽松，太夫人还想尽办法把陆戟往虞小满身边挤。

两人肩对肩，胳膊挨着胳膊，筷子险些抓不住，正中太夫人的下怀：“启之，别光愣着啊，给你媳妇儿夹夹菜，瞧她这么瘦，你不心疼吗？”

得到指令的陆戟夹了片鱼放虞小满碗里，许久没见虞小满吃，正要问是否不合口，对面的太夫人又笑起来：“你是怎么当人家夫君的，小满喜欢吃什么都不晓得。”

虞小满忙执箸夹起那片鱼咬了一口，含混道：“我喜欢吃鱼的……嗯，好吃！”

为了帮陆戟做足面子，结果便是难受了几个时辰，饭后虞小满留下陪太夫人打络子，时不时犯恶心想吐。老太太慌了神，以为孙媳妇有了，差点把郎中请来。

“我没事，就是近来鼻子敏感，”虞小满寻了一个恰当的理由，“闻着鱼腥味儿就不舒服。”

太夫人先是惊讶于海边出生的人居然不能吃鱼，而后又了然地叹了口气：“你这孩子不喜欢就直说，用不着在我跟前装样子。”

虞小满仍是怕陆戟受责怪，坦白道：“他待我很好，平日里从未让我缺衣少食，见有人欺负我也会为我出头，他真的很好了。”

对此太夫人不置可否，凑过来将手上打了一半的络子与虞小满手中的比对，感叹几声老了不中用，又静静看着虞小满编了一会儿，含笑道：“回头你把这个系在启之的腰带上，他准喜欢。”

虞小满想到那件洗干净压箱底的衣裳，连连摇头：“他不喜欢我自作主张。”

“你没问，怎知道他不喜欢？”

虞小满神色黯然，讷讷不言。

“他呀，原先不是这样的。”太夫人接过虞小满手中的络子，边细细打量边轻声慢语，“从前他喜欢什么、嫌恶什么，全部写在脸上，后来他的生母亡故，又逢上战场伤了腿，整个人就变了，变得沉默寡言，喜怒不形于色，再不比从前自在洒脱。”

这些虞小满自是知道的，许多时候，自己甚至无法将十五岁的陆戟与眼下的陆戟当成同一个人对待。

“可是万变不离其宗，纵然他性情大变，骨子里还是老样子，他只是将喜怒哀乐藏了起来，不轻易叫人看见。”

太夫人将络子放回虞小满手中，拍了拍孙媳妇的手：“这回让你受了委屈，他定比谁都自责。他这些年收敛了性子，我这把老骨头都没目睹过他发火，不信你去问府上其他人，是不是头一回见他为谁出头？”

夏日天黑得晚，虞小满拎着编好的蛋络子往回走，路过竹林，忽然停了下来，蹲下身看一只在草丛中缓慢前行的蜗牛，心想：陆戟是否也同这小家伙一样，受过太多伤害，所以宁愿背着沉重的壳前行，以便在遇到危险时将自己藏起来？

是不是把他的腿治好，就可以让他不用活在危险之中，像从前那样想笑便笑了呢？

虞小满想得入神，浑然未觉天上有雨落下，待听感回笼，辨得噼啪雨声，再低头见自己身上一片干爽，惊慌之下扭头望去，正对上陆戟望着自己的沉静目光。

雷声千嶂落，雨色万峰来。

而陆戟是这场倾盆暴雨中唯一温和的存在，他身着素衫，一只手撑伞，胳膊微微前送，从容得像早就等在这里，为的便是等待这场突如其来的大雨，让竹纸伞刚好将虞小满护住。

回到院子，陆戟先行去耳房沐浴。

虞小满自屏风上头接过几乎湿透的衣衫，才晓得陆戟淋了雨，心里埋怨这伞未免太小之余，又暗自后悔当时为何不往他身边多靠近一些。

沐浴过后的陆戟换了一件霜色长衫，乌发半湿，眉眼一抹湿润，乍看好似犹在雨中，周身都萦绕着树木的清爽味道。

虞小满不让视线在他身上多做停留，看向摊在桌面的那张写了“见机行事”的纸，没话找话地问：“这字查出结果了吗？”

陆戟顺着小满的目光看去，犹豫片刻，说：“不曾。”

虞小满本就随口一问，见他不回答并未多想，过了一会儿，又说：“对了，你不在的时候，云萝被发卖出去了，好歹她跟了你三年，若你还有话想同她说……”

“没有。”陆戟想也没想便否认了，“自她动了旁的心思起，我与她便无话可说了。”

虞小满恍然大悟，原来陆戟早就晓得云萝动了逾越的心思，只是没料到她会急功近利干出下药这等龌龊事。

时隔多日，两人再度共处一室，相互间多了些微妙的沉寂，明知道该聊什么，却又不知该如何开口。

素来爱说话的虞小满也犯了难，坐在桌前把玩刚做好的蛋络子，陆戟的狼毫笔被塞进去又掉出来，换了笔山还是兜不住，吧嗒一声摔回桌面。

陆戟便是在这突兀的动静后开腔的：“抱歉。”

“啊？”虞小满愣了一下，反应过来后摆手道，“无妨，你又不知道我不吃鱼。”

陆戟稍微沉默，又道：“上回被人下药，轻易听信谗言定了你的罪，是我失察之过。”

原来他是为的这事。

虞小满有些不自在地扯着络子线：“在堂屋那会儿不是已经……”

“那不作数。”陆戟说，“合该私下再向你郑重赔礼。”

思及这事的诡异，除了那晚的肌肤之亲，其余的虞小满都不想提起。可陆戟的道歉显然也包含那晚，因为那晚于他来说是一场意外，并不包含旁的意义。

虞小满又有些憋气。

明明晓得自己这郁闷来得蛮不讲理，可这种自以为重要的时刻被对方轻飘飘揭过的滋味实在苦涩，虞小满苦得忍不住扯断了两根流苏线，赌气道："若是跟上回一样嘴上说说，那么大可不必，反正老爷下了命令，外头人也不会知道……"

话未说完，只听"锵"的一声，陆戟将随身携带的佩剑抽了出来。

虞小满霎时收了声，瞪圆眼睛盯着陆戟，看他缓慢靠近，将削铁如泥的利刃横放于桌面，庄重的神情里没有掺杂丝毫玩笑成分。

"此事既已发生，至少你知我知。恕我无礼在先，于心有愧……"陆戟一字一句，掷地有声道，"若能令你解气，要杀要剐，悉听尊便。"

虞小满哪舍得伤他，忙不迭把剑身塞回剑鞘，回头见他的目光仍围着自己转，心道这人不是武将吗，怎的如此迂腐，非得学廉颇负荆请罪？

为让他安心，虞小满再三强调自己不计较了，并将那条扯坏的蛋络子绑在他的四轮车上："喏，这个丑东西绑在这儿，少说两月不准拆，就当惩罚。"

陆戟虽将信将疑，到底还是听了虞小满的话，将那造型奇特的络子在扶手上绑了一个死结，低头左瞧右看，问："这络子本该用来收纳何物？"

虞小满惊讶于他长这么大竟连蛋络子都没见过，又想起先前太夫人说他自幼习武，父母对他期望甚高，待他极其严厉，寻常人家小孩玩的东西他几乎没机会接触，逢年过节也不得歇息，自是不会晓得这编得松垮的络子是孩童们过端午用来装禽蛋的。

实话到嘴边又咽了回去，虞小满眼珠一转，道："这是用来装贺礼的，天上的神仙赠予你的贺礼。"

三更天，虞小满悄然醒来，转了个身侧卧，幸而没将陆戟弄醒，可以肆无忌惮地欣赏他的睡颜。

方才虞小满做了个梦，梦里的陆戟尚为十五岁的模样，在海边玩耍时不慎蹭掉一片鱼儿身上娇嫩的鳞，将它捧在手心，抹完药再放回水里，自责得脸都皱起来，唰地将佩剑抽出，也不管鱼儿是否能听懂，拱手道：“怪我不知轻重，我剜自己一块肉，就当请罪了。”

虞小满醒来后恍惚许久，才确认这是真实发生过的事，与几个时辰前的一幕重叠，竟有一种机缘巧合般的意味。当时仅有十岁的虞小满尚未化人形，无法开口说话，只能摇头摆尾地阻止陆戟伤害自己。

十五岁的陆戟略显稚嫩的面孔亦与眼前的轮廓重叠，一样，又似乎不太一样。

虞小满不受控制地想，若是十五岁的陆戟和现在的陆戟同时出现，我会认定哪一个？

答案早在将两者对比的时候呼之欲出——

十五岁的陆戟，于虞小满来说是英雄，羡慕且向往。在那八年里，虞小满在心中为这位英雄虚构了无数完美的梦境，盼着恩人扶摇直上九万里，由着虞小满继续抬头瞻仰。

而现在的陆戟，于虞小满来说，是一个有血有肉的人。虽然英雄折了羽翼深陷泥潭，会颓丧失落，会冲动发脾气，会毫无理由地对人竖起戒心，但即便如此，他也善恶分明，谦和有礼，会在风雨后像一个孩童一样负荆请罪，会在风雨中撑起一把将虞小满护得妥帖的伞。

因而除却羡慕和向往，虞小满欣赏他、心疼他，甚至心悦他。

虞小满自胸腔呼出长长的一口气，抬起手，指尖伸到陆戟面颊上方，迟迟不敢落下去。

虞小满想起陆戟对云萝下的判决，忽然明白那日在堂屋的兔死狐悲之感从何而来。

虞小满的手指在空气中滑过陆戟的眉峰、鼻梁、嘴角，一遍复一遍。

在心里，虞小满问：若是我对你动了旁的心思，你会不会也将我丢出去，一句话都不想再同我说？

若是除了报恩，我还想与你偕老呢？

第六章 梅花络子

原以为只是应付了事，谁知陆戟当真将那蛋络子随身携带，一带就是半月有余。

这弄得虞小满羞愧不安，某晚趁陆戟先睡，偷摸把绑在四轮车上的络子摘了，修修补补看着没那么粗陋了，再绑回去。

次日用早膳时，陆戟放下筷子，将那络子捞起来捧在掌心端详，半晌不言语。

虞小满如坐针毡，最喜欢的菜包子也吃不香了。虞小满到底没憋住，在陆戟即将出门时跟在后头说："络子我昨晚打理过了，这样带出去不至于丢人。"说着瞥了一眼陆戟剑柄上拴着的梅花络子，心里直冒酸水。

按陆戟的性子，虞小满猜他多半会道谢，或者应一声表示知晓，总之不会让自己难堪。

果不其然，陆戟转过身，薄唇轻启，说的却是虞小满没想到的话："原先的也不丢人。"

转眼进了六月，盛夏酷暑，烈日当空，虞小满作为一条冷水鱼热得够呛，凡有空闲便溜到池塘边泡水纳凉，还给两条鲤鱼取了名，一条叫小甲，一条叫小乙。

自从虞小满吃了鱼之后，小甲和小乙就不怎么爱搭理虞小满了，还怪这人满脑子陆郎，都不管它们的死活。

"我怎会不管你们，"虞小满一脸委屈，透明尾鳍在水里甩来甩去，"吃鱼是迫不得已，一小口，就一小口，回头就吐掉了……"

小甲离得远远的："哼，你明明就是为了你的陆郎！"

小乙帮腔：“总有一天，你的陆郎也会把我们俩抓去杀了吃！”

虞小满连连摆手：“不会的，陆郎不是那种人，你们先前还帮他找络子，他会记得这份恩情的。”

“他又不晓得络子是谁寻的，若是知道了，说不定以为我俩是鲤鱼精，更想炖了吃呢，你也小心点吧。”

这话提醒了虞小满，陆戟虽知道自己不是梦柳，却还不晓得自己的真实身份是一条鱼。

想到这儿，虞小满不禁缩起脖子环抱住自己的身体，惊恐道：“我的肉很柴，不好吃的。”

小甲、小乙载欢载笑，在水中溅起一串串水花：“你可真好骗啊，真好骗。”

虞小满懵懵懂懂。

“陆大少爷我们从小看到大，他一向不爱吃鱼。”小甲说。

“不过你这条小笨鱼白白嫩嫩又好欺负，指不定哪天他就换了口味，把你就地正法拆吃入腹呢。”小乙说。

即便不通人情世故，两条臭鲤鱼的话虞小满也能听懂几分。

吃什么的……陆戟不是早就吃到嘴了吗？虽说是虞小满自个儿送上门的，对方一万个不愿意，不然也不会避而不谈。

想到这里，虞小满撇嘴，心道那人当时明明挺来劲的呀。

虞小满不期然忆起新婚次日奉茶的场景，“生养”二字冷不丁冒出来。虞小满倒吸一口气，险些咬了自己的舌头。

三伏天，恰逢陆戟休沐，虞桃张罗着在院里的槐树下铺了蕉叶让主子纳凉歇息。虞小满盘腿坐在上头，壮着胆子又瞧向坐在不远处的陆戟，视线比平时往下那么一点点，然后从脸到脖子霎时红了个彻底，好似变成一条在烈日下烤出火星子的烤鱼。

沈寒云进到院子里，看见的便是相敬如宾的夫妻俩，一个蹲在树底，一个坐在屋檐下，一个面红耳赤，一个气定神闲，怎么瞧都不像一对儿。

“哟，出来纳凉呢？”沈寒云亮了亮手中的东西，“有吃有喝有地儿坐，可不就缺一个红瓤黑籽的大西瓜嘛！”

早在前两日他们就约了今日一聚，本言定去沈家在京郊的避暑山庄，那边挖有冰窖，夏日里最是凉爽怡人。后来听闻沈家二老和即将出嫁的女儿沈暮雪也在那处，陆戟便拒绝了这番好意，说在府上聚也无甚区别。

过了午时，虞小满站在井边目不转睛地盯着沈寒云把木桶拽上来，镇得冰凉的西瓜被取出，也不怕把衣服弄湿，抱起瓜就跑：“我去切了给你们端出来。”

沈寒云看了直乐，问陆戟：“你这夫人多大岁数了，怎么还跟小孩儿似的。”

陆戟想着虞小满嫁过来那会儿刚满十七，答道：“快十八了。”

“那倒是差不多。”沈寒云望着虞小满蹦蹦跳跳的背影，“我初见这人时，这人还没长开，细胳膊细尾……呃细胳膊细腿的，也不怎么会说话，问什么都不吭声。”

陆戟想了想，说：“小满在我面前倒很爱说话。”

沈寒云看了陆戟一眼，意味深长地笑了笑，到底没再说什么。

虽是官宦世家，但陆家留有衣食从简的古训，是以并不饫甘餍肥，新鲜水果偶尔供应，纳个凉还要帮着晒书。

陆戟的书是上午虞小满搬出来的，听虞桃念叨“晒书书不蠹，晒衣衣不蛀”，虞小满便忙着将先前打好的几条络子也拿出来晒，连同那件绡纱制成的衣服。虞小满生怕陆戟瞧见不高兴，便藏在偏僻角落里，盼它们跟着书一起沐足阳光。

这堆五颜六色的络子，虞小满原本打算在节气小满当日送给陆戟，顺便再问他是否还记得八年前在东海渔村海岸边见过的一条小鱼。后来出了云萝那档子事，一折腾就过了时候，时过境迁，这会儿虞小满已然失了勇气，不敢送也不敢问了。

虞小满怕疼，拔鳞之痛尚可忍耐，若是陆戟勉强收下却不珍惜，又或是不记得当年那条小鱼……这些光想着都让人痛极了。

虞小满听闻脚步声渐近，忙扯了一本书盖住那堆络子，抬头见是沈寒云，松了肩膀："沈大哥，你不在那边吃西瓜，跑来这儿作甚？"

方才三人一起闲聊，沈寒云说不爱听人叫他沈公子，让虞小满换个称呼。思来想去，虞小满叫了声"沈大哥"。沈寒云很满意，眼睛都笑得眯起来，瞧着陆戟的表情也不似反对的样子，便让虞小满这么叫上了。

"我都吃撑了，"沈寒云找了一块空地坐下，屈起一条腿与虞小满同坐，"你也不过来同我们聊天，陆启之那家伙无趣透了，三棍子打不出个闷屁来。"

虞小满晓得他俩关系好，打趣对方是常有的事，听了只咧嘴笑笑。

沈寒云是一个话痨，闲来无事给虞小满讲他这些年在外游历的见闻，从漠北大雪、塞外风霜的豪迈，再到江南小桥流水、蒲深柳密处的惬意，虞小满听得入神，心绪也跟着飞往自己不曾去过的远方，流露些许向往之情。

"待暑热过去，你我可结伴出行。"沈寒云忍不住发出邀请，"你想去哪儿，我便带你去哪儿。"

虞小满毫不犹豫地摇头："不行呀，陆郎还在这儿呢。"

沈寒云似是被这亲昵的称呼弄得怔然，忽地反应过来自己方才说了什么，措辞补救道："我仅是觉得你不该被困在这里。"

你原是蔚蓝海里自在游弋的鱼儿，不该被困在这狭小的方寸间。

"哪有什么该不该。"虞小满捧腮往陆戟所在的方向张望，眼中再容不下其他，"他需要我一日，我便在他身边守一日。"

用过晚膳，三人贪夜凉，到院中的石桌处喝酒。

酒是沈寒云带来的一坛青梅酒，自南方运来，酸甜可口甚是开胃，除陆戟外，二人都接连喝了四五杯，幸得酒劲儿上来得慢，聊了半个时辰的天。

到了戌时，月上梢头，不胜酒力的虞小满双颊酡红，先头晕脑涨地栽到桌上，又揉着额头抬起头来，咕哝着热，抬手要将外衫脱了。

虞小满自个儿醉醺醺忘了形，旁的那位却对这人这惊世骇俗的举动甚是在意。虞小满堪堪解开衣带，令外衫褪下露出修长脖颈，就有一只手伸过来将其手腕按住。

陆戟将虚挂在臂弯的衣裳扯回去，说："起风了。"

此话犹如圣旨，方才还动若脱兔，谁也管不住的虞小满立刻坐直身体，摇头晃脑地拖长语调重复："起风啦！"

陆戟未下命令，只将酒壶拿开，虞小满便乖乖不喝了，攥紧衣襟趴在石桌上打瞌睡，陆戟和沈寒云的对话声一概被这人过滤在外头。

"上回我说想与你讨样东西，"沈寒云晃了晃杯中清酒，"不知你考虑得如何？"

陆戟看着虞小满支棱在暖风中的泛红耳尖，道："这又不是物件。"

沈寒云哈哈大笑，自怀中掏出一条火红的如意络子："说的是这东西，你家夫人做了一堆没处送，我拿一个不打紧吧？"

眼前精致的如意络子与挂在自己身边那个从形态上看相差甚远，陆戟甚至不明白自己为何要将两者放在一起比较。

末了，陆戟淡声道："既是我夫人做的，你该问我夫人索要。"

不知沈寒云这家伙是否故意的，待虞小满醒来，非但问人讨要络子，还热情邀请小满去沈府做客，说马车就停在门外，即刻赶回去还能在府中的池塘边捉到萤火虫。

虞小满天性爱玩，听了这话似有动摇，扭头说了声"我送送沈大哥"，便同沈寒云一道出门去。

陆戟的动作没这两人快，跟了几步被甩在后头，索性不出去了，差段衡帮忙送客。

一切安排妥当，他却待在门廊下迟迟不想回去。

他坐在原地，面朝陆府敞开的漆红大门。

直到马蹄声渐远，又有轻快的脚步声往这个方向来。

俄尔，虞小满修长的身影出现在门口，一只手举灯笼，一只手拎着沈寒云方才拿走的络子，抬脚跨进门内，欢快地冲陆戟挥手。陆戟忽地松了口气，反身回院。

夜深，陆戟梳洗完毕回到卧房，见虞小满尚未歇下，以为这人酒还没醒，便想着陪人坐坐，随手挑了一本白日里晒得清香干爽的书，坐下看了起来。

阅得三两页，他抬头见虞小满直勾勾地望着他，复又看几页，再抬眼，虞小满仍是那副专注神情，令他险些以为自己脸上有字。

他挑了一本书递过去，虞小满不接。他又问是否熄灯歇息，虞小满也不理。陆戟想着同醉鬼没什么道理可讲，耐着性子问：“你身上可有哪里不适？”

虞小满蓦地回神，噌地站起来，扭身小跑到门外，未等陆戟询问出去作甚，又急匆匆跑了回来，在门槛边止了步伐，双手扒着门框，红扑扑的脸蛋隐在夜色里，目光落在陆戟身上，似在期待什么。

然而陆戟并不明了这人此举的目的，不明所以地与之对望。

等了一阵，大约是没等到想要的，虞小满垮了嘴角，轻咬红唇：“你怎的不笑啦？”

陆戟参不透，犹疑地问：“笑？”

虞小满点头：“方才我送走沈大哥回来，你就对我笑啦。”

陆戟还愣着，虞小满走进屋里，在他身前慢慢蹲下，仰面看他：“陆郎笑起来真好看……以后多笑一笑，好不好？”

言罢，虞小满羽睫低垂，半掩明眸，不知几分醉意几分羞。

翌日清早，虞小满刚起床就跑去池塘泡着了。

“不都说醉酒忘事吗？”当事人捂着脸，恨不得整个身子埋进水里，“为什么我记得清清楚楚，连自己像一个傻瓜一样让他多笑一笑都记得？”

小甲问：“那他后来笑了吗？”

虞小满一脸沮丧：“没有。”

“你会不会看错了呀？”小乙猜测道，“其实之前他根本没笑？”

虞小满闭眼仔细回想昨夜的一切，而后坚定道：“他肯定笑了，八年前我见过他笑，就是那模样。”

两条鲤鱼不约而同问：“什么模样？”

虞小满弯腰把水面当镜子照，扬起唇觉得笑过了头，又抿回去些，用手指撑着嘴角调成合适的弧度，龇牙咧嘴道：“这样。”

小甲小乙凑近观察半天：“笑得未免太斯文，难为你能瞧清楚。”

虞小满得意道：“我的眼神好着呢，他皱一下眉头都逃不过我的眼睛。”

小甲和小乙忽然齐声叹气，水面吹起两串泡泡。

虞小满问怎么了，两条鱼你一言我一语，讲起前两年陆戟在府上如何被欺压的事，着重说了差点被推入池塘那回，听得虞小满心惊肉跳，仿佛和陆戟一起经历了一场生死。

“陆大少爷在这个家里的处境很艰难，因而这些年都不爱笑了。”

小甲说完小乙说：“上回那梅花络子也是被坏人扔到池塘里头的。”

根据它们的描述，虞小满心下又是一惊：“云萝？”

“对对对，就叫这个名。”小甲道，“她扔的时候气冲冲的，说什么‘沈姑娘要嫁人了，以后我才是少奶奶’。”

小乙好奇心强：“沈姑娘就是上回你说的那个会写诗的？”

虞小满垂了手，脑袋也埋低了，半晌后闷声道：“是……是陆郎心尖尖上的沈姑娘。”

说起沈暮雪，昨日沈寒云登门拜访也不全为了玩，临走时留下请帖一张。

陆戟将请帖放在桌子上没动，虞小满打开看了，沈暮雪的婚期定在本月十八，掐指一算便是十日之后。

虞小满猜陆戟该是不想去的，有情人难成眷属，亲眼看着心爱的姑娘嫁于他人，他心里该多难过。

果不其然，连着几天陆戟都未提此事。

请帖上邀请的是他们夫妻二人，虞小满想着就算不去，礼也该先备上，便带着虞桃逛了几家铺子，把贺礼清单列了，晚上拿给散值归家的陆戟看，得了一句“不错”的评价，还有一句意在感谢的“有劳”。

虞小满头回得陆戟夸，雀跃之情溢于言表，坐也不是，站也不是，一会儿梳理挂在四轮车上的络子，一会儿跳起来为陆戟收拾书。

虞小满忙活了一阵，又想起什么，扭扭捏捏地蹭到陆戟跟前：“那我们去不去呀？”

“去哪儿？”

“赴宴，沈小姐的婚宴。”

陆戟抬眸看向虞小满，问：“你想去？”

虞小满忙摆手：“不，我当然不……”说到一半觉得这样与争风吃醋无异，又改口，“你去的话，我也去。”

虞小满咬牙切齿，如同慷慨就义。陆戟嘴角微翘，如同听了什么有趣的事。

这回他笑得更浅，须臾便收了回去。满脑子婚宴的虞小满眨眨眼睛，见陆戟仍是平时淡漠的神情，以为是自己眼花了，垂头嗫嚅道：“你到底去不去啊？”

不多时，虞小满听到陆戟回答：“我这阵子忙，届时再看吧。”

既是到时候再看，那便至少有一半可能要去。

虞小满魂不守舍地过了几日，不知是否心神不宁影响身体，在沈家婚宴前一日忽犯头痛，手软脚软站不住，早晨在堂屋陪太夫人喝完茶，刚站起来就咚地栽倒在地，扶起来一摸，额头滚烫。

太夫人赶紧请了郎中来，开了一张退热方子，两服药下去不见好。虞桃心急如焚要去求老太太再请一个厉害郎中，被躺在床上昏昏沉沉的虞小满叫住：“别去，我……我再躺躺。”

虞桃直跺脚：“躺什么呀，你都快烧成傻瓜了。”

“寻常的药对我没用处，”虞小满吊着一口气说，“给我弄一桶……一大桶凉水就好。”

起先虞桃将信将疑，打了盆凉水给虞小满净面后，发现确有好转，赶紧差了小厮抬一桶水过来。

门关上，虞小满爬下床，攀着桶沿翻进水里，哗啦一声，犹如炸熟的丸子下了凉水锅，发出得救般的喟叹，然后在水里撩开中衣，检查位于尾鳍的伤。

这些日子陆戟都歇在房中，倒是方便了自己偷摸上药。不过鳞片有些跟不上进度，经常这边还没长出新的，那边又鲜血淋漓，今日发烧多半因为伤处感染，毕竟大热天总是捂着不透气，更不利伤口愈合。

鲛人虽身体强健难得生病，但一旦出点状况就病来如山倒，没个三五日好不了。

想着这病的因由不足为旁人道，虞小满从浴桶里出来，忙差了虞桃给练武场那边带口信，让陆戟忙的话就歇在那边，别往家赶了，陆老爷那边自己会帮着应付。

虞桃刚要出门，虞小满又叫住她，叫她把备好的贺礼带上。

“让大少爷明晚直接去赴宴吧。”虞小满纠结了好些天，最后让了步，心里不是滋味，“你别跟他说我病了，就说……就说家里没饭吃。”

口信带得及时，这晚陆戟没回府。

虞小满嘴上说着不等，躺在床上又睡不着，听到点动静就抻着脖子朝向门口，见推门进来的不是陆戟就黯然失落，心想果然如此，自己主动提出帮忙应付长辈，他就不乐意回家了。

虞桃见虞小满烧得稀里糊涂的可怜样，急得直骂：“叫你嘴硬，叫你逞强，外头哪家夫人病了，不是可劲儿冲相公示弱撒娇？大少爷性子再冷也是一个男子，但凡男子，就没有不喜欢自家夫人小鸟依人、楚楚可怜的，你缩他怀里一哼唧，他能把天上的星都给你摘下来。”

“你又看什么话本子了？”虞小满有气无力地问。

虞桃挤了湿帕子往这人脑门上一拍：“这个你甭管，反正有用就行。”

凉帕子捂得舒服，虞小满合上眼睛，斗胆想象了一下自己小鸟依人歪在陆戟怀里的娇羞样子，不禁憨笑出声，半梦半醒间连着念叨了几声“好好好”。

第六章 梅花络子

次日六月十八，宜嫁娶。

京城统共这么大地方，陆家和沈家离得又不远，一大早就有一帮家奴去凑热闹讨喜糖，虞小满耳朵灵，沈府送亲的鞭炮声都能听得几声。一夜过去，虞小满还是烧得厉害，皮肤热，身子里头却是冷的，听虞桃说发了汗便能好，裹着被子瑟瑟发抖。

下午太夫人来探望，冯曼莹作为婆母也不情不愿跟了来，进屋四处打量一番，满嘴风凉话："启之这是赶着去见旧情人最后一面了？"

冯曼莹被太夫人瞪了一眼，才施施然坐下，仍有些阴阳怪气："不是我说，你也机灵点儿，连个男人的心都收不服，以后还能指望你接我的班，做当家主母？"

虞小满懒得搭理她。

若不是今儿个不舒服，自己早就一水草甩出去，把这当面一套背后一套的虚伪女人绊个狗啃泥了。

太夫人倒是说了几句寻常长辈该说的话："你身子不舒服就多休息，启之吃完喜酒回来也别让他进屋了，省得熏着你。"

所有人都默认陆戟会赴宴，并且会喝个酩酊大醉。

虞小满仰面躺着，目不转睛地看雕花床顶，心想也好，这床不够大，睡两个人本来就挤得慌。

想来自己还没见过陆戟喝醉呢，说不定跟夜半三更在街上游荡的醉鬼一样讨人嫌，还是别见为妙。

如此安慰自己，虞小满这一觉睡得昏昏沉沉，头次醒来外头天还亮着，再度醒来耳边似有熟悉的车轮滚动声，也全当幻觉，急于让这难熬的一晚赶紧过去，合紧眼皮没睁开，不多久又睡了过去。

第三回醒来，听见外头打更的扯着嗓门喊"防偷防盗"，估摸着刚到亥时二更，虞小满打了个大哈欠，挤出两滴泪，用手抹了举在眼前看，见并未变成剔透的鲛珠，无奈地叹了口气。

虞小满泡了两回凉水澡，又睡了五个时辰，这会儿烧得没那么厉害了，身上也有了点力气。虞小满翻个身打算起来寻吃的，一动发现不对劲，另一只手怎的被握着？

虞小满猛地睁开眼，目光虚虚晃晃对准床前坐着的人，以为自己在做梦："你怎么回来了？"

陆戟日沉时回府，进了院子想起昨日收到的家中没饭吃的口信，稍有犹豫，又念着太夫人的交代，回到家无论如何也该与夫人通报一声，便让段衡退下，自己进门了。

他进到里头，看见床上盖着薄被鼓起的一团，才知道虞小满在睡觉。

过不久虞桃推门进来，从她口中得知虞小满发了整整一天的烧，陆戟先是一愣，随后微不可察地皱了皱眉。

昨日他诸事缠身，新一批禁军即将被派往宫中，他亲自检阅新兵，晚间还要核对名册，家里来消息让他有事莫回，他便干脆歇在练武场，将手头的公事处理完。

今日监督新兵调度，眼看没旁的活儿要干，陆戟便回来了。

院中的下人们听闻大少爷归府，着手备餐食，陆戟对虞桃说："晚些吧，待夫人醒来一起吃。"

一等便是两个时辰。

虞小满睡得沉，梦呓都不曾有，现下醒了倒精神抖擞，瞪大一双黑亮圆眼瞧着陆戟："你不是去见沈小姐了吗？"

虞小满这话说得陆戟更茫然无措："我何时说要去见她？"

虞小满自觉失言，改口道："就……喜酒啊，他们都去了。"

陆戟从这人躲闪的眼神中，大约领会到对方的意思，却没点明，只说："贺礼已差人送去了。"

"哦，哦。"

虞小满还蒙着，搞不明白原该在心上人喜宴上喝醉的人怎的出现在这里，还乖乖地由着自己牵他的手……牵手!

接连受惊，虞小满方寸大乱，忙松开五指放开陆戟的手，扭身发现自己身处床榻无处可躲，又慢吞吞转回身来：“我睡梦里神志不清，拉了你的手，失礼了。”

没承想有朝一日会反过来收到“登徒子”的赔礼，陆戟神色微滞，垂眸道：“无妨。”

裹着衾被发了一身汗，虞小满下床先去沐浴。

屋门时开时关，菜品被陆续送进屋，屏风后头都能闻到熟鱼的腥味。

虞小满想着待会儿出去定要找一个离红烧鱼远些的位置坐，可擦着湿发到外头，扫一眼桌上摆着的清淡的两菜一汤，哪有鱼的影子。

虞小满行至桌边坐下，方拿起筷子，陆戟盛了一碗冬瓜排骨汤放到自己面前：“清火去热，你多喝些。”

虞小满连声应着，捧起汤碗喝一口，躲在碗沿后的嘴角止不住向上弯起。

可以在屋里用饭，还能受陆郎的照顾，虞小满美滋滋地想，生病可真好啊。

陆家大少爷的院子向来熄灯晚。

关于此事，外头先是传说陆将军瞧不上乡下渔村来的夫人，有意晚睡不与其同床共枕，后来听闻陆将军为了维护夫人不惜与人拔剑相向，更是将身边原先要抬姨娘的丫鬟赶出府去，众人互相使一眼色，又都心知肚明了。

有道是英雄难过美人关，从前的未婚妻是名满京城的贵女又如何？见多了含苞待放、秀外慧中的，如今见了这明艳动人、风情万种的，自是新鲜。

可怜虞小满还不知外头的人如何编派自己，满脑子正经念头，见陆戟如往常一样捧了书静静地看，也找了一本前朝的词集出来边念边抄。

虞小满虽有心多认些字，奈何提不惯笔，写在纸上总是歪七扭八，练了好些日子也没什么长进，只是勉强能辨认的程度。

“白石郎，临江居。前导江伯后从鱼。”

虞小满写下前两句，不禁撇嘴，心想这白石郎当真厚脸皮，出趟门非说有鱼跟着他，我们鱼有那么不矜持吗？

“积石如玉，列松如翠。”

抄至后两句，虞小满忽而从中悟到了什么，抬头望向对面的人，讷讷念道：“郎艳独绝，世无其二。”

虞小满恍惚间没收住声，陆戟在烛火中抬眸，用眼神询问对方怎么了。

回过神来的虞小满臊得慌，丢了笔胡乱道：“没什么，没什么，就是字写不好。”

原以为陆戟会像从前那样收回视线继续看书，谁想他思忖片刻，将书合上放到一边，而后道：“来，我教你。”

世人皆知陆戟擅使刀剑，一身武功，在沙场战无不胜，却少有人知晓他师从名家，非但满腹经纶，还写得一手好字。

这回换了一本先秦的诗集，虞小满闭着眼随便翻了一页，粗略扫过，好些字不认得，便谈不上因知其意而羞涩了。虞小满弯下腰，执笔蘸墨先照着誊抄一行，硬着头皮递给陆戟。

陆戟看了纸上的字，稍有迟疑，见虞小满缩头缩脑一副虚心求教的样子，又打消了顾虑，执起小满用过的笔，在下头对齐写上与之对应的后两句。

同一支狼毫笔，写下的字却大不相同，陆戟的笔迹行云流水、铁画银钩，更衬得虞小满写的那行字如爬虫般不堪入目。

“解后（邂逅）相遇，与子皆（偕）……皆……”

虞小满念不下去，心想还是动手吧，覆了一张纸在上头照着陆戟的字描，不知是被人看着紧张还是怎么的，手抖得更厉害，一笔捺险些滑出纸去。

“坐下吧。”陆戟似是叹了一口气，“我把着你的手。”

后来虞小满总在心里念叨，若是知道把着手是这么个把法，我早就将字写到纸外头去了。

夜来南风起，芳草亦未歇，窗外唯余稀疏蝉鸣，帘幔上映着交叠而坐的人影。虞小满坐在木凳上，与身后的陆戟挨得很近，近乎半个身子被他拥在怀中，右手落在温暖宽厚的掌心，笔杆稳了，心却乱了。

陆戟的声音低低响在耳畔："你想写什么？"

方才丢了脸，这回虞小满学聪明了："写你的表字吧，我还不晓得是哪两个字。"

仗着陆戟在后头用不着面对面，其实这话说出来虞小满自己都心虚。

陆戟倒不多问，握着这人的手起笔书写，不多时，工整遒劲的"启之"二字便现于纸上。

"启之……"虞小满习惯性地跟着念了一遍，好奇问，"有特殊含义吗？"

"一则我乃家中长子，"陆戟解读道，"二则我母亲认为名字杀气过重，望以表字中和。"

虞小满明了地点头，又默念了几遍，心想名字表字都好听，我都喜欢得紧。

然而这两字笔画少，难突出汉字间架结构与笔锋的重要，既然答应教了，陆戟就没打算敷衍，就着交握的姿势问："你还想写什么？"

他的唇与虞小满的耳相距不过寸余，每每出声都令虞小满心神战栗，面颊飞红。

虞小满脑中再也正经不起来了，什么红袖添香、松萝共倚……近来虞小满新学的词儿噌噌往外冒，生怕嘴巴一秃噜惹陆戟生气，抖着嗓子道："都……都行。"

这反让陆戟犯了难。

陆戟抬眼扫过上头虞小满描的那行诗，再掠过虞小满藏在如墨发丝间红嫩欲滴的耳垂，心间泛起浅浅悸动，许久无人造访的静谧湖面盈盈坠入花瓣一片。

半晌未等到回应，虞小满忐忑不已，就在将要坐不住，想说"我还是自己写"时，握着自己手的干燥大掌忽然动了。

竖钩一撇复一点，第二个字更溢着水汽，像极了季夏的织雨如丝，滴滴点点，腻腻黏黏。

收笔的瞬间，不安全部化作不舍，虞小满快速眨眼，只觉得太快了。

快到虞小满还没瞧清楚，“小满”二字就落在“启之”二字身旁，如同栖息池沼边的一对鸳鸯鸟，又似绿水青荷上的一枝并蒂莲。

这晚，虞小满睡得很安稳。

早上虞小满起身后，趁陆戟去耳房净面，把昨夜写了名字的纸仔细叠好，藏在柜子的最底层，那件绡纱薄裳的下头。

陆戟回屋用饭时，目光数度在虞小满身上徘徊。虞小满以为被发现了，咬着筷子憋红了脸，刚打算从实招来，却听陆戟问：“你身上好些了吗？”

原来他是想问发烧的事，虞小满松了一口气：“好多啦，已经不烧了。”

陆戟点头。

提到这茬，虞小满后知后觉想起昨日沈暮雪新婚，陆戟回来的时候自己稀里糊涂没顾上问，这会儿才猛一激灵，磕巴道：“昨日是虞桃说我病了，把你叫回来的？”

“不是。”陆戟将自己跟前的菜包子夹到虞小满碗里，“我无事可做，便回来了。”

虞小满将信将疑，又开始咬筷子，想问他为何不去喝喜酒，难道不想见沈姑娘吗？

还想问他是不是很难过，他本该骑着高头大马迎娶京城第一才女，现在却是一条目不识丁的笨鱼坐在他面前。

虞小满纠结到饭毕都没问出口，生怕勾起陆戟的伤心事，亦怕听到回答自己伤心。

虞小满垂头丧气地将陆戟送出门。临到大门口，陆戟止了步，扭身看过来。

“你忘东西了吗？”虞小满问。

陆戟摇头，仍看着虞小满：“今晚家里可有饭吃？”

虞小满眨几下眼，忽地想起前日为不让人晓得自己生病，曾叫虞桃去练武场带话让陆戟别回了，理由是家中无饭可吃。

虞小满面颊噌地红透，慌得手脚都不知该往哪儿放，期期艾艾辩解了几句“不是”，感觉越描越黑，又垂了脑袋不吱声了。

虞小满原以为会等来一番质问，或者按陆戟的性子多半会懒得说什么，径直拂袖离去。

谁知等了一会儿，虞小满耳边传来陆戟并不含任何斥责的声音：“今后几日我空闲，若是方便，还望多留一口吃食。”

堂堂陆府大少爷，在自家用晚膳竟要拜托夫人为他留饭。

晌午未过，这事儿就在陆府上下传开了。大伙儿多信了陆戟被乡下渔村来的夫人迷住的说法。虞小满往太夫人院子去的半盏茶工夫，只觉无数好奇的视线会集在身上，快把自己盯成筛子了。

爱嚼舌根的则暗嘲陆大少爷惧内，一个曾在战场杀敌无数的将军，到了后宅竟沦落到怕老婆不给饭吃的地步，着实跌份儿。

虞小满慌了。

虞小满想着自己怎么挨嘲讽都无所谓，就是听不得旁人笑话陆戟，遂开始琢磨如何澄清此事。

过得几日，真叫虞小满寻着机会。

七月暑气未消，陆家二公子陆钺的婚事提上日程，两家议了一个良辰吉日，由陆家长辈携庚帖登女方家的门，将这门亲事正式定下。

这种事合该长辈出面，许是见虞小满待在家无聊，太夫人把虞小满也一块儿捎上，说：“你与启之婚姻美满，带去讨个吉利。”

虽不知外头怎么就把自己和陆戟说得举案齐眉、如胶似漆了，但虞小满还是乐于当这个吉祥物，颠儿颠儿地跟到刘家，被刘家姑娘正式改口唤了嫂嫂，中午米饭都多吃了半碗，佐着咸鲜可口的紫菜汤。

午间小憩后，同辈的女眷们转移到花厅喝茶话家常。

除了陆家的几个，今日刘家还来了不少凑热闹的亲朋，其中便有几个来自官宦商贾之家的贵妇小姐。虞小满一条鱼混在涂脂抹粉的姑娘里头，浑身不自在，寻了角落的位置坐下，掰着手指静待时间过去。

姑娘们聚在一处聊的无非是那些事，刘家姑娘和几个未出阁的小姐凑在一块儿聊绣嫁妆的心得，剩下几个也凑了一堆，分享近来读的书。

《三字经》都没背完的虞小满原本插不上嘴，谁想姑娘们聊着聊着胆子大了，眼看四下既无长辈也无外男，不知谁起的头，竟从诗词歌赋聊到了坊间话本。

什么《西厢记》《牡丹亭》，皆是近来在闺阁中盛传的故事，那边聊绣花的也加入进来，说到“愿天下有情人终成眷属”，几个尚未识情爱滋味的姑娘抽抽噎噎拈帕拭泪，听得虞小满也不禁好奇，心想回去问虞桃借来看看。

有个姑娘道：“说起来，晚晴此番嫁的那陆家二公子，听说生得一表人才，不比故事中这些好儿郎差。”

晚晴是刘家姑娘的名，闻言她面颊生粉：“哪有。”

女孩们叽叽喳喳，你一言我一语。

“瞧你羞的，想必那二公子定有潘安之貌。”

“那敢情好，将来生个粉雕玉琢的小娃娃给我玩儿。”

“不过我听闻那陆二少爷爱玩得紧，晚晴你嫁过去可得仔细看好他。”

“唉，这便是长辈拿主意的坏处了，谁晓得要嫁的是一个什么样的人。”

刘晚晴这阵子没少被家里仆妇洗脑，绞着帕子羞道：“我娘说了，男子年轻的时候多是这样的，等收了心就好了，况且……”

说着，她看向虞小满：“嫂嫂与大哥同是父母之命媒妁之言，如今琴瑟和鸣，羡煞旁人，有表率在前，晚晴便不怕了。”

冷不丁被点名的虞小满当即坐直身体，冲扭头打量自己的众人友好微笑，殊不知自己这随便一笑端的是顾盼生姿，直看得几个小姑娘红了脸，转过去咬耳朵说，难怪陆将军那样冷酷的人都栽给她。

话题再度跑偏，落在了陆家大少爷身上。

要怪只能怪陆戟与沈暮雪那段情传之甚广，十来岁的闺阁少女都有耳闻，如今听说陆戟放下过往，同年初入门的夫人情投意合，都好奇虞小满是如何做到的。

一名姑娘说：“传闻陆大少爷的佩剑三年未动，前阵子竟是为维护夫人拔了出来。”

虞小满心说那你是没看到他以为我下药时凶巴巴的样子，嘴上谦虚道：“他哪里是为我，震慑下人罢了。”

另一名成婚不久的妇人插话：“我还听说陆大少爷极听夫人的话，让留在衙内就绝不提前归家，连饭食都紧着夫人安排。”

说到这个，虞小满眼睛一亮。

在场有主子也有下人，虞小满好容易逮到机会，唯恐不具说服力，夸大道：“想必诸位定是听错了，我没念过什么书都晓得出嫁从夫，哪有他听我话的道理，都是我听他安排。”

姑娘们悄声议论，表示不信。

为显真实，虞小满从怀里掏出钱袋，拎起来抖给大家看，乒乒乓乓掉出几片贝壳。

“好在今日天热，我没去外头喝茶，不然可丢脸了。”说着害臊，虞小满却昂首挺胸，“谁管钱谁掌事，咱们家的银子都陆郎管着呢，我跟前一个子儿都没有！”

因着为陆戟做了面子，虞小满浑身舒泰，瘫在椅子上听姑娘们闲扯半下午，竟也没觉得无聊。

眼看时间差不多了，各家的下人都来催主子回去。茶话会到此收席，姑娘们三五成群地自花厅穿过回廊到外面，互相挽着胳膊意犹未尽地说话。

虞小满也被一位即将出阁的官家小姐拉住，追问着绑头发的绳何处买的，还怪亮眼，言中大有讨要的意思，仿佛虞小满招自家相公喜欢是因为会打扮。

奈何虞小满从不戴首饰，满头就这么一根发绳，便说是自个儿织的。

那官家小姐还是想要，凑过来说可以用宫里娘娘那边得来的丰胸秘术交换。虞小满头皮发麻，推说家里人已在马车里等着了得赶紧过去，脚底抹油要跑。

那小姐劝道："你急什么呀，陆大少爷他们在隔壁也刚散席，不等等他一块儿吗？"

虞小满一惊，循着她手指的方向望去，果真身着官服的男子自另一侧的游廊里鱼贯而出，而行在最后头由段衡推着的，不是陆戟还能是谁？

京中世家的聚会多分内外，内宅女眷一处，男人们在另一处，且两处相隔不远，经常设在相连的两个厅内，地方小的干脆以屏风相隔，为的是照顾未出阁的小姐。

是以几个刚及笄的姑娘都躲到人群后头去避嫌，又忍不住转着眼珠偷瞄。

其中偷看陆戟的最多，许多姑娘听过他战无不胜的事迹，早就存了好奇心，如今见到本尊，发现他非但不似传闻中那样凶神恶煞、相貌丑陋，反而面如冠玉、器宇不凡，讶异之余纷纷羞红了脸。

然而此刻最惊讶的当数虞小满。

虞小满怎么也想不到陆戟也来了，而且方才就在一门之隔的另一间堂屋里坐着。

怪不得那些姑娘都捏着嗓子细声细气，唯独自己傻乎乎地扯着嗓门说话，生怕别人听不见。

眼下瞧着陆戟侧头对段衡说了句什么，接着便朝自己这边来，虞小满慌得后退几步，险些撞到墙根。

周围这么多人看着，虞小满到底稳住心神，收了猫见到老虎的神情，勉强站定道："你来了怎么不说一声？"

陆戟说："原本我就要来的，衙内有急事，刚到不久。"

虞小满恨自己拙嘴笨舌，心想完了完了，这下外头又要传陆大少爷的闲话了，出趟门都要被妻子拿捏管束什么的。

虞小满正想着该说点什么扭转局面，垂在身侧的手腕忽然被握住。

第六章 梅花络子

陆戟执着虞小满的左手，令其掌心向上摊开，而后将自己的钱袋放了上去。

“今日我领了俸禄，交由夫人保管。”陆戟面不改色道，“以后夫人若是要出去喝茶，或是买些中意的小玩意儿，尽管从里面取。”

回到陆府，虞小满仍是不理解陆戟为何要那么做，难不成他不怕旁人笑他惧内？

傍晚时分，天际翻起暖色，虞桃又张罗着在院中支起桌子，温了一壶上回剩下的青梅酒，二人在树下对饮。

虞桃听虞小满诉说了烦恼，直翻白眼：“相公对你好、在外人面前给你脸面，你还不乐意咯？”

虞小满仰头将杯中酒一饮而尽，酒杯往桌上一拍，道：“他是我的恩……嗯，良人，合该我对他好，他待我这般好，到时候我……我更舍不得走了，可怎么办呀？”

虞桃哪里晓得一条鱼的烦恼，挥手道：“那你就不走了呗。”

“不行。”虞小满侧身趴下，脸贴着桌面，眯着眼睛嘟哝，“要走的，总要走的……”

陆戟回到院子时，虞桃正打算把虞小满扶进屋，拽着胳膊使了半天劲儿都没扛起来，见陆戟进来，如释重负地撒了手：“您媳妇儿可太沉了，劳烦您自个儿把人扛回屋去吧。”

其实虞小满不胖，只是喝醉了赖桌上不肯起，屁股一撅谁也搬不动。

虞桃回房去了，陆戟接下这个烂摊子，借着臂力强手劲儿大，扶着虞小满的肩令其直起腰。

虞小满沉重的脑袋左摇右晃，好不容易支着脖子掀起眼皮，待瞧清楚近在眼前的俊容，咧嘴笑起来，软声唤道：“陆大少爷，你来啦。”

因着这个笑，陆戟手上动作一顿，将下一步要做什么都忘了。

如花的笑靥绽放在如墨夜色中，天上繁星都黯然失色。

陆戟知这人喝多了，除却眼神涣散，意识也不清醒，眼下发生的事怕是睡一觉就会忘了。

似有一股力量催促着他，他未多犹豫，在夏夜微风里启唇："你叫我什么？"

虞小满迷茫了一瞬，只一瞬，便扬起嘴角笑得更甜："陆郎，你是我的陆郎。"

这是除梦呓之外，虞小满头回当着面这样叫陆戟。

或许那晚虞小满也叫过，可惜他被药性蒙蔽神志，已然记不清了。

他尚未明白过来自己为何要逼对方吐露如此亲昵的称呼，虞小满反客为主地扳了他的肩膀，浮着两片红晕的面颊凑近："你该叫我什么？"

陆戟愣住。

"你当着旁人的面，叫得不是挺顺口吗？"虞小满哼哼唧唧地质问，"只有你我二人的时候，怎的就不敢叫了呢？"

虞小满眸中水光轻漾，话里委屈满溢，陆戟的心也被泡得发软。

方才他与父亲谈话时小酌几杯，许是那酒后劲上来，又许是离得太近沾染了酒气，陆戟觉得自己也醉了。

他松开一只手，旋即捏住虞小满小巧的下巴。

而后趁着天黑，趁着醉意尚未消退，趁着明月星辰被乌云遮挡，他循着本能，在那湿软的唇瓣轻啄一下，再一下，直至难舍难分。

吻毕，虞小满没骨头似的靠在陆戟怀中，额头抵着宽阔的肩，小口小口喘气。

而陆戟终于遂了这人的愿，贴在小满耳边低声唤道："夫人……我的夫人。"

第七章 财政大权

先前虞小满天真地以为天旋地转就叫醉了，这回早上醒来脑袋痛得像被砸了一拳，方知微醺与烂醉的区别。

虞小满挺尸好半天才挣扎着爬下床，饭也顾不上吃，立刻让虞桃把剩下的青梅酒藏好，轻易不要拿出来。

“昨晚我让你别喝了、别喝了，你偏不听，抓着酒杯死活不撒手。”虞桃见这人蔫巴巴的可怜样，笑得捧腹，“这会儿你知道难受了吧？”

虞小满悔不当初：“下回我要再不听劝，你直接一掌劈晕我。”

虞桃笑完了，摆手道：“我扛你回房都费劲，可劈不动你。”

“那我昨晚是怎么回房的？”虞小满问。

“大少爷抱的呗。”

虞小满惊了，原来竟真是陆戟把自己抱上软榻的！

陆戟双腿有疾，行动尚且不便，想到自己说不定给他添了大麻烦，虞小满愧疚极了，用早膳的时候使劲儿往陆戟碗里夹菜，把自己最爱的菜包子也让给他，催道：“辛苦了，多吃点！”

“不辛苦。”陆戟说。

虞小满拍拍拴在裤腰上的钱袋：“你挣这么多银子呢，怎么会不辛苦。”

陆戟轻扯了一下嘴角，没再跟这人推来让去地谦虚。

近来虞小满养成了送陆戟出门的习惯。

许是风声传开了，今日下人们望向两人的眼神又有了些微变化，看虞小满的时候除了羡慕还满含钦佩，看陆戟的时候则带了隐约的唏嘘。

尤其是男仆役们，到了门口，段衡瞅瞅陆戟身边挂的破蛋络子，再瞧瞧虞小满身上鼓囊囊的钱袋，表情沉痛得简直像要哭出来。

虞小满脑袋转得飞快，福至心灵地从钱袋里拿出几颗碎银：“你身上总该揣点银子，万一要买什么东西。”

正是上朝时间，陆府门口聚了一堆人，身着官服的陆老爷经过时刚好瞧见这一幕，掩饰般干咳两声，行步如风地上马车去了。

下人们就没这么沉得住气，被这当众给相公发零花钱的滑稽场面逗乐，好几个掩唇偷偷笑。虞小满以为他们笑自己小气，又多掏了两锭出来，一并递给陆戟：“这应该够了吧？”

陆戟愣怔少顷，而后接了过来，道：“够了，多谢夫人。”

同样是当着许多人的面叫的夫人，不知何故，这回虞小满听了有点耳热。

虞小满边揉耳垂边把陆戟送到马车前，终于没忍住：“昨晚……”

陆戟一只手撑着门框，扭头回看这人。

虞小满支吾半天，才把舌头捋顺：“昨晚我是不是发酒疯了？”

虞小满上回喝得少，第二天早上起来还能记得睡前干了些什么，这回喝得多，昨晚的事几乎忘了个彻底。虞小满听虞桃说是陆戟把自己弄回屋的那刻，就隐隐有不祥的预感，想着一不做二不休干脆问了，总好过一个人在家胡思乱想、心惊胆战。

陆戟听完，思忖片刻才开口：“你不记得了？”

被这么一问，虞小满的呼吸都快滞住，心想要完要完，凑过去压低嗓门：“我是不是亲……轻薄你了？”

似是没想到虞小满会如此猜测，陆戟眉梢微扬：“轻薄？”

曾趁陆戟被下药大胆索吻的虞小满臊得抬不起头，背在身后的手绞成一团：“就是动手动脚，或许还动了嘴……”

陆戟别开脸，笑容隐没在晨间的微风里，再转过来时，已然恢复镇定自若的模样。

他说：“嗯，确有此事。”

虞小满彻底崩溃，抬起手不知该捂哪半边脸："我错了，下回再也不喝这么多酒了，再也不会吓着你了！"

"那这回呢？"陆戟煞有介事地问，"夫人打算如何补偿？"

正午，京郊练武场迎来访客。

沈寒云一进门，就发觉气氛与从前大不相同。平日里这地方除却振奋士气的呼喝声，几乎听不到旁的动静，今日进到处理公事的屋子里，来往走动的将士脸上都带着笑，年纪小点儿的走路都连蹦带跳，活像得了犒赏要回家讨媳妇儿去了。

陆戟在外头监督操练，回来拿名册的段衡被沈寒云撞上，被问到怎么回事，段衡咧嘴嘿嘿笑："将军心情好，我们也跟着瞎乐和。"

沈寒云问将军为何心情好，段衡眉飞色舞地把旁边桌上放着的一兜蜜饯拎到沈寒云面前："夫人有赏，见者有份！"

约莫一炷香后，陆戟回到办公的屋子里，推门便见沈寒云歪在窗边的贵妃榻上，懒散地跷着腿，一只手撑脑袋，一只手拈蜜饯，还嫌不够惬意，问陆戟可有酸梅汤喝。

陆戟移至桌前："你那儿不多的是青梅酒吗？"

"不一样啊。"沈寒云说，"酸梅汤是消夏解暑的，青梅酒是月下畅饮的，两者相差十万八千里去了。"

不知哪句戳动了陆戟，听罢他居然弯唇笑了一下。

沈寒云见了鬼似的坐直身体，叼着的蜜饯险些掉出嘴："等等，等我先出门看看，今儿个太阳是不是打西边出来了。"

自伤了腿后，陆戟沉寂许久，如今这张脸上总算有了木然以外的表情，恢复了点正常人的模样。到底相交多年，沈寒云为他高兴之余，不由得好奇："我听说今儿这蜜饯是夫人请的，怎么着，你刚上交了钱袋，一眨眼又讨回来了？"

第七章 财政大权

陆戟没想到昨日在刘家发生的事传得这么快，不过也没什么好避讳的，便答道："夫人主动给的，说是赔礼，我觉得太多了，夫人便让我请大家吃点好的。"

沈寒云觉得嘴里的蜜饯突然就不甜了。

沈寒云干嚼两下蜜饯咽下去，虽好奇何为赔礼，却也知再问下去不合适。他站起来伸了个懒腰，从怀里掏出一沓信件丢到陆戟桌上："可惜我今儿不是专程来玩的，但愿你看了这些还笑得出来。"

室内点了千步香，是南方献来的贡品，据传熏人肌骨后可保不生百病。

陆戟本不好弄这些，奈何是皇帝赏的，说可助他治腿。天家赏赐不可转送他人，横竖不用也是浪费，他偶尔记起便点上，熏得满屋馨香。

沈寒云倒是喜爱这味道，深吸几口，倦意更浓，眯眼打了一会儿盹，好不容易等陆戟看完了，没什么精神地问："如今各处也差不多部署到位了，怎样，到你说的那个恰当的时机了吗？"

天还没黑，屋里已经点了蜡烛。陆戟将烛台拨到跟前，将那几封信递上，任火焰张牙舞爪将其包围，再吞噬，落下一片灰烬。

火光熄灭，陆戟眸底蒙上阴霾，说："就快到了。"顿了顿，又道，"多谢。"

"何须如此客气，你韬光养晦这么些年，等的便是这一刻，我作为朋友自当鼎力相助。"

沈寒云低头瞧了一眼飘着袅袅残烟的烛芯，恍惚须臾，接着道："只是接下来局面势必大乱，你可替你家夫人做过打算？"

陆戟垂眸，掩去情绪："这个人本不在我的计划里。"

"可这人终归是出现了，说不准会影响你下一步的计划，而且……"沈寒云爽快惯了，难得言辞犹豫，明知自己没有立场，还是忍不住说了，"而且我看得出来，你家夫人很喜欢你。"

陆戟垂放在桌面的手指颤了一下，碰了一簇烟灰，声音依旧无甚起伏：

“我自有打算。”

话音刚落，沈寒云双手抱拳，以下属之姿态单膝跪地：“我们以友相交十几载，这是我第一次有求于你。”

陆戟惊讶于好友突如其来的大礼，忙去扶他：“你有事起来说。”

沈寒云偏不起来，梗着脖子道：“小满是我的恩人，我没办法看着恩人涉险，先前我就向你要过人，眼下我的心意不变。”

陆戟一怔。

“我知你对恩人无意，倘若你能念这人几分好，便将人交与我，我定竭尽所能护其周全。”

七月处暑，天气已不似盛夏那般炎热，夕阳西下时分，轩窗大开，有凉风挟草木清香灌入屋内，令虞小满想起每年这时候抓紧时间到海边蹚水的孩子们。

虞小满掐指算来，竟有半年未曾见过海了。

今日虞小满方从小甲、小乙处得到璧月姐姐传来的口信，除却帮自己打听的消息，璧月姐姐难得在末了附了句温情话语，问及是否想家，若是想了就快些回去。

虞小满摸了摸缠绕在腕间的水草，心想：我怎么可能不想家呢？

虞小满想，又不能想，毕竟给自己下了死命令，除非陆戟的腿治好了，不再需要自己了，否则绝不离开。

虞小满收拾好乱糟糟的心思，打起精神，接着研究璧月姐姐打听到的新消息。

“鲛人一生仅有一次获得鲛珠的机会……仅有一次……”

虞小满将这句话反复念了几遍，与先前从同族老叟处得来的“诚则泣泪成珠”相关联，不禁挠头，还是参不透啊，不如继续通过观察总结经验，说不定能更快寻到窍门。

陆戟许久不发一言，睡前才回道：“届时再看吧。”

与沈暮雪成亲之前同样的回答，这次陆戟又会作何选择？陆戟的心里是否早已有了答案？

虞小满拿不准，甚至不知陆戟对自己是否有情。

“为何不去？”旁观者的心思总比当局者简单，虞桃拿了一块昨日剩下的蜜饯投嘴里，“花前月下，佳人做伴，多少男人梦寐以求的一刻，但凡不傻的都会去的。”

虞小满听了这话，目光微黯。

若我不是他心中期许的那位佳人呢？

这日陆戟不曾回府。

他吩咐小厮带回去的口信是军中事务繁忙，须得多待两日。

他确有事要做，倒也称不上忙。掌灯时分，他合上最后一份文册，合眼抬手揉了揉额角，复睁眼时，视线对上摇曳的烛火，恍惚的刹那，似看到一张映着微光的白净面孔，以及那双总望着自己的明亮眼眸。

不知今日这人会等到何时，是否会像前几日那样站在正门口的回廊下，见到自己从马车上下来便绽开笑容，一路小跑上前从段衡手里接过四轮车，边推着自己边邀功般地说：“饭菜已经热在锅里了，你进屋就能吃上。”

然而陆戟想：我既已让人带了话回去，那人便该知晓我的意思，不会再等了。

陆戟捧起烛台来到窗边的贵妃榻——他偶尔留宿便睡在此处。夜深露重，他撑着身体坐上去，再躺下，衾被覆身时，还是觉得有些冷。

那人躺在身边的时候，两人分明克己守礼不多亲近，却好似有暖炉在侧，凉夜也不觉难熬。

许是习惯了仰躺时响在耳畔的那道轻浅呼吸声，陆戟扭过身去，尝试避开这没来由的遐思，刚动了一下，便觉手臂被扯住，转头一看，是宽大衣袖挂住了扶手。

他还以为是那人又攥了他的衣袂，软声求他同去宿桥下放河灯。

他睫羽颤动，薄唇微启，一声叹息消失在静谧长夜中。

人生在世，果真一报还一报，昨日为躲避相见刚撒了谎，今日便有急事从天而降，忙得人饭都顾不上吃。

先是宫里下了旨，宣陆戟即刻觐见，弄得段衡紧张兮兮，生怕陆戟现如今的官职也保不住。

好在皇帝还没到是非不分的年纪，招了陆戟只问几句近况，又拿边关战事与他说道。

陆戟十六岁上得战场，十八岁便跻身将位，领导才华自无人置疑。他扫了一眼战役态势图，便将我军目前的优势与缺陷，以及有利的进攻地形圈了出来。

皇帝频频点头，命人将陆戟所言写下八百里加急送往边关，而后叹息道："朝中正值缺人之际，若是爱卿还能上得战场，朕何至如此操劳。"

陆戟躬身道："江山代有才人出，微臣已不堪大用，得皇上赐予官位保障衣食起居，便心满意足了。"

皇帝对他今日所言似乎很满意，大手一挥赏赐一车奇珍异宝，还亲自将人送到宫门口。

上马车前，皇帝提点般说："如今除却边关偶有动荡，倒也算海晏河清、天下太平，陆家满门忠良，战功赫赫，名垂千古，眼下你爹也自边关退下回归朝堂，这般舒坦的日子，是多少人求都求不来的。"

陆戟眼中平静无波，淡声应道："皇上说的是。"

陆戟回到练武场，沈寒云早已静候多时，见陆戟进来，起身迎上前："皇上可曾为难你？"

陆戟摇头："不曾。"

关了门，屏退旁人，沈寒云面露戾色，轻哼一声："他倒打得一手好算盘，需要你时派你浴血沙场，把你往龙潭虎穴里推，见你功高盖主得军心又忌惮，睁一只眼闭一只眼，瞧着你被人算计也不施以援手。”

沈寒云从刚端进屋的赏赐中拿了一盒千年人参出来，嗤道：“他拿这些东西就想堵住你的嘴，嘀，拎不清。”

如此大逆不道的话沈寒云只敢在这里说，陆戟还是劝道：“隔墙有耳。”

“你别装了，我知你压根儿不怕。”沈寒云说。

陆戟看一眼那满箱珍贵的药材，眸底蒙上寒霜：“我死过一回，自是无甚可怕。”

沈寒云听得心凉又心惊，将得来的新消息自怀中掏出：“先不忙说这话，你对自己没信心，至少也得对我有点儿，咱们筹谋这么久，鹿死谁手还未可知呢。”

申时将过，守卫的士兵站在门廊五丈开外，听不见屋里一丁点动静。

聊了两个多时辰，沈寒云口干舌燥，起身打算去那贵妃榻上躺一会儿，见上头被子都没叠，愣了一下，扭头问：“昨儿个你没回家？”

陆戟面上也显露疲惫，闻言只“嗯”了一声。

“怎么了？”沈寒云不明状况，“你俩闹别扭了？”

“不曾。”

“那你为何不回去睡？留你夫人一人在家，当心再被那帮下人嚼舌根。”

陆戟抬眸看向他。

提到虞小满，方才还心往一处想的好友之间仿佛凭空多出一道嫌隙，一时间两人俱是无言。

半晌，沈寒云无奈道：“我只想恩人过得好，恩人本不该待在这里。”

“那该待在何处？”陆戟问。

沈寒云险些脱口而出，临到嘴边他还是改了主意：“天大地大，合该想去哪儿就去哪儿，被困在这钩心斗角的后宅内，又怎么会开心呢？”

陆戟听闻开心二字，思绪忽而飘往数月前的暖春。草长莺飞，碧空如洗，一条幽深巷道，一只鱼形风筝，一个推着自己奔跑的人，他扭头时，暖风拂过这人妍丽的面孔，撩起那如丝的黑发，如今想来竟还历历在目，犹如发生在昨日。

陆戟尚未寻到答案，沈寒云又问："那你今日回去吗？"

已经决定好的事，陆戟不改心意："不回。"

话音方落，忽闻天边一道闷雷，自推开的窗向外望，午间还晴空万里的天，此刻风云变幻，犹如打翻了墨池般黑云压城。

积聚在云层中的水催促黑夜提前降临，一场雨就要来了。

此时的另一边，城外宿桥旁，虞小满仰头望着低矮阴沉的天幕，不像周围路人那样四下乱窜寻避雨处，而是伸出手摊开，等待落入掌心的一滴雨。

今日虞小满虽早早就被虞桃赶出门来，等在练武场门口，想着待陆戟散值便一道往宿桥去，说不准能第一个放河灯。

眼下别说第一个，怕是放都放不成了。

虞小满望向河畔，卖河灯的老叟正忙着收拾东西。三两有情人不想失了一年一度的机会，正软磨硬泡求他再卖几个。那老叟耐心道："这灯是纸做的，里头点蜡烛，眼看就要下雨了，你们瞧这还能放吗？"

自是放不得的，别说烛火会被浇熄，纸糊的灯也经不住风吹雨打。

几对男女闻言便知没戏，满脸失望地散了。倒是虞小满，孤身一人没个伴，还守在边上，傻傻地盯着已经放入河中顺流而下的河灯。

卖河灯的老叟披了蓑衣转过身来，见还有个人没走，问道："这是哪家的小姐，还不回家？"

被人喊作小姐，虞小满愣了一下，回过神来低头看，心想这身衣裳怕是也要遭殃了。

出门前，自己被虞桃摁在镜前仔细收拾过，本不乐意盛装打扮，说跟平日里一样就好，虞桃偏不依，搬出"女为悦己者容"来劝，又说："你穿得漂亮，大少爷看了也高兴啊。"

虞小满虽不同于人类，但转念想着"鱼为悦己者容"也不是说不通，便换上了压箱底的新衣裳，由着虞桃在脑袋上一顿折腾，头上插了嫁妆里最拿得出手的玉簪，越发衬得自己玉软花柔，眉目如画。

“嗯，我在等人。”虞小满想着没什么可瞒的，如实道，“他公事忙，许是要晚些过来。”

老叟盯着眼前这人上下打量一番：“原来是哪家的夫人哪，怪我年迈眼花，瞧夫人年轻，还以为是未出阁的小姐跑出来见情郎了。”

虞小满弯唇一笑：“您说得没错，我是在等情郎。”

老叟拿了一根绳子，边将被布盖住的河灯捆扎起来，边同虞小满说话：“眼看这就要下雨啦，你赶紧回去吧，说不定你夫君散了值便径直回家了。”

虞小满摇头：“他没回家。”停顿片刻，又说，“我约他在先，得在这儿等着他。”

老叟听了嘿嘿直笑：“都说牛郎织女经年才见，怎的如今的有情人日日能见到，反而对这乞巧节更上心了？”

一滴冰凉雨水落在手心，沁入掌纹，虞小满再度摇头：“并非每日都能见到。”

况且，明年今日，又不知是何光景了。

立秋后的第一场雨，终于落了下来。

卖河灯的老叟走前送了两盏莲花灯给虞小满，这人便抱着灯蹲在宿桥旁最近的瓦檐下。

大雨忽至，路上渺无人烟，道路两旁的房屋都亮起了灯，隔着雨幕变得忽明忽暗、影影绰绰。似有饭菜香自虚掩的窗口飘出，虞小满掐算时间，酉时约莫五刻，若陆戟当真忙完了便归家，这会儿该吃上饭了。

虽明知眼下最好的做法是赶紧回陆府，抑或去练武场找人，横竖陆戟只会在这两个地方，但凡自己去了，就没有见不到人的道理。

可虞小满还是不想走，约好了在这儿见的，怎么能提前走呢？

虽说陆戟并未明确答应，但虞小满仍是一根筋，兀自守着约定，就像哪怕陆戟根本不知道自己是谁，也要将诺言兑现一样。

无论狂风骤雨还是山呼海啸，自己也绝不食言。

虞小满又等了一阵。

狭窄瓦檐遮挡不住什么，斜飞的雨丝落在虞小满身上、脸上，连出门前细细梳过的发都遭了殃。

虞小满张开双臂，将纸灯圈在怀里，宁愿自己被雨淋也不让它们被打湿半分。

虞小满邀他来的理由是一起放河灯，没了这灯，便没了守在这里的意义。

虞小满垂头，借着路边人家屋里透出的一点光打量怀中的纸灯。

就算与自己做的风筝比，这灯也算简陋了，纸糊的莲花瓣做的底托，竹签都舍不得用一根，放在河里不知能漂多远。

莲花瓣大片空白，倒是方便在上头写点什么。

没下雨那会儿，虞小满就瞧见几个姑娘拿了笔各坐一隅，垂首在花瓣上写字，瞧着娇羞躲藏的姿态，多半是期许姻缘或借机向意中人吐露真心，若有幸让月老瞧见了，红绳一系，便可双宿双栖。

那我该写点什么呢？

虞小满不禁开始思索，连在哪片花瓣上写都纳入考虑，手指在上头来回比画，生怕自己大小不一的狗爬字占不满这片得来不易的空白。

虞小满全神贯注之下，便忽略了旁的声音。

直到踏雨而来的车轮声戛然而止，一双鸦黑皂靴闯入眼帘，虞小满才眨眨眼睛，缓慢地抬起头。

盈盈一水间，脉脉不得语。

陆戟冒雨而来，看起来比虞小满还要狼狈几分，垂落两肩的发被雨水浸透，俊朗面容也覆了点点雨滴，甫一启唇，便有雨水滑入口中，险些将他呛到。

于是虞小满抢了先机："伞呢？"

方才虞小满无聊的时候打了许多腹稿，可惜哪一句都不符合当下的情状，待冲口而出才觉得多此一问，没带伞自是因为练武场没有这东西，听闻那些将士无论刮风下雨都要在外头操练，总不能撑着伞舞刀弄棍。

虞小满便垂了眼，讷讷不言，弄不清自己此刻是欢喜更多还是失落更甚，兴许是在这里等了三四个时辰，再热乎的心也等得凉透了。可陆戟到底是来了，着急到伞都没回家拿，这会儿喘息还很急，胸膛起伏，全然失了平时的处变不惊。

“我忘了。”待稍稍喘匀呼吸，陆戟回答，“不过带了别的。”

就在虞小满抬头的刹那，陆戟将置于腿上、叠得四方整齐的披风抖了开来。虞小满眼前漆黑了一瞬，等回过神来，已被厚实披风从头至尾包了个严实，连发顶都没放过。

虞小满是蹲着的，比坐在四轮车上的陆戟矮了一截，此刻被藏蓝披风裹住，成了一个圆滚滚的球，与黑夜几近融为一体。

披风沾着好闻的清香，是陆戟身上常有的味道。虞小满有种被他抱在怀中的错觉，以至于心跳有些快，这滋味好比美梦成真，想来等了许久，等的便是这一刻。

至少这一刻陆戟心无旁骛，为我一人而来。

不知是否天神显灵，陆戟抵达没多久，滂沱大雨鸣金收兵，渐落渐弱。

担心蹲着的人儿淋雨受凉，陆戟伸出手：“起来吧。”

虞小满将怀里的两盏河灯自披风对襟里捧了出来。

“既然来了……”虞小满终于将酝酿多时的邀请说出口，“我们一起放河灯，好不好？”

若此时灯火通明，便可见眼前人如玉的面庞漾起薄红一片，而陆戟仍是那副清冷模样，唯有被雨水淋湿的眉眼里藏匿万千思绪。

雨声骤息，心跳如雷，虞小满仰着脸等待判决，眼底丝毫不见等候多时的疲惫，反而熠熠生辉。

沉默良久，陆戟到底没将伸出去的手收回。

他轻轻应了声“好”，而后静待虞小满将手放于他的掌心，再收拢，握紧。

檐雨滴更残，待段衡慌里慌张地携伞赶到，天上乌云已散，冒出零散几颗星子。

段衡悄悄对虞小满说：“将军走得火急火燎的，客人都没顾上送，我说回去拿伞再来，他等不及，拎了一件披风就先行过来了。”

虞小满瞧一眼执笔垂首在河灯上写字的陆戟，也压低了声音：“他原本没打算来？”

“不晓得。”段衡摊手，“他没跟我说晚上有约，见着下雨才出门，许是忘了吧。”

虞小满没再多问，大概是知道陆戟并非忘了，如今出现在此处，才是意外。

虞小满仰头望天，月朗星稀，在心里无声道谢，谢方才的一场及时雨。

雨后的空气沁人心脾，可身上还湿着，不宜在外头多逗留。

虞小满抱了自己的灯坐在桥下台阶上，蘸了墨的笔悬于半空，犹犹豫豫下不去手。

虞小满实在好奇陆戟写了什么，伸长脖子张望。不知陆戟有心还是无意，衣袖将腿上的莲花灯遮去大半。虞小满一个字都没看到，撇嘴暗说小气，到底不强求，也圈了胳膊护住自己的河灯，低头一笔一画写了起来。

写罢，桥头又聚了一群年轻人，收摊半个时辰的老叟也回来了，正忙着做买卖。

趁无人注意这边，两人将河灯自岸边放了下去。纸为瓣，烛做蕊，两朵莲花你推我搡地顺着水流向东，照亮一片清凌凌的水，如同裹在黑暗中的两只灯笼。

虞小满睁大眼睛使劲儿瞅，眼眶都瞪酸了，别说看不清陆戟那盏灯，自己那盏上头的字也瞧不清晰，待到它们在护城河最东头拐个弯，便彻底看不见了。

段衡催着二人回去沐浴更衣，虞小满一步三回头地走着。那卖灯的老叟瞧个正着，叫唤道：“这位夫人，灯可放了？”

虞小满扭过头，见是送灯给自己的老人，粲然笑道：“放了，这会儿指不定已经游到最南头去了。”

老叟闻言颔首微笑，又四下打量一番：“夫人盼着的那位呢？”

“他来了。”虞小满说，“来了有一会儿了。”

老叟见虞小满身上的披风，心里便有了数，再看向身旁坐在四轮车上的男人，眼中闪过一抹惊异，随即便了然：“想必官爷要事缠身，能赶来已是不容易。”

虞小满偏头看向陆戟，即便他未着官服，也挡不住通身的贵气。虞小满点头，刚要说是，垂在身侧的手忽而被牵住。

“多谢这位老先生赠予的河灯。”陆戟说。

老叟摆摆手：“两盏纸灯罢了，你们年轻人拿去随便玩吧。”

瞧着虞小满此刻既无措又羞赧的面孔，与约莫半个时辰前等不到情郎的落寞神色重叠，老叟笑眯眯地添了句：“天凉了可以加衣裳，心凉了可就焐不热了，忙归忙，莫要再让夫人等这么久啦。”

一路无言。

两人手倒是一直牵着，坐在摇晃的马车里，虞小满垂头看遮掩着交握的两只手的袖口，忽而想起那日在马场，陆戟也主动牵了自己的手，许久未曾放开。

到陆府门口，两人巧遇不知从哪处喝完酒回来的陆钺。他摇头晃脑地走过来，痴笑着唤了大哥大嫂。虞小满权当没听见，推着陆戟往里走。

陆钺面上挂不住，三步并作两步追上前，临到门口脚下打滑摔了一跤。下人们呼啦啦围过去扶，无人得见虞小满上扬的嘴角和眼中一闪而过的狡黠。

回到院中，得了通知的虞桃早将热水备好，把浴桶抬进屋。陆戟让虞小满先行沐浴，自己换身衣服便好。

隔着一道屏风，虞小满褪了湿答答的衣裙，抬腿小心翼翼地跨入浴桶，大半个身子埋进温水里，双臂攀着桶沿，望着屏风上勾勒出的模糊人影出神。

方才虞小满见陆戟身上近乎湿透，想着沐浴颇费工夫，便想邀他一道洗，理由也很充分："反正你我已是夫妻，一起洗也无妨。"说完便后悔了，自己是鲛人，有下半身碰了水便化鱼尾的本能，虽可自行压制，到底有疏忽的危险，若是让陆戟发现了这个秘密，当场吓晕过去也未可知。

好在陆戟拒绝了这份邀请。

然而虞小满又有些丧气。

他不愿与我共浴，是嫌弃我的真实身份吗？

热气蒸腾，熏得人昏昏欲睡，虞小满想着想着，仰面打了个小小的哈欠。

昨夜未曾睡好，今日又奔波一整天，这会儿被温水泡着，困意倒是上来了，轻盈尾鳍在水下小幅摆动，虞小满脑袋一歪，眼眸半合，不知不觉没了意识。

醒来时，周遭阒静无声，睁眼的瞬间对上一张离得极近的面孔，虞小满倒吸一口气，矮身沉入水里，只露半张脸在外头。

虞小满见是陆戟，又松了一口气，将另外半张脸缓缓探出水面。浸着身体的水余温无几，虞小满尴尬地说："我……我睡着了。"

想来陆戟定是等了许久没见自己出去，进来看看发生了什么事，凑近了也只是想叫醒自己。

"嗯。"陆戟应了一声，"出来吧，水凉了。"

陆戟言罢便敛眸转身，忽闻哗啦一声，虞小满听他的话从水中跃身而出，刚变回来的双腿着陆时打了个滑，身体直直向前栽去。

面对面坐在陆戟腿上的姿势，虞小满先前斗胆试过一次，这回陆戟清醒着，下意识伸出手扶虞小满的腰，掌心贴上一片细腻湿滑的肌肤，顿时屏了气息，撤身后退，却被虞小满揽了肩膀，失去退路。

虞小满似是觉得还不够近，又往前凑了两寸："你为何要躲？"

许是方才动作太急，这会儿还在喘，虞小满不管不顾地追问："河灯都一起放了，为何你还躲着我？"

第七章 财政大权

虞小满也不知自己哪来的胆子，就这样望着近在咫尺的心上人，将压在心头多日的疑问尽数抖出："你为何为我撑伞，为我挡雨？还有……"

虞小满狠狠咬了嘴唇，沉下一口气，炯炯的目光不偏分毫，与陆戟对视："为何牵我的手？又为何……亲我？"

静默良久，虞小满未得回应。

虞小满不禁有些委屈，鼻子一皱，眼里便含了泪花："就算……就算第一次你被下了药，神志不清做不得数，那……那第二次你总是清醒的吧，占人便宜还假作无事发生，算什么正人君子？"

言罢，虞小满又想到自己曾经的所作所为，称不上被占便宜，改口嘟哝道："反正谁主动谁就是登徒子。"

陆戟听了此话，抿着的唇微弯，片刻后总算开了口："那你呢，为何约我放河灯？为何不挣开我的手？"

虞小满有些不服，明明是自己先问的，听到陆戟所问更觉心酸，泪眼看就要落下来："我……我为何，你不知吗？"

虞小满嗓音发着抖，断断续续地说："你来赴约，牵我的手，我高兴都来不及，怎么会……怎么会挣开呢？我对你的心思，你当真不知吗？"

虞小满眼底静谧无波的深潭剧烈翻涌，陆戟怔住，似是不敢相信这人会如此直白地表露心迹。

虞小满亦知此举唐突，这种话本该在花前月下诉之于口，眼下自己从头到脚滴着水，把陆戟刚换的衣裳都弄湿了，换作谁心情都糟透了，哪有闲情听自己说这些。

虞小满只好扭着腰要走，视线也移开了，却被陆戟箍着腰，动弹不得。

虞小满刚要叫他放手，后颈忽然被托住，紧接着，虞小满微张的唇覆上两片温热柔软。

陆戟又吻了自己。

依旧是浅浅厮磨，虞小满脑中霎时空白，险些以为自己灵魂出窍。

分开后，虞小满张着嘴大口喘气，固执而小声地说："第……第三次了。"

陆戟依旧面沉如水，细看才可窥见其眸底深处呼之欲出的情动。

仿佛茕茕孑立的旅人，于贫瘠的沙漠深处发现绿洲。

陆戟抬手为虞小满拭去眼角将落未落的泪，坦然道："这是第四次。"

烛影摇红，交叠的身影映在窗上，说不清的迷离，道不尽的旖旎。

虞小满还没顾上反应，被刻在骨子里的习惯敦促着自己先去拉陆戟的手，观察他指腹沾上的眼泪。

虞小满光看还不够，凑过去尝了尝，咸的，再普通不过的眼泪。于是虞小满叹了口气："方才明明很难过了呀……"为什么还没变成鲛珠呢？

这番举动落在陆戟眼中，理所当然带了勾引意味，指尖残余的湿润非但没带来清凉，反而如同点起一簇火苗，升腾的热意令呼吸都乱了。

陆戟蜷起指节，似有回避之意，却不如坐在他身上的人动作快。

虞小满腾出一只手捉住陆戟的手："又躲？"

这人眼角鼻头都还红着，眼睛瞪得溜圆，一副被欺负了正讨要说法的可怜样，带了点没什么威慑力的凶，像一只龇牙的花猫。

陆戟觉得有趣，忍不住勾唇。虞小满见他笑就昏了头，整个人又软了下来，松开手，低头埋进他的肩窝，闷声道："你说第四次，是不是还偷偷亲过我？"

"不是。"陆戟说，"我正大光明亲的。"

虞小满一头雾水，但不妨碍自己害羞，脸埋得更低了："你分明就是偷亲，不然我怎么会不记得。"

陆戟不反驳，只环了这人的腰往怀里带，侧过头，唇碰了下对方还湿漉漉的面颊。

"你是我夫人，我如何亲不得？"

两人相拥而吻，不管不顾地把第五次、第六次乃至第七次统统预支了。

虞小满的手顺着陆戟的胸膛一路往下，扯开他的腰带，被他按住作乱的手时还理直气壮："你都被我碰湿了，不换衣服会着凉的。"

陆戟便将脱下的外袍披在虞小满身上，让布袍吸干残留水渍。虞小满还一个劲往陆戟怀里钻，扭动之下，陆戟的中衣也凌乱散开，露出一片坚实胸膛。

解带色已战，触手心愈忙。

虞小满感觉到陆戟的异样后，既慌张又欢喜，慌的是接下来将要发生的事，喜的是陆戟在清醒的情况下仍能对自己动情，是不是代表他也喜欢自己？

这岂不就是书上说的两情相悦了？

心跳如雷声震耳，虞小满手忙脚乱。

庆幸的是这回虞小满非但不惧怕，还很享受，仿佛只要待在陆戟身边，便好似找到归处，比遮在头顶的伞，披于肩上的衣袍，更令虞小满感到安心。

待到浴桶中水都凉透，缠绵的两道身影才归于平静，一声充满依恋的呼唤自屏风后逸出。

“陆郎……”

晨间，虞小满撑着胳膊坐起来时还有些迷糊，待衾被滑至腰际，感受到一阵凉意，才瞬间清醒过来，忙扯了被捂身体，谁知动作太大，疼得霎时倒吸一口气。

换好衣裳的陆戟自屏风后出来，移至床前，问：“你可有哪里不适？”

不适定然是有的，只是难以启齿。昨夜种种如开了闸的洪水涌入脑海，虞小满咬唇，半张脸缩回被子里，闷声答：“没……没有。”

净面后，虞小满坐于镜。虞桃在身后为虞小满梳头，边梳边打量镜子里头的人，抿唇偷笑。

虞小满问她笑什么，她又正色不肯说，弄得虞小满心里直突突，以为昨夜动静太大，声音传到别的房去了，回头一传十十传百，自己还要不要在陆府混了？

这边正纠结着，那边陆戟上前接过虞桃手中的梳子，捞起虞小满身后的一捧青丝，梳齿没入黑发，自头顶缓慢滑至发梢，淡淡的皂角清香弥散开来。

虞小满挺直脊背，呼吸都不敢大声。分明最亲密的事都做过两回了，可虞小满还是会为陆戟给自己的温柔心动、心慌。

从镜子里看去，陆戟梳得很认真，目光落在这人的头发上，随着梳子的上下移动时而抬眼，时而垂眸。虞小满还发现陆戟的睫毛很长，衬得眼神越发深邃，高挺的鼻梁下是形状恰好的薄唇，整张脸褪去了少年时的圆润，多了些棱角，越发英俊耐看了。

怪不得那么多姑娘喜欢他。

虞小满想起昨日出门早，先在宿桥附近的茶楼门口站了一会儿，里头在说书，讲的便是陆戟当年一马当先奋勇杀敌的事迹，又说陆将军丰神俊朗，曾是京城所有名门贵女争嫁的对象，连天家的公主都芳心暗许了他。

台下有人不知打哪儿听的，跟远在虞家村的虞梦柳听过的传闻出奇一致，说陆戟相貌丑陋，赖说书的胡编乱造。当时虞小满只在心里暗嗤这帮人听信谣言，不辨是非，这会儿将重点放到说书人的讲述上，才觉怅惘。

水精梳滑参差坠，陆戟梳完最后一绺发，抬头时，恰好在镜中与虞小满视线交汇。

虞小满如点漆的眼中含着几分依恋痴迷，几分难言的低落。陆戟问："你可是嫌我梳得不好？我把虞桃叫进来。"

虞小满忙阻止他，手一偏，将将捉住挂在四轮车边的蛋络子。

虞小满瞅一眼佩剑上的梅花络子，垂了脑袋拨弄自己编的绵密流苏："我听闻有许多姑娘想……想为你做络子。"

虞小满没抬头，看不到陆戟的表情，只听他平静地回答："没有。"顿了顿，又说，"我已娶妻。"

"可是，"虞小满的声音小了下去，"可是我也不是你的妻啊。"

外面的人都以为我是虞梦柳，我却时刻谨记自己的身份，稍有逾越便胆战心惊。

谁想陆戟的一个动作就化解了这人的不安。

虞小满平日里不施粉黛，只在昨儿个听了虞桃的劝打扮了一下，是以陆戟伸手拿起妆台上的玉簪时，甚至还有点蒙，浑然忘了自己昨夜看到的虞小满是什么样子。

陆戟将素净玉簪轻轻插在绾起的发上，再拨高衣领挡住脖颈上突兀的红痕，反问："那我方才为谁梳的头？"

天已仲秋，气爽风凉。

赶上秋日征兵，陆戟被皇上派去协助兵部理事，这些天便早出晚归有些忙。虞小满倒是格外空闲，平日里除了去池塘边和小甲、小乙玩，就是往太夫人那儿跑。

太夫人年逾古稀，正是缺陪伴的时候，可女儿外嫁，两个儿子一个入仕途、一个行商坐贾，天天不着家，这会儿有孙媳陪着，才觉得舒坦了些。

今日她又吩咐厨房给虞小满炖了养生汤，隐晦地问肚皮可有动静。

虞小满红着脸摇头。

太夫人又问："可是启之又犯浑不愿与你同床？"

虞小满心想陆老爷可真是大嘴巴，这种事都告诉亲娘，转念思及这几日与陆戟的恩爱缠绵，继续摇头："没有的事，这些天我们都睡在一起呢。"

"那你们小两口可得加把劲。"太夫人得了满意的回答又笑起来，呷了口茶，思绪飘回从前，"想当初婉儿进门，不到半年便有了。生启之那日，天比这会儿还冷呢，夜里地上结了一层厚的霜，待到霜退尽，太阳自东边出来，启之也出生了，那哭声响得，半个京城都能听见。"

虞小满最爱听关于陆戟的事，缠着老人家讲。太夫人便从陆戟小时候说起，尽拣那些鲜有人知的说。什么陆戟四岁爬树掏鸟蛋险些摔断腿；六岁偷懒不想念书翻墙出逃，被陆老爷逮个正着；到后来懂事了些，听父母的话每日勤练武功，"诗书礼易"也不曾落下，是众人眼中的天之骄子，也是整个陆家的骄傲。

"谁想这小子到了十五岁，又叛逆起来，家里让考武举他偏不，说混在那些个官宦子弟中得不到磨炼。半夜他裹了包袱牵了马儿往东边参军去了，待他爹找到他，他已经自个儿报了名要上战场，任谁劝都不肯回来。”

讲这些时，太夫人语气中隐有遗憾，毕竟走家人安排的路到底顺遂些，小小年纪独自在外不知得吃多少苦。

可虞小满却觉得陆戟选得对，不靠家世，不依父母，我的陆郎仍是顶天立地的大英雄。

而且，若不是陆戟当年一意孤行非要往东边跑，他们俩也不可能遇见。

虞小满脑海浮现少年鲜衣怒马、英姿焕发的场景，仿佛陆戟是为自己而来，马蹄催趁月明归，一声声叩在虞小满滚烫的心上。

“事到如今，也不知当初让他上战场是对是错。”说起往事，老太太不免惆怅，“若是让他晚几年从军，或许便能避开这些灾祸，又或许他便不会错过与婉儿的最后一面。”

在先前几次闲聊中，虞小满得知婉儿是陆戟亲生母亲的闺名。虞小满总在猜想陆戟的母亲是什么样子，名唤婉儿，定是温婉贤淑。陆戟又生得那样好，他的母亲想必也是一个美人。

被问到陆戟的生母因何病去世，太夫人罕见有了隐瞒的意思，说：“她生下启之后身体便不大好，左右不过那些妇人病，拖着拖着便药石罔效了。”

虞小满求知心切，还欲问点什么，太夫人先虞小满一步道：“说来明日便是婉儿的忌日，启之定会早早归家祭拜母亲。每年这日他都很是低落，你可得好好安慰他。”

虞小满得了提点，次日一早就和虞桃一起上街去，香火纸钱、糕品瓜果买了个齐全。

虞小满回到家中，进了祠堂，照着问来的规矩将购置物品逐一摆放好。虞小满先双手合十，对着陆家列祖列宗拜了拜，起身时忽闻外头人声嘈杂，不多久虞桃慌慌张张进门，道：“你快往堂屋去一趟吧，那边闹起来了！”

虞小满匆忙赶到前院，没进门就听见陆老爷洪亮的吼骂声：“你成天不学好，跟着那些个纨绔子弟喝酒斗蛐蛐也就罢了，眼下媳妇儿还没娶进门，外头养的就反了天，看我今天不打断你的腿！”

虞小满抬脚进去，发现里头乱作一团——陆钺抱头鼠窜，就差钻到桌子底下。陆老爷拔刀追着砍，太夫人和大夫人一边一个拉着不让他伤陆钺。旁边几个下人也吓傻了，手忙脚乱地上前拉架，椅子都碰倒两张，哭叫哀号声不绝于耳。

混乱中，唯有刚散值归家的陆戟镇定自若，坐在角落不起眼的位置，冷眼旁观这场闹剧。

虞小满去到他身边，俯身问他发生了什么事。他只竖了手指在唇中央，抬下巴对着人群方向，示意虞小满看着就好。

虞小满便稀里糊涂地看戏，顺便从你一言我一语的争辩中理清了这事情的经过。

原是陆钺犯浑，在外头花天酒地也就罢了，竟还在城西租了院子，养了一个从天香楼赎回来的舞娘，算来已有半年时间，如今眼看陆钺要娶亲，这事不知怎的传到刘家去了。

刘家怎么说也是诗礼簪缨的清贵人家，得知此事如同惊闻噩耗。据说待嫁的刘晚晴哭了整整一宿，刘家老爷虽想高攀陆家，可到底爱女心切，方才想清楚了，差了人把陆钺的庚帖送回，说要退亲。

“退亲合该只有男方退女方的，他们凭什么退我钺儿的亲？”冯曼莹还在强词夺理，“我还嫌那刘家门户小，上不得台面，喃，果不其然，连一个外室都容不得。”

陆老爷气得吹胡子瞪眼：“哪有正房还没进门就让外室生下长子的道理？”

虞小满惊了，居然连孩子都有了？

冯曼莹道：“这不是还没生吗？嫡庶有别，许了她正房夫人的位置，但凡她有点能耐，还能让旁人爬到她头上不成？”

这轻飘飘的话从她口中说出来不稀奇，她自个儿便是由妾抬的夫人，陆钺也是由庶变嫡，可听在陆老爷耳朵里便不那么是滋味了。

陆老爷念叨几句“慈母多败儿”，狠狠掷了手中的刀，负手叹气道：“你收拾收拾，跟我去刘家赔罪。”

陆钺还抱着脑袋缩在地上，闻言小心翼翼地抬头：“退了就退了呗，去赔什么罪？”

陆老爷弯腰又要提刀，太夫人拦了下来：“罢了，你还嫌闹得不够吗？明日再说吧。”

“当务之急是把向刘家透露此事的人揪出来才对！”冯曼莹愤愤道。

“对！”陆钺忙帮腔，“那家伙定是见不得我好，非要整我一整！”

陆老爷恨铁不成钢：“你自己做的好事还有脸怪别人？”说着便要把陆钺从地上拽起来，边拽边骂，“我怎么有你这么个不成器的儿子，同样在身边教养，你怎么就不及你大哥一分半毫？”

冯曼莹当场急眼：“我的钺儿哪里比不上他？”

陆钺也来了气，偏头看见陆戟坐在那儿冷眼瞧着他，更是怒从心起：“是你对不对？定是你嫉恨我手脚健全，想毁我婚事，害我前程！”

说着，他挣开陆老爷便往陆戟这边冲，速度极快。虞小满尚反应不及，就被一条臂膀挡开推往四轮车后方。

接着便听唰的一声，陆戟的另一只手握剑举在身前，剑尖刚好抵住张牙舞爪意欲向前的陆钺，令他寸步不能行。

整个过程快到无人看清，腹部传来的疼痛吓得陆钺张大嘴，他颤颤巍巍低头，确认剑鞘未脱，才松掉吊在嗓子眼的一口气。

“若要人不知，除非己莫为。”陆戟自始至终神色未变，波澜不惊得像早就预见到这一天，“我以为在世之人都该知晓这道理。”

一场闹剧以陆钺被家法伺候暂且告一段落。

陆钺与刘家的婚事自是保不住了，陆戟被父亲留下说了几句话，关于明日如何登门赔罪。作为兄长，换庚帖时陆戟便有出席，闹掰了他也得跟着收拾烂摊子。

商议完，陆老爷说："陆钺不成器，这些年辛苦你这个当大哥的了。"

陆戟不语。

末了，陆老爷叹息一声："今日是你生母忌日，眼下时间还早，用了饭便去祠堂同她说说话吧。"

陆戟没吃饭，径直往祠堂去了。

路上他想了许多事，包括父亲是否确实对冯曼莹的所作所为毫不知情，以及这个家里究竟还有多少人是冯曼莹母子的帮凶。

今日是他计划开始的第一步，不知是否老天眷顾，竟误打误撞选了这么个日子。

陆戟勾唇冷笑，眼底一片苍凉。临近祠堂时，他到底是整肃面容，收拾好心情，准备与暌违一载的母亲相见。

片刻后，他却在门口停了下来，里面有人。

堂屋那边散场后，虞小满便回到祠堂，搬了一块蒲团到陆戟母亲的灵位跟前端正跪下。

方才略有惊险的一幕让人心神不宁，待在这儿，虞小满反倒能平静一些。

虞小满虽不晓得陆戟什么时候来，想来被陆老爷叫住说话不会很快。于是虞小满趁四下无人同陆戟的母亲说话："伯母，我暂且称您为伯母，可以吗？

"我是陆戟的妻子，他亲口承认的。

"不过拖到今日才来见您，是我的错，待会儿他来了，您千万不要怪他，怪我就好了。

"这些糕点瓜果您可还喜欢？比起辛香咸辣，陆郎格外嗜甜，想着母子同心，您必定也喜欢甜口吧？

"感谢您的悉心教导，陆郎他是一个很好很好的人。"

说到这里，虞小满停顿片刻，再开口时，声音里带了些许笑意："他会在下雨的时候为我撑伞，在起风的时候为我盖被，在我睡着的时候将我抱上软榻，教我骑马，为我梳头，给我夹我喜欢的菜包子，犯了错会低声下气任我惩罚……还会在我惶恐不安的时候牵住我的手。

“最重要的是，他曾救过我的命。

“他是一个这样好的人，所以……”

虞小满凝望着牌位，而后双掌撑地，深深磕下头去。

“所以，若有在天之灵，拜托您求求各路神仙照拂他，护着他，别再让他受苦。”

“我虞小满愿以余下两百多年寿命换他一世安稳，今后所走之路皆是坦途，所遇困难都可迎刃而解，从此平安喜乐，顺遂无忧。”

第八章 泣泪成珠

夜里，陆戟亥时才回院。

陆戟进屋时身上沾了焚香的烟味，虞小满递上热茶，陆戟接过，低头抿两口，复又抬眼，隔着氤氲水汽看对方。

虞小满摸摸自己的脸：“我脸上有东西？”

陆戟又抿一口茶，说：“没有。”

虞小满不信，跑到镜前左右端详，确实干干净净与平时无异，于是带着疑惑返回来，坐在桌边盯着陆戟。

这样弄得陆戟浑身不自在，他将茶盏放在桌上，问：“你为何一直看我？”

虞小满双手捧腮，咧嘴憨笑：“你好看呀。”

熄了灯，两人并排躺在床上。

虞小满窸窸窣窣把手从袖筒里伸出来，在衾被下拉住陆戟的手，虽晓得陆戟没睡，声音还是压得很低：“这次陆钺那家伙犯浑，你别同他一般见识。”

“嗯。”陆戟应了一声，而后问，“吓着你了？”

虞小满说：“哪儿能啊，我胆子大得很，况且我还有你护着呢。”

思及堂屋事发的刹那，陆戟第一反应便是将自己护到身后，虞小满心里像灌了蜜似的甜。

这回陆戟没应声，只回握住虞小满的手。

虞小满想着今日乃陆戟生母忌日，又发生那种事，他定然郁郁寡欢。虞小满感同身受，握紧了陆戟的手。

再度开口时，陆戟换了一个话题：“你家中可还有什么人？”

第八章 泣泪成珠

在陆戟面前用不着假扮虞梦柳，虞小满便如实道：“我自打出生便无父无母，只有一个姐姐。”

“姐姐一定很疼你。”陆戟说。

“那可不，姐姐待我极好。”说到璧月，虞小满忍不住弯起嘴角，“我要来京城，她嘴上说着不允，还说要同我绝交，待我到了这边，又三天两头给我传信，叫我回海……回家看看。”

说到后半段，虞小满才觉得这话令人起疑，补了句：“代嫁是我自个儿拿的主意，她自然是不允的。”

陆戟：“嗯。”

虞小满不晓得陆戟为何问这个，亦不知他在想什么，思来想去，往中间挪了挪，尽量挨着他。

伯母在世的时候一定也很疼你吧？虞小满想，现在有我疼你了，他们伤你一分，我就疼你十分。

所以，你不要难过了，好不好？

都说一叶知秋，虞小满真正意识到秋天来了，却是因为小甲、小乙的反常举动。

随着气温与水温骤降，鲤鱼不爱在水中觅食，改往泥里拱。这天虞小满在岸边叫了好几声，两条鱼儿才不情不愿地游上来，哆哆嗦嗦地喊冷。

“再过一阵该支炭盆了，”虞小满提议，“我同陆郎说一声，弄只大缸，把你俩移到屋里去？”

小甲：“不了、不了，还是待在池塘里幕天席地自在。”

小乙：“你一口一个‘陆郎’，怕是这个秋天还没过，你就该把我俩忘光了。”

虞小满辩解：“大家都是鱼，我哪能把你俩忘了啊。”

“这年头，你都敢吃鱼肉了，还有什么不可能的。”

“你好了伤疤忘了疼，鱼尾可以暂时化成腿，但长时间使用会有损害的。”

“这……这两码事。”虞小满忙下水化出尾鳍，脸红得堪比小甲身上的红纹，“再说陆郎待我也极为温柔，你们不用担心。”

两条鲤鱼：“噫——”

用璧月姐姐的话说，虞小满这行为就是胳膊肘往外拐，满脑子臭男人。

说是这么说，小甲和小乙还是把来自东海的口信及时传达给了虞小满。虞小满听罢，在水里泡了半个时辰，琢磨其意。

前些日子璧月姐姐游了趟南海，在南方族人的引见下见了那边的长老，得到一条与东海长者口中截然不同的法子。

虞小满念念有词：“逼出元丹，寿命折损，便是死人也能救活……”

小甲这会儿不怕冷了，在水里扑腾：“你可别犯傻，我们想要元丹都不知去哪儿寻，你上赶着把它吐出来？”

小乙也着急：“就算你有三百年寿命，也经不住这么折损呀，定然还有其他法子！”

虞小满摇头：“璧月姐姐既然告诉了我，必是打听清楚了。可我连元丹在身体何处都不晓得，如何将它吐出来？”

两条小鲤鱼闻言松了一口气：“你不晓得就好。”

虞小满心道：想必璧月便是因为清楚我不晓得如何将元丹逼到体外，才敢告知这事的，好让我趁早断了念想。

虞小满又念了几遍“诚则泣泪成珠”，总觉得这句与方才得到的消息有关联，但鲛珠与元丹必不是同一件东西。

可究竟有何关联，虞小满一时半会儿又理不清，急得虞小满又揪了两片鳞。

陆家近来正值多事之秋，单与刘家那门亲事就费了好大的功夫才平息。

陆老爷提着陆钺的耳朵数度登门赔礼，陆戟作为兄长也跟着吃了几回闭门羹。后来太夫人出马，刘家总算给面子开了门，恰好那日虞小满也跟了去，被叫到刘晚晴那儿听了两个时辰的哭诉。

“这世上的男子大多三妻四妾，我也做好了与其他女子共侍一夫的准备，可他……他怎么能在我还没进门的时候就与别的女人有了孩子？”

即便不懂人族男子为何都爱妻妾成群，虞小满也知此事荒唐，安慰道：“江山易改，本性难移，他便是这样一个人，好在成亲前看清了，省得日后受委屈。”

刘晚晴哭得很凶了：“可是……可是我以后不能叫你嫂嫂了。”

“那叫我……”虞小满想了想，笑道，“叫姐姐也行啊。”

刘晚晴乖巧地叫了声姐姐，待拭干眼角的泪，又道：“我和二爷缘尽于此，姐姐和陆大少爷可得恩爱百年啊，不然我……我就……”说着说着，竟又嘤嘤哭了起来。

少女破碎的心不易安抚，虞小满说得口干舌燥，嗓子冒烟，傍晚回去时歪在马车里宛如一条废鱼。

虞小满与陆戟共乘一辆马车，两位长辈带着陆钺坐前头一辆，隔着老远还是能听见陆老爷当街斥骂陆钺的动静。

虞小满心想骂得好，再打一顿就更解气了。虞小满安逸听了一阵，忽而想到什么，问：“我们在这儿给他擦屁股，他亲娘怎么事不关己高高挂起？”

“她被禁足了。”陆戟说。

想来与陆钺的事脱不开干系，虞小满幸灾乐祸，心道恶人果然自有老天收拾。

到了陆府，从马车上下来，虞小满进门时听到陆老爷不容商量地对陆钺说：“待孩子生下来，立刻抱回府里养，至于那舞女，给笔银子打发了吧。”

“打发了？不行。”陆钺顶着一张被揍得五彩斑斓的脸，很有骨气地道，“我答应过要娶她过门，君子一言，驷马难追！”

陆老爷又吹胡子瞪眼：“这会儿你倒守诺了？刘家多好的一门亲事，

生生让你给造作没了！”

陆钺嗤道：“谁稀罕，我娘可说了，这门亲事是他们家高攀。”

陆老爷指着不成器的小儿子：“人家攀亲也要看个好赖，就你这不成器的鬼样子，拜相封侯也没家世清白的姑娘肯嫁你！”

提及封侯，陆钺想到陆家世袭的爵位，想到母亲的叮嘱，眼珠一转：“那爹您便将爵位早些给我，不然我真讨不到媳妇儿，您面上也不好看。”

“你——”陆老爷着实被气得不轻，把手负于身后，“回去告诉你母亲，别再妄想此事，论长幼论贤愚，这爵位都该是你大哥的。”

言罢，陆老爷便大步往里去了，留陆钺独自呆立原地，难以置信。

虞小满误打误撞听到这番对话，心里舒坦，回院的路上推着陆戟哼起无名小曲儿。

陆戟将段衡打发去休息，行到人迹罕至处时，说：“自今日起，你待在家中少外出。”

虞小满收声不唱了，琢磨半天没明白，遂问道：“为何？”

“入秋了，北方寒地不比你老家，仔细吹风受凉。”

虞小满心想我冷水鱼不怕冷，可到底还是因陆戟的关心而心里熨帖，乐呵呵应道：“好，那我明日起便不出门了，在家等你回来。”

陆戟点头，过一会儿，又想起什么：“近来府上不太平，你可会害怕……”说到一半，忽闻急促脚步声自路旁竹林蹿出，猎猎风声混着枝叶摩擦的响动，人声都被稀释得模糊不清。

虞小满听觉敏锐，视野亦比凡人清明，见一道反射自刀刃的寒光闪过，便立刻意识到危险。虞小满丢了手中的灯笼，推着四轮车侧过身。

陆戟与虞小满几乎同时有所察觉，奈何腿不能行，手臂刚背到身后捉住虞小满一只手腕，并未来得及发力令这人转向，偷袭者已经跑到跟前了。

“去死吧，你这个瘫子！”

与陆钺的嘶吼同时落入耳中的是利刃刺穿皮肉的声音。

第八章 泣泪成珠

这声音，陆戟再熟悉不过。

沙场上刀剑无眼，血肉横飞、触目惊心的场面他都见过，临了枪还是要挥，敌人还是要杀。作为战士，他从不会为这微不足道的动静停止征伐的脚步。

然而这回他停住了。

他甚至不知自己是如何转过身去的，待到虞小满惊惶的面孔闯入眼中，弓着的躯体慢慢下滑，陆戟才醒神似的，揽住这人的腰往怀里带。

他的另一只手还握着对方纤细的腕，随着指腹下的脉搏渐弱，触及的目光游离涣散，犹如攥不住的生命在飞速流逝。

他的心脏仿佛就此停跳，气息颤抖，哑声唤道："小满……小满……"

偷袭者见捅错了人，匕首也顾不上抽走，连滚带爬跑了。

无人抽得出空去追偷袭者。

歪在地上的灯笼发着微光，虞小满许是吓坏了，又许是痛感蔓延，眉心蹙起，喘得很急，两片唇都在哆嗦，即便如此，也固执地背朝袭击者出现的方向，将丑恶与鲜血留在身后。

而后虞小满弯起唇，对着陆戟扯出一个自以为明媚实则凄楚苍白的笑容："总算……总算轮到我救你了。"

好事不出门，坏事传千里，天刚破晓，陆家大少爷在家中遇袭的事便闹得尽人皆知。

沈寒云策马赶来，到门口翻身而下，缰绳都顾不上递给小厮，一阵风般冲了进去。

整个陆家上下都乱了套，陆大少爷的院子尤甚，仆妇小厮进出不歇，个个面带愁容，脚下生风，忙得没空待客。

里头倒是出奇安静，唯有弥散的草药气味昭示着此处有位受伤的病人。沈寒云走近时，陆戟正从卧房出来，面容憔悴，似是一夜未眠。

沈寒云伸长脖子什么都没看到，抬脚要进去，陆戟先一步将门扉合上，问："你怎么来了？"

沈寒云并未作答，而是问："是陆钺吗？"

得到陆戟的肯定回答，沈寒云又问："恩人怎么样？"

"方才小满醒了一刻，又睡下了。"

陆戟整个人疲惫又低迷，好似还未从昨夜那场突如其来的事故中抽离，说完才意识到自己答非所问，又道："未伤及要害，已无大碍。"

"无碍？"沈寒云听了这话非但没放心，反而激动起来，"陆钺是个什么东西，会干出什么事，旁人不知道，你我还不清楚吗？街头巷尾都在传那匕首足有九寸长，陆钺想要你的命，眼下小满为你挡了，你竟然说无碍？"

陆戟本就神思飘忽，被如此质问，越发迷茫了。

"你说不会让恩人有事，我才没有把人带走。结果你让人为你挨刀，这便是你口口声声说的'不会让人有事'？

"是不是回头这人说挡刀是自愿，你还能当对方在你身边待得很开心？"

沈寒云脾气上来，说话便不怎么客气，句句往陆戟心口戳。

陆戟张了张嘴，尚未来得及说什么，再度被抢了话。

"陆启之，这叫卑鄙。"沈寒云急火攻心，顾不上许多，愤愤不平道，"你知恩人爱慕你，便把其当作上天赐予的慰藉，不管会将其推到如何危险的境地，都可以仗着恩人对你的爱慕把人留在身边，这就叫卑鄙！"

眼波狠狠一晃，"卑鄙"二字令陆戟蓦地怔住。

他垂眸望向动弹不得的双腿，又看那绑在身侧的蛋络子，深深吸进一口气，却连"我不是"都说不出口。

任他千算万算，也没料到陆钺会如此沉不住气。

一切都发生在电光石火之间，如今他闭上眼，灰败发青的面孔、满手淋漓的鲜血仍历历在目，除却得知母亲亡故那日，他从未如此心慌惧怕过。

他怕怀中的人静悄悄地没了声息，所以他拼命攥紧对方的手，从夜深至天明攥了整整一宿，试图将人留住，不让其离开。

就像先前虞小满发烧卧床，手是在睡梦中无意识牵的，最后舍不得放的却是他陆戟。

如今虞小满毫无生气地躺在里面，皆是因为他挟恩图报，分明自顾不暇还要将人留在身边，心安理得地接受对方的付出。

陆戟扬唇，自嘲一笑，放弃了辩驳。

这可不就是卑鄙吗？

虞小满做了一个梦，梦里的自己游弋在一片寂静幽深的海域，上不见青天，下不触海底。

虞小满游啊游，一路都没见到同类，甚至不知道自己要去哪里，只拼命往前游。

忽地，头顶炸开一声惊雷，海面波涛翻滚，汹涌肆虐，有人声自后方传来："抓住这条鱼，这鱼身上有宝贝！"

虞小满猛地一个激灵，甩动尾鳍游得更快，见那帮人举着刀枪穷追不舍，自己连头都不敢回。

"你们看到了吗，在发光的就是宝贝！"有人激动地吼，"快点，就要追上了！"

虞小满吓坏了，像无头苍蝇似的到处躲。虞小满好不容易游到了底，被一团海草绊住鱼尾，忙俯下身去解开，视线一低，便瞧见胸前的一团光。

虞小满抬手轻轻按上去，那光芒随着心跳时明时暗。

挨着心脏，想必是极重要的东西，是什么呢？

虞小满睁开眼时，盯着床帐茫茫然瞧了一会儿，扭身时扯到身上痛处，忍不住低呼出声。

虞桃在屏风外候着，闻声忙跑进来："我的祖宗，你可乖乖趴着吧，伤在后背，太医交代了不可仰面躺睡。"

虞小满还迷糊着："太医？"

虞桃说："是啊，太医是大少爷从宫里请来的，这会儿去耳房煨药了。"

虞小满点点头，塌了肩膀趴在床上，侧脸枕着垫高的锦被，实在没力气动弹。

虞小满清醒着喝下一碗药，觉得伤处没那么疼了，在虞桃的搀扶下坐起来。冒着热气的菜粥被端到面前时，虞小满这才想起什么，问："大少爷呢？"

"皇上召见大少爷，他进宫去了。"虞桃把勺子收回来又吹了吹，送到虞小满嘴边，"为了给你医病，大少爷连夜差人进宫请太医，许是扰了皇上清梦，这会儿请罪去了吧。"

"他没事吧？"

"他能有什么事，刀可是你为他挨的。"

昏迷前发生的一切，虞小满脑海中只有个隐约的印象，只记得陆戟抱着自己，唤了好几声自己的名。

虞小满从未听过陆戟那样叫唤，好像怕极了，喘息都在发抖。

"那昨夜……"

虞桃像知道虞小满要问什么，径直答道："昨夜是大少爷守在床边，整整一夜未合眼。"

虞小满了然。

难怪自己一夜好眠，却在快醒来的时候做了一个噩梦。

许是因为失血虚弱，虞小满这一觉睡了足足七个时辰。

虞小满连刀是如何从身上拔走的都不记得了，眼下胳膊稍微动一动便会牵到伤口。疼是次要，吃饭喝药都要假手他人，实在羞得紧。

用过午膳，当虞小满第五次问"大少爷怎的还没回来"时，外头传来一串脚步声。

太夫人在丫鬟的搀扶下蹒跚而来，见虞小满好端端地坐在床上，扯了笑容道："你满脑子都是启之，这地方可还有我老太婆的容身之处？"

太夫人坐在床边，仔细问了虞小满的身体状况。太夫人听虞桃说太医诊断那一刀扎得不深，未伤及脏器，松了一口气，念叨了几声"阿弥陀佛，菩萨保佑"，又拉了虞小满的手，心疼地左揉右捏，佯装责怪："你这孩子怎么这么傻，遇到危险不赶紧跑？"

虞小满理所当然地说："要是我跑了，陆郎怎么办？"

太夫人听了泪水涟涟，拍着虞小满的手夸赞着好孩子，又听闻虞小满昏迷虚弱是因为失血过多，忙叫身边的丫鬟去把自己房里藏了许多年的山参拿来，熬了给孙媳妇补身体。

"苦了你了，孩子。要是你想吃什么，尽管吩咐下人去做，我叫厨房这阵子别歇了，随时待命。"

虞小满被这阵仗弄得飘飘然，客气推说不必，心里却是乐开了花。

这下保护了陆戟不说，还享受了如此待遇，这一刀挨得真值。

两人又聊了一阵，虞小满想起险些被自己忽略的肇事凶手："陆钺呢？这回他行刺兄长，怕是得报官扭送衙门了吧？"

因瞧着太夫人虽哭哭啼啼却犹自镇定，料想这事必定处理妥当了，虞小满便说得很笃定，只待得到肯定答复以安心。

孰料太夫人面露惊讶，奇道："此事与钺儿有何干系？袭击启之的是先前在他身边伺候的一名小厮，许是几年未得升职心生不满，冲动之下才做出那等事，如今这小厮已被乱棍打死了。"

虞小满险些被唬住，愣怔片刻，道："昨日袭击陆郎的不是什么小厮，分明就是陆钺。"

太夫人也愣了，神色僵住一瞬，俄而又松弛下来。

"那会儿天都黑透，定是你看错了。"她微笑着说，"钺儿那孩子，我看着他长大，他是有点小心眼，不过谋害兄长这等大逆不道的事，是断断做不出来的。"

这晚，陆戟未归，虞小满又做了一个稀奇古怪的梦。

梦里有陆钺，有冯曼莹，甚至有太夫人和陆老爷，他们四人站成一排，冷着面容阔步向前，而虞小满自己则被逼得步步后退，还摔了个跟头。

虞小满醒来时万籁俱寂，忍着伤口疼痛，咬牙强撑起身体。

虞小满从虞桃处得知已是寅时，瞧着空空如也的另外半张床和窗外迷蒙的夜色，心也空落落的，仿佛被挖去一块，透着自轩窗吹进的阵阵凉风。

之后的第二天、第三天、第四天……陆戟都没回来。

虞小满的伤在躯干，活动哪个部位都避不开那处，无法下床行走，更没法四处打听什么。

那日太夫人说自己看错了，虞小满自是不信的，就算真是天黑不能辨物，但陆钺的声音还不至于认不出来。那声“去死吧”分明就是冲着陆戟去的，自己绝不可能听错。

可惜没有人相信虞小满的话。

连虞桃都信了外头的说法，觉得陆钺虽坏，却也没有坏到那份上，行刺兄长是何等大罪，他真不想活了吗？

卧床休养有的是时间琢磨，虞小满很快便将事情捋清楚——起因正是与刘家的亲事告吹，陆钺以为是陆戟从中作梗，从而记恨在心。现如今讨要爵位不得则是激起他滔天恨意的引子，那日的袭击便是冲动之下未过脑的举动。

可惜当时除肇事者之外，只有虞小满和陆戟二人在场，眼下陆钺否认，陆戟又不归家，仅凭虞小满一人之言，的确难成气候。

经过这些天，从起先的惊惶不定，到后来的义愤填膺，再到眼下的无望妥协，虞小满这才明白了什么叫人微言轻。

眼见都不一定为实，在这偌大的陆府里，谁不是打着自己的小算盘，为自己谋好出路，或是寻一个安逸呢？

思及此刻陆戟说不定正在为此事奔波，虞小满心里便揪着疼，比身上的伤口还要疼上几分。

又过一日，因着虞小满午间偷偷下床扯裂了伤口，虞桃寸步不离地守着虞小满直到用过晚膳。

席间虞小满听了一耳朵闲话，一说冯曼莹娘家兄弟亲自登门，陆老爷依旧没解她的禁足；二说朝堂风云变幻，竟调查起了三年前与突厥的边关一战，传闻军中有人通敌叛国，才致使那场战争惨败，赔了黄金万两不说，还折损兵卒无数。

不知为何，虞小满心中隐生不安，仿佛这两件事都与陆戟息息相关。

灯残人静，门扉轻启，有人悄然入室。

月华倾泻而下，床上的虞小满扭了身侧卧，牵得伤口作痛，闭着眼皱了皱眉。

此时，一只骨骼分明的手缓缓前伸，指腹触上虞小满眉宇间的褶皱，轻轻将其推平。

若是放在平日，虞小满定不会因为这点动静醒来。然而，这些天虞小满睡得不安稳，心里又惦记着久未归家的人，察觉到点什么，便挣扎着掀起眼帘，手一抬，捉住将将要抽走的衣袖。

许是未料对方会醒，来人的脸色有一闪而过的慌乱，幸而屋里未点灯，无人瞧见。

虞小满只能靠嗅觉判断来者何人，闻到来人身上熟悉的味道，便放松下来："你回来啦。"

虞小满说得稀松平常，言罢眼眶却泛起湿热，其中有说不清道不明的委屈，亦有多日未见的想念。

"你怎么才回来呀。"

这句话隐带哭腔，令坐于床边的陆戟立刻想到那张眼角飞红的妍丽面孔。若是点了灯，想必眼前人就是他在心里描摹的样子。

"嗯。"陆戟应了一声，"公事忙。"

陆戟没关心虞小满身上可有不适，也没感谢几日前的舍身相救，就连回答也极尽敷衍，他以为如此便可让人生气，让人不愿再理会他。

谁想虞小满与常人不同，竟是往床边又挪了挪，牵着陆戟的衣袂不放："可是忙陆钺的事？那日偷袭你的分明就是他，对不对？"

沉默片刻，陆戟说："对。"

"那你为何不同老爷说一声，将他扭送官府？"虞小满将压在心里多日的疑惑问了出来，"这等罪行够他蹲几年大牢了。"

又是一段难熬的沉寂，陆戟抿唇良久，开口道："陆老爷是他的父亲。"

虞小满眨眨眼睛，没弄懂这因由："陆老爷也是你的父亲啊。"

言罢，虞小满忽而怔住，想起虞桃说起过的家事——虞桃便是为了供兄长娶亲才被卖到虞村长家的。父母待儿女向来有偏爱，何况这一刀并未真扎在陆戟身上，根本犯不着二选一，睁一只眼闭一只眼，息事宁人方为最佳选择。

"难道他们并非不知，而是故意……"

虞小满话未说尽，陆戟亦不回应，答案两人皆已心知肚明。

即便先前想过这一层，虞小满的心也凉了半截。虞小满虽晓得陆府腌臜事多，但没想到两位待自己亲厚的长辈也如此不明事理。

这种事定然不是头回发生，他们仗着陆戟腿残，又不多言语，便轻描淡写地将一桩桩生死攸关的大事揭了过去，美其名曰维护家宅安宁。

难怪原先张扬洒脱的陆戟得了疑心病，难怪他冷得像一块冰，自己费了好大功夫才得以靠近。

虞小满心头酸涩难当，顺着衣袖拉了陆戟的手："你别……别难过。"

虞小满晓得这单薄的安慰无用，又想让陆戟开心，便绞尽脑汁换了话题："再有半月便是你的生辰，你可有想要的东西，或是想去的地方？"

陆戟一愣。

今日他回来，原想不声不响地看了人就走，谁想一个不小心把人弄醒了，还说了这么多。

陆戟借着月光瞧床上人大病初愈后的苍白面庞，剪水秋瞳盈盈凝望着自己，方才的一点委屈早就抛了个干净，唯余满眼期待。

“到时候我们一起出去，就只有我们两个，像上回七夕那样，逛街游湖，累了便找间茶馆歇脚，饿了便尝尝街边点心。”

陆戟光听这人讲述，眼前便有了画面。

烟柳画桥，风帘翠幕，两人于暮色中携手同归，他何尝没有向往过。

可他的腿不能行，被锢在这一把狭小轮椅之上，周遭稍有动荡，手中的纸伞便四下飘摇，不蔽风雨。

两人视线交汇，虞小满目光澄澈，纤尘不染，令陆戟心口骤缩，清醒之下蓦地想起自己此行的目的。

交握的手被强硬分开，虞小满急急去追，非但抓了个空，还扯得伤口作痛，倒吸一口气，勉力支撑着问：“可好？”

虞小满想来还是有几分底气的，先前这样柔声问了，即便陆戟不应，临到跟前也顺了自己的心意。

虞小满心想：我的陆郎面冷心软，最是舍不得叫我伤心的。

因而陆戟回答“不好”时，虞小满一时未能回神，笑意凝在唇边。

“半月后，你便不在府上了。”陆戟说。

虞小满愣怔良久，茫然地问：“那我该在何处？”

“京郊有座庄子，环境清雅，最适合休养。”陆戟转过身去，“待你可下床行走，择日便动身吧。”

即便虞小满为人妻尚不满一载，也从丫鬟仆妇们的闲聊中知晓，将妻妾赶至主家外头的宅院，多半是不再宠爱，存了嫌弃打发的意思。

虞小满唇瓣翕张，无言以对。虞小满不明白，先前还好好的，为何他突然变了脸？

待得虞小满细细回想，才恍然发现，陆戟待我好是好的，也从不吝惜给予温柔，可做尽亲吻拥抱之类的亲密事，却从未向我表露过心意，诉说过喜欢，一次都没有。

虞小满无暇深想许多，眼看人就要出门去了，趴在床沿，涎着脸急切追问：“那……那我何时可以回来？”

移至门口的人停住，捏着扶手的双手在无人得见处紧了又紧。

陆戟说：“若无人去接，便不必回来了。”

翌日虞桃进屋，隔着屏风瞧见虞小满独自坐在床上，四下张望一圈，问：“大少爷呢，昨夜不是回来了吗？”

虞小满不语。

虞桃绕过屏风走到床边，见虞小满失魂落魄，眼角通红，惊道：“这是怎么了？”

虞小满抬手抹一把眼角，低头看那水渍，指腹一抹就开，更伤心了。

虞小满净了面，早膳也不吃，就撑着病痛要下床。

虞桃忙放下手上的活儿来扶虞小满：“我的祖宗，你身上有伤，这又是闹的哪一出？”

“我去找老爷和太夫人。”虞小满说着，脚步踉跄地走到门口，“我不走，陆郎在这儿，我不能走。”

虞桃却是一惊：“谁要赶你走？”

说到这儿，昨夜发生的一切倏忽闯入虞小满的脑海，包括陆戟的冷言冷语。

“陆郎要送我走。”虞小满咬唇忍泪，到底怕丢人，憋住了没哭，扶着门框一步步往外走，“我不走，我不会走的……”

若自己走了，陆戟一个人如何在这险恶的后宅中生存？

他已经废了双腿，万不能再搭进去别的了。

虞小满身上的伤未好全，行走颇为费劲，往太夫人院子去的路竟走了一炷香之久。

第八章 泣泪成珠

此番前去，虞小满还抱了旁的念头，便是揭露陆钺行刺兄长的丑恶行径，为陆戟和那替死的小厮讨个公道。

虞小满心知此举艰难，路上走累了便停下歇歇，顺便分出心神来琢磨此事。虞小满心想，若自己据理力争后，长辈们仍要包庇陆钺，自己大不了以死相逼。

自己虽人微言轻，一条命在他们眼里也不见得多珍贵，却有将这事闹起来的本事。待事情闹大传到外头不好收场，以陆老爷重脸面的程度，自有闲言碎语压着陆家着手处理。

虞小满考虑周全，孰料到了地方，太夫人关了门压根儿不见人。虞小满在花厅等了一个时辰，麻烦守门丫鬟通报几次，回来禀的依旧是“太夫人身子不适，不见客”。

任是傻瓜也晓得必是有心为之。虞小满心急却又无可奈何，只得麻烦太夫人身边的丫鬟捎句话，说自己过阵子再来，而后一步三回头地离开了。

虞小满方行到外面，便遇上匆匆赶来的陆钺。

许是受了责罚的缘故，这浪荡子瞧着比上回见时瘦了一大圈，原本尚算过得去的面孔也尖嘴猴腮，越发一副阴险刻薄相，眉间凝着的戾气倒在见到虞小满后收敛了去，取而代之的是趾高气扬的戏谑。

“哟，大嫂也来给奶奶请安呢？”

虞小满看见他就火冒三丈，更兼嫌恶，知不宜在此处造次，闪了身欲躲开，又被这家伙挡了去路。

“我瞧大嫂这气色，身上许是还没好吧？”陆钺吊儿郎当，丝毫不以为耻，“听闻大哥几日未曾回府，真是不知怜香惜玉，不如你跟我回去，我那儿倒有些上好的药材，可助大嫂早日康复。”

落魄至此还不忘调戏人，虞小满在心里啐了一口。

“陆郎待我极好，我用不上那些药。”虞小满挺直了腰，尽量不落下风，“倒是二弟亏心事做多了，难免栽跟头，药材什么的可先行备下，以防万一。”

“你——”

陆钺本就喜怒无常，被这话刺到，上前几步逼了虞小满到墙角。边上虞桃一脸警惕，欲上前阻拦，被虞小满抬手示意，踌躇着退到一边去。

眼下此处就虞小满和陆钺二人，前者料定后者不敢在太夫人院前放肆，后者刚因冲动吃了亏，两人大眼瞪小眼，到底都不曾轻举妄动。

带伤的后背抵着墙面，痛感丝丝缕缕蔓延，虞小满咬牙道：“行刺陆郎的人，是你吧？”

陆钺哼笑一声：“是我又如何？你们能把我怎么样？”

虞小满狠狠瞪着他。

“你以为找太夫人，她就会为你做主？你以为他们当真不知道是谁下的手？”陆钺浑不在意地笑着，“瞧瞧，我干出那样惊天动地的事，不过就受了顿责罚，过不了多久，家里照样会为我张罗世家千金当夫人，我照旧是这陆府将来的主子。”

虞小满毫不畏惧地迎着他的目光：“陆老爷说过要将爵位传给陆郎。”

陆钺当了十几年庶子，好不容易一朝翻身，最是听不得旁人说他比不上陆戟那个残废，面目登时变得狰狞：“那又如何？待我母亲解了禁，头一个要对付的便是他，你以为他还有命活到那时候？”

虞小满知此人无耻，却不知能无耻到这般地步，倏地瞪圆眼睛。

陆钺对虞小满这气鼓鼓却又拿自己毫无办法的样子很受用，得意道：“年初你刚入府的时候，我就叫你跟了我，省得受那些窝囊气。你倒好，对那瘫子掏心掏肺，还为他出生入死。

“可惜啊可惜，陆戟那家伙不解风情，你还吊着一棵树上不肯下来……说起来，你不会还没听说吧，就沈暮雪与新婚不久的夫君和离那事？”

此行动静不小，回院的路上，虞桃瞧见虞小满身后的衣服渗了一片血，竟是伤口裂开了。

第八章　泣泪成珠

虞桃本想叫郎中，虞小满不肯，拉了床幔躲在里头自己收拾。

虞桃当这人又害羞不想麻烦他人，在外头待了一阵再进屋，听里面没动静了，悄悄掀了帘一看，人已然睡着了。

昨日一夜未眠，今日又奔波劳累，虞小满这一觉直睡过了晌午。

下午有几个陆家的亲戚女眷前来探望，虞小满与他们不熟，便说了一些场面话，被问到陆戟在何处时，也只拿“衙内事忙”糊弄过去。

招待完毕，虞小满以疲累为由退身去卧房休息，让大家自便。

谁想几名外家妇人耐不住嘴碎，虞小满耳力又极好，方在虞桃的搀扶下出得门去，便听见里头议论四起。

“我听外面丫鬟说，陆大少爷好些天没回房了。”

“这世上的男子到底薄情，前阵子我还听说小两口恩爱得很，转眼就成了这副光景。”

“依我看，这陆大少爷并非薄情，而是专情。”

“你也听闻那沈家小姐和离的事了？”

…………

虞小满浑浑噩噩地听着，回到卧房躺下，闭上眼，脑中还充斥着“沈家小姐”“和离”等字眼，不多时竟出了一脑门冷汗。

再晚些时候，沈寒云登门拜访，想着是陆戟的友人，虞小满还是见了。

“陆郎不在府中。”虞小满说。

沈寒云瞧着恩人瘦削的面孔，还有相比上次见面时黯淡许多的双眸，心中越发难受。

不多时，沈寒云还是道明来意：“我不是来找陆戟的，我来找你。”

药香袅袅，熏得满室清气。

都说日有所思夜有所梦，这夜，虞小满梦到的是八年前自己搁浅在海滩边的场景。

只是这回没人来救自己，虞小满勉强睁了眼，远远看见一个模糊人影立在那儿。虞小满想呼救，如刀割般的疼痛令自己张开嘴也发不出一点声音。

虞小满醒来时盯着床帐看了许久，而后唤了虞桃，问现在是何时辰。

虞小满得知亥时刚过，便坐了起来，穿鞋更衣，说要去练武场一趟。

“白日里你的伤口都裂了，怎的还不安生？”虞桃苦口婆心地劝，“这会儿大少爷也该睡下了，你去了都没人开门。”

虞小满非要去：“我有事要问他。”

“明日再问不行？”

“不行。”

虞桃拗不过这位祖宗，只好帮着拾掇拾掇，送人出门去。

门扉一开便是凉风扑面。外头夜深露重，虞桃拿了前些日子刚做好的大氅为虞小满披上。虞小满低头看了看，二话不说反身回屋，换了一件旧披风。

虞桃打着灯笼仔细瞧了，是上回七夕虞小满披在身上穿回来的那件，看大小应是陆戟的。

陆家的马夫已然歇下了，被弄醒很是不快，虞桃塞了几块碎银，他才勉强收拾行头，套马驾车送虞小满往练武场去。

马车颠簸，虞小满却好似感觉不到伤口疼，歪靠在窗栏边合眼休憩。

路途漫长枯燥，风吹虫鸣的动静被车轱辘声盖得一干二净。车厢里不比外头暖和多少，虞小满裹紧披风，贪婪地汲取上头残留不多的属于陆戟的味道，思绪却飘远了。

就在几个时辰前，沈寒云说可以带自己走。

起先虞小满是蒙的，讷讷地问：“走去哪里？”

沈寒云说：“但凡你想走，哪里都可以。”

虞小满定下心神后，问为何。沈寒云也不遮掩：“受人滴水之恩，当以涌泉相报，何况你救过我的命。”

想来沈寒云便是四年前自己在海上救起的那个人了。虞小满犹记当时的危急状况，唯一可以肯定的是，无论落水的人是谁，自己都会救的。

那么，下午虞小满又是如何回答沈寒云的？

“举手之劳，不必挂心。”

可不承想，这举手之劳竟成了被救之人的念念不忘。

突如其来的推人及己，令虞小满猛地打了个激灵，为自己欲壑难填的渴望，还有贪婪无度的索取。

虞小满突然清醒，而后发现，陆戟并没有满足自己期盼的义务。

陆戟甚至可能完全不需要自己的自作多情。

换言之，这所有纠结心思都是自寻烦恼。非但如此，还将陆戟卷了进来，打着报恩的名义为自己谋私，将自己能给的一股脑塞给陆戟，却从未问过陆戟究竟想不想要。

到了地方下车，虞小满立在寂静秋夜中，仰头望了一会儿天边孤月。

不多时，虞小满感觉肺腑都浸满凉意，抖了抖肩，将披风的前襟拢紧，抬脚走进练武场。

此处培养禁军，夜里也有士兵守卫。

听说是将军夫人，驻守大门的小兵脚程飞快，一盏茶工夫就折返，引虞小满往里走，说将军尚未睡下。

虞小满来了这儿，才晓得里头竟然如此大，比起沈家那马场都有过之而无不及。

室内也空旷得紧，门窗未挂帘幔，寒风张牙舞爪地到处乱窜。进到里头，虞小满的心又凉了几分。

他宁愿在这里睡，也不愿回家吗？

陆戟坐于案前，手执毛笔，听闻脚步声抬起头，等了一会儿不见虞小满说话，便主动问：“何事？”

虞小满将视线从窗边的软榻上收回，望向陆戟，一时无言，想说“我想你了”，还想问“你为何不归家”，临到嘴边还是换了别的，说：“白日里我碰到陆钺，他承认那晚是他偷袭的你。”

听到陆钺的名字，陆戟眉头紧蹙，似想提醒什么，启唇又犹豫了，片刻后只说：“此事，你不要插手。”

“为何？”虞小满问。

陆戟直截了当：“与你并无干系。”

“我问的是，为何你要将我送往别处？”

虞小满此言一出，接踵而至的是长久的沉默。

笔尖落歪，触及宣纸洇开墨点，陆戟抿着唇，无人能看出他在想什么。

这回仍旧等不到他作答，虞小满率先打破寂静，自问自答：“休养身体在何处不可，非要去那京郊别院？

“还是说，因为沈家小姐和离……”

虞小满原想连珠炮地将所有可能性都抛出来，总有一个能猜中，孰料说到这里便喉咙发紧，无以为继。

虞小满手心冰凉，深喘两口气，张了嘴刚要接着讲，听到桌案那头传来低沉的一声“是”。

冻僵的心狠狠一颤，虞小满后悔了。

哪怕问“你是否厌烦了我”或者“你是否从未喜欢过我”，都比扯到旁人来得强。

哪怕陆戟同样承认，这依然是他们二人之间的事，虞小满依然可以掩耳盗铃，假装不知有旁人存在，假装不知这个旁人在陆戟心中的分量有多重。

墨迹在纸上晕染一片乌黑，陆戟敛目看着，仍没有将笔提起的意思。

“她为我和离。”陆戟嗓音淡然，平静得像在陈述一个众人皆知的事实，“我亦从未忘记过她。”

耳朵里嗡嗡鸣响，虞小满干咽一口空气，勉强找回自己的声音。

“那你还记不记得八年前，你在东海边救过的一条鱼？”

既然陆戟的记性这么好，虞小满想，说不定他还能记得自己。

第八章 泣泪成珠

“我……就是那条鱼。”

虞小满本想永远藏着这事，可毕竟和陆戟的羁绊太少，说断就能断，若不添上这笔，虞小满自己都找不到留下的理由。

良久，陆戟说：“我知道。”

虞小满愣怔片刻，忽而又有些早知如此的恍然。

他与沈寒云是至交好友，沈寒云既然知道，他又怎会例外？

“那……那你为何……”

“若你是来报恩的，这恩情早该还清了。”陆戟罕见地抢了话，“若你还有旁的意图，恕我给不了你。”

虞小满僵在那里，待弄清“旁的意图”指的是什么，犹如寒风中被泼了一盆冷水，从头凉到脚。

原来一切都是我的一厢情愿，陆戟接受只是看在我这满心报恩的分上，并非因为和我一样动了情，所以他才不表露情意，不展望以后。

根本没有情，如何诉说？根本不想与我有未来，如何许诺？

刺骨的冷之后便是蚀心的空，虞小满抬手按住左胸，感觉有什么东西正在从身体剥离，疼痛与恐惧骤然翻涌。虞小满后退两步，到底不想在陆戟面前失态，提着一口气扭身便走。

虞小满脚步磕绊，肩上的披风滑了下来，轻飘飘落在门边。

四更天，守门的小兵进来通报，说夫人已经被安然送上车。

陆戟没给反应，兀自坐在门口，盯着手里的披风出神。

“这是夫人的吧？”小兵记得上次将军夫人请吃的蜜饯，对其抱有好感，“我这就送去，马车行得慢，快马加鞭兴许能赶上。”

陆戟却猛地收拢手指，将披风攥在手里：“不必，你去忙吧。”

小兵不明就里，奇怪地挠挠头，心想难道二位闹别扭了？

小兵想起夫人走后不久，屋内便传出的一声巨响。此时见桌案一片狼藉，一支蘸了墨的狼毫笔折成两截掉在地上，蹭开一道逶迤墨痕，不由得心惊咋舌。

能让将军发这么大火，看来他们这一架吵得不轻。

小兵到底没胆子多嘴，还是服从了命令，躬身退了出去。

踏月色去，迎朝露归，天边刚泛起鱼肚白，马蹄踏在青石板上，声音清脆。

晨间的锦花巷蒙着一层灰白湿雾，不知是不是看不清路的原因，虞小满下车时一个踉跄，幸得虞桃及时扶着，才没摔倒。

虞桃摸到薄裳下的手臂在微微发颤，说：“你饿了吧？咱们进去先喝碗粥，暖暖身子。”

虞小满摇了下头，很小声地说“不”，回到屋里便脱了鞋爬上床，放下床幔躲在里面。虞桃管也不是，不管也不是，好一阵犯难。

中午虞小满倒是肯出来了。虞桃边为虞小满布菜，边试探着问：“昨晚你见到大少爷了吧？”

虞小满认真地嚼着一根青菜，点点头。

“你想问的都问了？”

虞小满又点头。

“那大少爷还要送你走吗？”

夹了一片蘑菇的筷子停在半空，虞小满好似陡然被人从梦境中拉回现实，好半天才回过魂来。

“不走，不走。”虞小满翻来覆去还是那句话，像魔怔了似的，“我不会走的。”

虞桃还想问大少爷为何要送人走，送去哪里，可虞小满的状态令她实在问不出口。

虞小满用过午饭去池塘边玩，虞桃都不敢离得远了，生怕虞小满在她看不见的地方干傻事。

虞桃挨近点，隐约能听见虞小满嘀嘀咕咕地在说什么，吓得虞桃以为这人伤心得神志不清了，险些去把郎中请来为其看看脑子。

第八章 泣泪成珠

虞小满回来后似乎好转了些，搬了一张凳子坐在院中的槐树下缝衣裳。

虞桃凑过去看，是夏日里虞小满为陆戟缝的那件。虞小满手艺日渐精进，许是觉得这薄衫不够精致，又在袖口和对襟处补了几块花纹。

“这都往冬日里去了，你还做夏裳？”虞桃问。

虞小满神情专注，一针一线地绣着：“明年夏天，我可能就没法做了。”虽语气平淡，虞桃却从中听出一抹无可奈何的哀伤。

虞小满嘴上说着不走，手头做的一切分明都是行前的准备。

又过得两日，虞小满后背的伤好了许多，下床走路不再困难，便给自己安排了更多的活儿，打络子、绣汗巾，风筝都做了三四只，说来年春天陆戟便能放着玩了。

虞桃心里发慌：“你到底要去哪儿啊？怎么弄得跟不回来了似的？”

“我不去哪儿啊。”虞小满将烧弯的竹签扳成圆弧，作为鱼的脑袋，“我会在这里一直陪着陆郎。”

这话虞桃一句也不信，这几天寸步不离地跟着，就怕一转身人就不见了。

不过总有没法跟的时候，比如虞小满出恭，又比如虞小满被太夫人叫去说话。

虞小满一只脚刚踏进堂屋，就察觉到气氛古怪。

太夫人称病躲了自己好些日子，按说哪怕晓得找她所为何事，碍于面子，总要扮演慈眉善目的好奶奶。然而这回不同，太夫人板着脸，望向虞小满的眼神都是冷的。

虞小满还没意识到出了什么事，就在陆老爷的暴喝声中被左右两个小厮押着跪下。

一张写满字的纸连同信封一起被摔到面前，太夫人痛心疾首道：“你与那虞家村的勾结，替了真正的虞梦柳嫁过来，陆家哪里对不住你，你竟如此欺瞒我们？”

虞小满毫无准备地被定了罪，瞳孔骤缩，眼前的画面一阵颠倒错乱。

待到虞小满涣散的视线聚焦，才垂眼看到薄薄的一张纸躺在地上。

上头的字密密麻麻，一如自己千疮百孔的心。

陆戟赶回来的时候，太阳正要落山。

陆戟进屋便看到虞小满挺直腰背，似一竿青竹跪在堂屋正中，斜阳自西边的轩窗落在这人单薄瘦削的身上，无端地更添一分凄清之感。

陆戟想上前把人扶起来，想问这人身上的伤还疼不疼，可他知道现在不能这么做。他紧绷的下颌线昭示着他的挣扎，末了，抬起的手还是缓缓放回原位。

太夫人仍是老样子，将事情原原本本说了，就拉着陆戟哭天抹泪地喊“我们启之的命怎么这么苦”。

陆戟木着脸，心中无感触便不知该如何反应。直到陆老爷发话说让他处理，他才启唇道：“一日夫妻百日恩，且惩罚事小，陆家脸面事大，不如将人送往京郊别院，时间长了便无人记得此事。”

两位长辈对他的处理还算满意，平复了心情，说了几句互相宽慰的话，一前一后地走了。

偌大的堂屋只剩二人，夕阳余晖自虞小满身上收了个干净，陆戟移开视线，转身往外去。

“你是怕我不肯走吗？”

忽闻身后有人发问，陆戟扶在门框上的手顿住。

“你怕我赖在你身边不肯走，误了你与沈小姐的姻缘？”清亮的嗓音变得沙哑，如钝刀刮在心口。

陆戟深吸一口气，吃痛般蹙眉，手背骨骼凸出，青筋暴起，似是使了很大的劲才让自己不要回头。

“一日夫妻百日恩，我是否该谢你不曾将我还是一个鲛人的事一并捅出来？”

陆戟紧抿的唇颤了几颤，到底沉住气，以沉默代替回答，一句都不曾辩驳。

曾经耳鬓厮磨、做尽世间亲密事的二人背对背，中间隔着的仿佛是天堑鸿沟。

悄无声息地，泪湿了虞小满的脸。

哪怕无人看到，虞小满还是固执地扯出微笑，任泪水沿嘴角淌入口中，含着苦涩追问：“是吗，陆郎？”

既已归家，这晚陆戟没有理由再去外面睡。

他没回自己院子，差人把书房收拾了，在里头凑合一晚。

许是太久没歇在书房，陆戟这晚睡得不好，外头稍有风声都能将他惊醒。他醒来便是一阵紧似一阵的心悸，似有什么抓不住的东西在疾速流失。

半夜下起雨来，晨起还未停歇。

一场秋雨一场寒，瓦盆里的花儿都蔫了，陆戟梳洗更衣后，坐在窗边看了很久，抬手碰了碰它耷拉的叶子，到底没将它扔出去。

陆戟推开门，意料之外地看到将这花放到书房的人，呆愣须臾，下意识去找伞。

他被面前的人出声阻止了。

“我有几句话想同你说。”

虞小满只身站在门廊下，没有要进来躲雨的意思。

这人穿得单薄，却浑然不觉得冷似的。雨滴在那月白色的长衫上，晕开一个个深色的圆点，令陆戟想起七夕那夜，虞小满便是穿着这身衣裳仰头直直地看着他。

只不过当时虞小满的眼中光芒满溢，如同散落一捧繁星，而现下这双眸子暗如幽夜，一丝生气也无。

“替嫁是我一个人的主意，不关虞村长家的事，还望陆大少爷明辨是非，莫要牵连无辜。”

陆戟一怔。

虞小满许久没有如此生分地称呼他了。

“是我一意孤行，为一己私欲胡作非为，所有惩罚都冲我来。”雨声嘈杂，虞小满的话语却清晰有力，“不过在此之前，我还是斗胆向陆大少爷讨三天时间。”说着，虞小满便双膝一弯，在雨中跪了下来。

“我虞小满发誓，三天之后随你陆大少爷安排，你要我去哪里我便去哪里，从今往后，再不出现在你面前！”

虞小满踩着湿凉的雨回到院子，虞桃正蹲在廊下看枯萎的花儿，口中念着前些日子刚学的诗。

“夜来风雨声，花落知多少……”

虞小满也跟着念了一遍，而后仰起脸，任雨水肆意打湿面庞，沁润鬓角，令眼中流出的咸涩液体也一并失了温度。

这场雨并未下很久，午时刚过便停了。

只是天空迟迟不放晴，院子里一地的花瓣落叶吸饱雨水粘在地上不肯动。虞桃一面艰难地扫一面埋怨臭老天，时不时还要进屋看看虞小满，见对方乖乖坐在床边缝衣裳，心里才安定。

“那个什么别院，我跟你一块儿去。”下午打包行李，虞桃连同自己那份也一块儿收拾了，“若是不让我去，我就偷跑，反正我的卖身契又不在这陆府，他们能奈我何？”

虞小满已将三天后便离开陆府的事同虞桃讲了，她虽不明白昨儿个还说要在这里陪陆戟的人为何突然想通，但到底希望这人过得好。如今陆家上下都晓得虞小满乃替嫁，并非真正的虞梦柳，作为“帮凶”之一的虞桃若再不站在这人这边，这人就当真孤立无援、举目无亲了。

谁想虞小满细细思忖后，得出一个让她留下的结论：“那别院恐怕地处偏僻，鲜有人往，若是吃不饱穿不暖，你岂不是得跟我一块儿受罪？”

虞桃自是不怕吃苦的：“没东西吃，咱俩就在院里种菜；没地方睡，咱俩就堆一个草垛子挤挤取暖。这日子还能过不下去？”

大抵是觉得说不过她，虞小满想了想，说：“可我是鲛人，你跟我住在一块儿，会有危险的。”

用最平静的语气说最惊悚的话，是近来虞小满新添的特长。

听闻惊天秘密的虞桃目瞪口呆了足有半个时辰，而后像耗子一样刺溜蹿出屋去，到晚上都没再踏进主屋。

虞小满料想到她该是这样的反应，做足准备便谈不上有多失落，毕竟是自己欺瞒在先。

晚上用饭时，虞小满捧着饭菜敲门，半晌没人来开，便将吃食放在门槛边上，冲里头道：“饭还是要吃的，气坏身子不值当。”顿了顿又添一句，“今儿个有你最爱的栗子糕，再放一会儿就凉了。”

虞小满尽人事听天命，也不知最后虞桃究竟吃没吃，次日早晨倒是看见她出了房，拿着扫帚东扫一下，西铲一把，弄得落叶到处飞，见到虞小满也没扭头就跑，反而哀怨地觑了一眼，鼓着腮帮子，好似余怒未消。

两日工夫，足够消息传开，也足够令虞小满在府上的地位发生翻天覆地的变化。

这日中午，饭菜迟迟没送来，差人去催，厨房那边才磨磨蹭蹭送来一碗白米饭和一份凉透了的青菜豆腐汤。

虞桃沉不住气，当场就同那送饭的嬷嬷呛声：“就这些残羹冷炙，比下人吃的还差，能给主子吃吗？”

那送饭的嬷嬷也不好相与，睨着虞小满，从鼻子里哼道：“她已经不是主子咯，没被扭送官府告她个偷梁换柱，已经是咱们老爷宅心仁厚，就别挑三拣四了，凑合吃吧。”

虞桃气不过，再欲上前理论，被虞小满拦住。

“后日我就走了，不差这一两顿。”

虞小满说着便坐下，捧起饭碗往嘴里扒了一大口白米饭，冷不丁想起已经不在这府上的云萝，那会儿她言之凿凿地说一旦失去陆戟的庇护，虞小满必难在这府上苟活。

原来不是吓唬人的。

饭也是凉的，硬得像石头，虞小满嚼了好几下仍咽得艰难。虞桃舀了两勺汤兑进去，悄没声地红了眼眶。

“昨儿个我一夜没睡，把这事捋清楚了。”虞桃梗着脖子说，“我是你的陪嫁丫鬟，无论你是人是鬼，是猪是狗，我都只认你一个主子。”

虞小满噎了一下，心道我非猪也非狗，而是一条鱼，不过很快就不是鱼了。

兴许也意识到比方打得不妥，虞桃别开脸，带着一点还没发泄完的气，凶巴巴地说：“反正你去哪儿我就去哪儿，休想甩掉我！”

离别前的时光如同白驹过隙，虞小满白日里蹲在池塘边发呆，夜里做手工活儿，不知不觉便到了行前的最后一个下午。

晌午段衡被陆戟差来带话，说明天日出便可出发。段衡走后，虞小满在桌前枯坐许久，等虞桃上前说话这才回了神，挤出笑说：“明日就走了，不如趁空闲一起去街上逛逛，看看有没有什么要添置的。”

二人步行出门去。

京城的街道总是车水马龙，人声鼎沸。从前虞小满爱凑热闹，看见什么稀罕玩意儿都要瞧一瞧，这回没兴致，沿街向前走着，目光却是涣散的，没在任何一处停留。

虞桃与之相反，想着搬到那别院，怕是不方便进城，看见什么都想囤，布料来几匹，草纸来两捆，胭脂也要了几盒，给银子时想起虞小满不喜胭脂，用不着这个，忙又退掉一半。

虞小满负责拿东西，逛一圈累了，见虞桃站在一个卖首饰的摊子前半天没挪窝，便在对面茶馆找了一个座位，靠窗的，既能歇脚又能看见外头。

即便台上说书人这回讲的不是骠骑大将军的故事，虞小满也听入了神。

第八章 泣泪成珠

端茶送酒的小二在狭窄的走道里来往穿梭，一个不留神跟进门的客人撞上，侧身碰了下虞小满的肩，欠身嬉笑着赔了礼。

虞小满反应慢半拍，待偏头时，那小二已经走远了，倒是方才与小二撞上的客人还立在走道上，与虞小满视线交汇时粲然一笑："这么巧。"

在沈暮雪面前，虞小满总是没什么底气的。

哪怕与宁国侯世子和离一事闹得满城风雨，沈暮雪仍是老样子，面上丝毫不见失意颓唐，正姿端坐于桌前，浑不在意旁人打量的目光与耳边的窃窃私语。

茶送上来，她给自己斟满一杯，把茶壶放到虞小满跟前，示意对方自己倒。虞小满看了一眼，双手垂放在膝盖上没动。

沈暮雪笑了一声："真不明白他看上你什么。"

虞小满不明白她此话何意，想了想，说："沈小姐弄错了，他喜欢的一直都是你，先前那样做是为了保护你。"

沈暮雪扬眉，眼中闪过一丝诧异，抿了口粗茶，到底没将话点破，只意味深长地问："当真？"

"真的，他无时无刻不惦念着你。"

虞小满不由得绞紧裙摆布料，心想，这是最后一次，没有旁的机会了，我得帮他。

"我明日就会离开，陆……陆大少爷的腿也会很快恢复，若沈小姐对他还有意，不妨……"虞小满深吸一口气，尽量让自己看起来真心实意，"不妨将往事说开，与他再续前缘。"

晚上回到陆府，虞桃忙着整理新买的东西，这里一捆那里一包，堆成小山，生生弄出了举家搬迁的架势。

虞小满只带了几件衣服，还有别的什么虞桃没瞧见，总之没带值钱的，包袱拎在手上轻飘飘的。

"怎么说你也给他暖了大半年的床，还为他挨了一刀……"虞桃很是不服，“他怎的如此绝情，大冬天的，就让你带两身衣裳走？”

其实虞小满连衣裳都不想带，因为用不着。

一句“生不带来死不带去”到了嘴边，还是咽了回去，虞小满说：“再冷一阵，春天就到了。”

四更，天上散落寥寥几颗寒星。

虞小满独自一人穿过竹林，自幽深小径越过拱门，被守门的段衡拦下也不露惊慌，小声说：“我来送点东西。”

段衡常年跟在陆戟身边，旁观了一些事，对这位夫人的印象正在逐渐转好。因此，对于陆戟铁了心要把人送到外头去这件事，段衡万分不解。

然而碍于主仆有别，段衡没胆子问。这会儿他见虞小满形容憔悴，几日不见瘦了一大圈，一阵风就能刮跑似的，又见对方手中拿着一封信笺，想来是为了告别，不由得心软，胳膊一收，放了行。

陆戟今日难得歇在家中，虞小满猜测他许是怕自己赖着不肯走，要看着自己上马车才安心。

虞小满轻手轻脚步入书房，合上门扉转过身，案边无人，往窗口方向看，陆戟已然躺在软榻上睡着了。

眼下的情况恰好免去了很多麻烦，虞小满走到软榻前，将从怀里掏出的瓷瓶去塞，瓶口在陆戟鼻间晃了晃，等了一阵，确认他呼吸平稳睡得更沉，才将瓷瓶收好，直起腰。

桌案上的蜡烛尚未燃尽，堪堪够辨字。虞小满行至桌前，将信封内的红纸抽出，展开，右手边醒目的“休书”二字甚是灼眼。

这休书是下午在外头时，虞小满趁虞桃没留意，拐到巷子里找了一个捉刀代笔的师傅写的。

虞小满嫌自己字丑，又不晓得这东西是否有个规矩，索性找旁人代劳。那代笔的是一个书生打扮的中年男子，听说虞小满要写休书，抬头打量了好一会儿，许是在心里嘀咕，这年头竟有如此开明的妻子，亲自为夫君准备休书。

稀奇归稀奇，到底是做生意的，他执了笔就按虞小满的要求写了。眼下虞小满瞧着上头诸如“此后各自婚嫁”“永无争执”“恐后无凭”等冰冷字眼，还是有些恍惚。

而后虞小满便扯开嘴角，无声地笑，无疑是笑自己愚蠢：与陆戟缔结姻缘的分明不是我虞小满，从头到尾我都只是一个顶包的。事已至此，竟还如此不识趣，在这休书上写自己的名。

自己真真是恬不知耻，胡搅蛮缠，难怪陆戟厌烦了自己，要将自己送得远远的，此生都不复相见。

虞小满笑着笑着，眼眶酸胀难耐，呼吸与心跳同时被打乱。虞小满放下休书，抬手捂住左胸，那撕扯剥离的痛感再度袭来，比先前任何一次都要强烈。

虞小满知道时机就快到了。

每个鲛人体内都有一颗元丹，积聚着来自深海的能量，是鲛人的元神所在、生命之源，亦是鲛人身上最宝贵的东西。

它位于心脏附近，前日虞小满通过璧月姐姐的口信确认，唯有心死神灭时，方可将其逼出身体。

在此之前，虞小满根本不懂什么叫心死神灭，只知道元丹可以为陆戟治腿，让他重新站起来。

虞小满急喘几口气，一只手撑于桌沿稳住身形，撕裂般的痛自心口生出，沿着经脉血肉蔓延至四肢百骸。

原来心死神灭这般痛，痛到让人眼前花白，咬牙切齿都忍不住落泪。

可是还不够，还不够痛。

虞小满闭上双眼，原想强迫自己回忆陆戟待自己不好的那些瞬间。可不知怎的，虞小满眼前掠过的尽是雨天罩于头顶的一柄纸伞，为救自己拔出鞘的一把利剑，教自己写下二人名字的手，将自己护在怀中的坚实臂膀，一声声温柔缱绻的“夫人”，还有冷峻面容上为自己绽开的笑颜。

这些都不属于我，全部不再属于我。

一股要将人整个撕裂的疼痛自体内炸开，似打断筋骨，再与肉体一道揉烂，和着淋漓的鲜血，痛得虞小满呼吸停滞，心跳都不复存在般。虞小满蜷着身体卧在地上，像一只摧心剖肝、了无生意的兽。

铜壶更漏残，红妆春梦阑。

成串眼泪沿面颊流下，落在地面复又弹起，一时叮咚乱响，如珠落玉盘。

虞小满勉力睁开眼，看见自胸口剥出的元丹飘在半空，散发着莹润微光，而它四周落了一地剔透珍珠，好似众星拱月，捧起万珠之王。

鲛人仅有一颗元丹，且一生只有一次泣泪成珠的机会。

先前虞小满想不透这二者的联系，现下却全明白了——所谓“诚则泣泪成珠”，“诚”亦可作“成”，这珠终归只能在心如死灰的绝望后与象征生命的元丹一起脱离身体。

虞小满咧着嘴又哭又笑，发出的微弱声响被窗外风声遮掩得一干二净。

虞小满实在累得一根手指都动不了，仍拼命睁开眼，望向榻上沉睡着的陆戟。

令自己第一眼便怦然心动的是他，最后一眼缠绵悱恻依然留给他。

立冬这天，残花带露摇，红叶随风飘。

陆戟自梦中惊醒，拂去满额冷汗，唯余一室凄凉。

安排好的马车未在日出时接到人，说要同往的虞桃也没能跟了去，阖府上下喧闹一天，也未找到凭空消失的人。

倒也不是一点线索都未留下，陆家大少爷残了多年的双腿忽然好转，一日之内竟弃了四轮车站立行走的事，为那位替嫁夫人的失踪添了些传奇般的神秘感。

流言甚嚣尘上，有说这位夫人是陆府请来的隐世名医，为不走漏风声才扮作新娘入府，为陆大少爷治病。

还有说这位夫人必是修炼成精的妖，因心悦陆家大少爷，甘心化出人形陪伴身侧，后来许是被识破，慌忙逃窜时不慎掉落法宝，叫陆大少爷捡了去，碰巧将腿治好。

然而这些无稽之谈统统没入陆戟的耳。

深夜，他将自己关在书房，门窗紧闭，似想留住最后一缕属于那人的清香。

除了健全的双腿、无数的珍珠，虞小满还留了一封书信于他，里头全是关于冯曼莹母家结党营私的罪证，比陆戟费尽心力搜集到的还要细致全面。

那一纸休书，是某天晚上他伏于案前不慎踢到的。红纸被揉作一团，打开看，上头原本的字被涂抹了个干净，只余“休书”二字隐约可辨。

而陆戟将皱巴巴、布满干了的泪痕的纸抹平，展开到尽头，取代那格式规范、行文冷硬的词句的，是一行歪歪斜斜、谈不上美观的字——

守你一程，不枉此生。

第九章 接你回家

第九章 接你回家

这年的冬天来得格外早，朔风自北方来，吹得鸟儿南迁，草木凋零，东海边的小渔村也提前进入休眠期，近日出海的船只都变少了。

拂晓时分，临海一间破陋木屋里传出窸窣动静，不多时窗户打开一条缝，冷风呼啦啦灌入，里头的人立马将窗关上，在里头缩了好一阵，才推开门，探出半个脑袋。

冬日里的井水也冷得刺骨，木柴不知受了潮还是怎的，几次三番点不着，虞小满索性用冷水净了面，冻得手指都僵了。

今日学堂不开课，孩童们得了闲，一大早就成群结队来虞小满这儿玩，将本就不大的小屋挤得满满当当。虞小满给大家分糖吃都转不开身，只好将孩子们都遣出去，在外头摆了几张木凳给他们做游戏，自己则倚在门边举着绣绷飞针走线。

如今虞小满已经是一个普通人，没法像在海底时那样自给自足，陆地上的衣食住行全部需要银子。这小木屋才住几天，屋主家的媳妇儿就来要过三次房租，于是虞小满只得赶紧挣钱填了账，免得落人口舌。

加上快绣完的这条帕子，又能换二两银子，虞小满不由得加快速度，盼着在太阳落山前去镇上走一趟。

扎着双髻的小姑娘凑过来瞧："小满，你绣的桃花好美呀。"

虞小满笑了笑："这是蜡梅。"

小姑娘似懂非懂地点头："又是京城才有的花呀？"

虞小满说："不是，梅花到处都有。"

小姑娘满不高兴地噘嘴："我们村就没有，我好想去京城玩呀。"

想来上回说到京城街上到处有卖的糖人，非但馋出了孩子们的口水，还勾起了他们对外面世界的向往。

另一个男孩跑过来插嘴：“小满什么时候再出门，我去同我爹说，带上我一起呗。”

虞小满回来得突然，虞家村的大人们不认得这人，孩童们却都记得这个带他们放风筝的好玩伴，闹哄哄地帮着这人在海边安了家，并把这里当成据点，有事没事就往这儿跑。

推说自己先前在京城玩的虞小满先是愣了一下，而后摇头：“我以后不去京城了。”

“为什么呀？”男孩很不解，“京城那样好，什么都有，要是我，巴不得以后都待在那里不走了。”

虞小满停了手中的活儿，抬起头，有些茫然地看向远处沐浴在朝阳下的蜿蜒官道。

“是啊，京城那样好。”然后虞小满轻声呢喃，“可再好，终究不是我的家。”

约莫一月前，虞小满趁夜深人静守卫懈怠，钻进灌木丛，自陆府的后门跑了出去。

虞小满生怕惊动旁人，出了锦花巷便沿杂草丛生的小路走，走不动了就卧在泥地里休息一会儿，待缓过劲，便四肢并用撑着自己站起来，继续赶路。

幸得秋日太阳升得晚，虞小满赶到往东行的官道边时，天还是黑的。没了元丹，体力大不如前，虞小满累到极点，腿一软倒在官道边。

虞小满再次醒来时，映入眼帘的是一碧如洗的天空，随着嗒嗒的马蹄声摇晃着。待发现自己躺在一辆马车的干草垛上，虞小满噌地坐起，正对上坐在前头扭头望向自己的妇人的笑脸。

“你可算醒了，我还以为你要睡到明儿个早上呢。”衣着朴素的妇人递了一个水囊过来，“快喝点吧，你睡着的时候我可真没本事灌进去。”

第九章 接你回家

虞小满愣愣地接过水囊，喝了水，又咬了几口饼，身上有点力气了才开口打听，也弄明白怎么回事了。

原来这妇人是同丈夫一起进京卖货的商人妇，回程时眼尖，发现有个人躺在路边，下车打着灯笼一瞧，像一个官家夫人的打扮，怕其昏迷不醒被坏人掳了去，便做主将人抬上了车，想着等人醒了问问家在哪儿，再给送回去。

谁想虞小满一睡就是好几个时辰，饶是马车刻意放慢速度，这会儿也快走出京城地界了。

“你是一点儿都不怕啊，如花似玉一个姑娘赶夜路，累了就睡路边，也不怕被人贩子用麻袋一套卖青楼去？”

虞小满还穿着裙装，拢了衣襟捂住胸，向热心肠的夫妻俩道了谢。

对方问要不要送回京城去时，虞小满想了想：“请问大哥大姐此行往何处去？”

前头在赶马车的男人扭过头：“往东边沿海去，与家人会合。”

“我们走南闯北一整年，是时候停下歇歇脚了。”那妇人说，“今年早些收工，和家人一起过个好年。”

夫妻俩与虞小满要去的方向不谋而合，虞小满便询问是否可同行。那妇人正好嫌自家丈夫话少闷葫芦，缺一个路上聊天做伴的，当即欣然应允。

于是虞小满蹭了免费马车，沿着来时的路往东南方向行去，抬头仰望天空浩瀚星海，低头俯瞰广袤无垠的平原。

虞小满原先没想到能活到这个时候。

虞小满只知失去元丹的鲛人会折损寿命，便当这折损是九成九，把每天都当作最后一天在过，后来自璧月姐姐口中得知，所谓的折损寿命至多损一半，还有些难以相信。

毕竟鲛人平均年龄有三百岁之长。

不过就这样算，一百多年寿命换一双好腿，璧月仍觉得亏了，便见一次就骂一次，毫不留情。

傍晚，孩子们四散归家，虞小满将这些天绣的帕子叠好，披上外袍刚要出门，听得轻快的一串脚步声，扭头一看，果然是璧月来了。

这回她带了捆新鲜海草。虞小满回不去海里了，倒还是爱摆弄这个。

虞小满抽了一根海草扎在手腕上，扯下衣袖小心地盖住，一面给姐姐倒茶一面问："今天这么早？"

璧月斜眼睨虞小满，道："我若是不早点，你又跑了怎么办？"说的是虞小满刚回到虞家村，东躲西藏不想叫她发现，被她逮住了，还捂着脸扭头就跑的事。

当时璧月气坏了，水草甩出去就缠着虞小满的手臂把人往回扯。待到把人扯到跟前了，璧月又骂不出口，捏了捏这人的胳膊肉，皱眉道："你怎的瘦成这样，那姓陆的连饭都不给你吃？"

虞小满忘了自己当时说了什么，只记得自己哭了，还哭得很丑，因为璧月姐姐的脸色十分难看，咬牙切齿得像要杀人。

虞小满不想告诉她，自己元丹没了的事，可她又不傻，攥着那手腕一摸就晓得虞小满活不到三百岁了，气得抓狂，说要把虞小满的脑袋卸下来看看里头进了多少水。

想到这里，虞小满低下头，像一个做错事的孩子，讷讷道："我不跑了，跑不动了。"

毕竟现在的身体连常人都不如，着实没力气再折腾了。

璧月在屋里待了一会儿，见虞小满穿那么多还喷嚏连天，说："你这屋又小又冷，还是别住了，姐姐给你换一间宽敞的。我还听小甲、小乙说，京城的人到了冬日会在屋里烧炭取暖，改明儿姐姐也给你弄些来。"

鲛人族的货币与人类的不相通，虞小满吸着鼻子摇头："不用了，我多穿几件就好。"

璧月瞧这人虚弱的样子，既心疼又气恼，忍不住骂："叫你一心向着那个臭男人，这下你没了元丹、毁了灵根，再也变不回鱼身，回不去海里。他倒治好了腿，能蹦能跳，真真是气死我了！”

鲛人全身的灵力都凝聚在元丹之中，元丹又称为鲛珠，遂没了元丹的鲛人只能去掉一个“鲛”字，至多算一个普通人。

璧月气虞小满犯傻，随便就将元丹舍了去，又气自己没原则，都决定不再管这人了，还是不忍看在自己眼皮子底下长大的孩子过得不好，一次次从海底跑到陆地上看望虞小满。

虞小满何尝不知道她在气什么，歉疚地拉了她的手，软声道：“我错了，姐姐。”

璧月回握住虞小满冰凉的手，霎时红了眼睛，嘴上依旧不饶人：“你跟我道什么歉，路是你自己选的，哼，活该，自作自受！”

“嗯。”虞小满弯着眼睛应了，“是我造的孽，活该自己受着。”

夜里，虞小满将璧月送出门，踌躇再三，还是问：“小甲、小乙有没有带旁的话给我？”

璧月扭头，美目一瞪：“怎的，你还想打听那臭男人的消息？”

“不，我只想知道他的腿好没好全，大仇是否得报。”

虞小满语气淡然，仿佛在说别人的事：“若一切与我的预计相符，那么他的恩情我便还清了，从此我再不欠他。”

次日依旧天晴，虞小满早早出门，去到镇上卖绣品。

店老板见这人手艺好，不仅多付了几块碎银，还问以后接不接定制图样。

虞小满自然是接的，听说要去镇东头王员外家取布料也不嫌麻烦。为了节省时间，虞小满在路边买了一个葱油饼，边啃边走。

虞小满到了地方才晓得，这王员外便是虞家村村长女儿虞梦柳的公公，此番定做的被面正是儿媳点名要的。虞梦柳和虞小满猝不及防在堂前打了个照面，两人都是喜大于惊，屏退下人说了一会儿话。

“你怎的回来了？省亲吗？”

虞梦柳问完忽觉多余，若是省亲，何至于跑镇上来接绣活儿干，于是试探着问："你与那陆将军……"

虞小满知她想问什么，老实答道："离了。"

待弄清楚所谓的"离"，是虞小满自己扔下一纸休书，虞梦柳目瞪口呆："不都是丈夫休妻吗，你怎的还自己写休书送上门去？"

"结果都一样。"虞小满说。

虞梦柳敬这人离得干脆，又不免叹息："上回我去京城，见你俩那么好，弄得我怪羡慕，还以为你俩能白头到老呢。"

许久未听到"白头到老"这个词，令虞小满有种恍如隔世的错觉。

虞小满回过神来再想，也不算错觉，在京城的大半年发生的种种，于自己来说确如上辈子的事，偶尔忆起，好似过眼云烟，大梦一场。

末了，虞小满说："有情人才能白头到老。"

我与他没有此情，何来此说？

即便事已至此，虞小满也念着虞村长一家的成全之恩，主动要为虞梦柳免费绣被面，背着一捆棉布回村，不曾先回小木屋，而是去海边坐了一刻。

虞小满碰上几个在玩耍的小孩，他们拖着一只年初做的风筝，风筝在呼啸的北风里东倒西歪，死活放不起来。

几个小孩求助虞小满，虞小满指指风来的方向表示无能为力，几个小孩失望之余，灵机一动，蹲在岸边把风筝拆了，掰断竹签糊纸做了一艘小船，簇拥着推进海里。

由于材料有限，与其说是船，不如说是一盏河灯。

风吹浪涌，河灯在海面上时而被抛高，时而坠落而下，起伏如水中浮萍，看得虞小满心有戚戚。

此景令虞小满无可避免地想起，七夕夜于京城宿桥河畔放出的那两只莲花灯。

不知它们现在身处何方，是否也与他们一样分隔两地，远远地，用劳燕分飞这个词都嫌不够。

第九章 接你回家

回去的路上，虞小满拢紧衣襟御寒，鼻间呼哧呼哧喷吐热气。

如今人类所有脆弱的毛病在自己身上一一体现，譬如会畏寒，会力有不逮，饿肚子或睡不好也会引起神志昏聩，一整天都提不起劲。

即便如此，虞小满的感官依旧敏锐，因此当发现有人跟踪时，便当机立断加快步伐，尝试在抵达小木屋前把人甩掉。

虞小满没能成功。

虞小满虽跑得快，那人更快。虞小满把手搭在小木屋的门闩上时，身后响起的一声呼唤，吓得虞小满肩膀一抖，险些叫出声。

“小满，怎么这么晚才回来？”

是租房子给自己的村民，姓孙，大家都叫他孙木匠。

虞小满回了句“去镇上了”，听着脚步声逼近，后背的冷汗冒了出来。

虞小满松了门闩刚想进去，那比自己高出半个头的男人抢了先，一掌拍在即将打开的门上。

“你别着急进去啊，我的话还没说完呢。”肥头大耳的中年男人操着粗粝的嗓音，说出来的话都带着令人作呕的油腻，“我家那臭婆娘是不是又为难你了？你放心，我回去好好管教她，不让她再来烦你。”

虞小满侧过脸，狠狠闭了下眼睛。

先前几次打交道，虞小满就隐隐感觉这孙木匠看自己的眼神不大对劲，只是没往那处想，眼下才确定。

然而虞小满这副拒绝的姿态，在对方眼里便是欲拒还迎。

玉白的面容在月光下更显姣好，孙木匠吞了口唾沫。其实虞小满来租房那天，孙木匠便看上了这人。

想着这等绝色世间罕有，又是一个无依无靠正缺倚仗的，错过这个村就没这个店了，不如赶紧据为己有。他左等右盼得来这么个机会，眼下月黑风高，四周无人，简直是老天都在帮他。

他抬手去捏虞小满的下巴，被虞小满偏头躲开了，他面露戾色：“你信不信今晚我就叫你露宿街头，无家可归？”

虞小满自是信的，就像信如果这事放在从前，孙木匠早就神不知鬼不觉被自己撂倒在地上一样。

可现在虞小满做不到了，身体空乏无力，连门都打不开，遑论使用灵力。

虞小满再一次意识到，自己已经是一个普通人了，再也幻化不出鱼尾，再也回不去大海。

孙木匠见虞小满不作声，恼羞成怒，揪住对方的衣领逼其就范：“你跟了我有什么不好，至少吃得饱穿得暖，省得到处挨人欺负……”

虞小满的力气不敌他，挣扎一会儿没挣开，被拽得只有脚尖着地，还拼命让自己镇定，想着待会儿猛踢孙木匠要害一脚，兴许能得空溜掉，至于往哪个方向跑……

虞小满正想着，眼前倏地闪过一道白光，紧接着便是利刃刺穿皮肉再扎进木板的钝响，令那喋喋不休的家伙暂时闭了嘴。

待虞小满睁大眼睛，瞧见面前不到两寸处横着的一柄还在震颤的剑，视线左移，剑尖已然连同孙木匠按在门框的肥手一起扎在了门板里，瞳孔不由得紧缩，震惊得一句话都说不出来。

逃离桎梏，惊魂未定的虞小满拍拍胸口，在身旁反应过来的孙木匠杀猪般的号叫声中转过身去，往这柄剑逆风飞来的方向看。

一个身形高大的男人站在不远处的一棵树下，虞小满想起自己方才没经过那处，不知这人是刚来的，还是早就等在这里。

虞小满的脑子混沌，唯一能抓住的念头便是，原来他站起来有这么高。

他一步步走过来，脚步有些急，临到跟前又放慢了，像迫不及待，又像踟蹰不前。

距离越是近，虞小满越是需要抬头才能看到他的脸。

对此虞小满并无不适，因为从前他大多时候虽然是坐着的，虞小满却喜欢在他面前蹲下，仰头看他，如同在看天上的月亮。

不过从前的他稳重克己，处变不惊，如今的他双腿健全，本该更加自信，却满目犹疑，刚才果断掷剑的手伸向前又缩回去，指尖发颤，似在害怕眼前的是幻影，一碰就会消失。

他风尘仆仆赶来，眼中除了疲惫，还有许多虞小满看不懂的情绪。

最终，他还是将决定权交到虞小满手上。

“我来接你，”陆戟嗓音低沉，用企盼肯定答复的口吻说，“跟我回家吧。”

虞小满久久不曾言语。

许是还没从方才的惊险一幕中脱离，又或许不知该如何作答，虞小满便望着陆戟出了一会儿神，忽而清醒过来般别开目光，垂眼不作声。

旁边被扎了手的孙木匠号得撕心裂肺，还嘴臭地骂骂咧咧。陆戟嫌他吵，一掌将他劈晕了。

重归寂静，陆戟借着头顶探出云层的月亮静静地看着虞小满，纤长睫羽覆住了这人黑亮的瞳。他上前一步，试图将这张月余未见的面孔瞧清楚。虞小满却再度受到惊吓似的撤身后退。

“这里就是我的家。”虞小满开口有些急，险些被吸气呛到，“你来……来干什么？”

陆戟听了这话，反倒放了心。

虞小满还愿意过问，就代表自己在小满心里仍有分量。

“我来接你。”陆戟重复一遍，而后说，“家里都处理妥当了。”

虞小满大致晓得他处理的是什么事，梗着脖子点头：“恭喜了。”

这句恭喜听在陆戟耳中很不是滋味。他自知欠虞小满一句承诺，于是沉声道：“以后我不会让你再遇危险。”

虞小满却蹙着眉，眼中迷茫更甚。

须臾后，虞小满明白过来，清了清嗓子，道：“帮你是我自愿的，你不必有负担。”

虞小满过分冷淡的反应令陆戟措手不及。

在策马赶来的路上，陆戟在脑中做了许多假设——他的小满受了心伤，可能会怪他，会责骂他，说不定还会掉眼泪，无论如何他都该哄着，用比拔剑任凭处置更低的姿态受着，让小满发泄完消了气便好。

他压根儿没想过眼下的情况该如何应对，虞小满像浑然不在乎了，都不愿意抬头看他一眼。

陆戟难得犹豫，想说的话太多，反而不知该从何讲起："先前是我的错。"

虞小满听了心中却更酸涩，想来最不想见到的就是陆戟在自己面前低头，仿佛那借报恩之名产生的贪婪之心终是给陆戟造成了困扰。

自己分明只有一个心愿，就是希望陆戟过得好。

"不，不是你的错。"虞小满摇摇头，"起坏心的是他们，你才是受害者，现下既已解决，你便早些回去，安顿好接下来的日子吧。"

即便远离北地，海滨冬日的阴冷也足以令虞小满的沉疴病体十分难熬。

翌日一早，那帮小孩倒是没来扰人清梦，听说村里演武场来了军队驻扎，大家都跑去看热闹了。

虞小满开门没见外头有人，松了口气，打盆水清理昨天那老流氓留在门板上的血污，边擦边想要不要去村里走一趟，瞧瞧那家伙怎么样了。毕竟自己租着人家的屋子，弄伤了人家干活营生的手，怎么也该赔个礼。

然而昨夜留下的阴影犹在，虞小满一面忖着吃了那么大个亏，孙木匠八成不敢再轻举妄动，一面觉着还是小心为上，将自己捂得严严实实，左右打听挑了一个孙木匠不在家的时候，揣着银子往他住处去。

孙木匠的媳妇儿在家，出门见是虞小满，白眼险些翻到天上去，腿抵着篱笆门不让进，听到是来给租金的后，才勉为其难撤身让人进屋，嘴上还是不客气："你总算交租了，看来昨晚碰上好主顾了？"

虞小满生得美，出众的面孔往那儿一摆，进到村子里仍是男女老少瞩目的对象。尤其是孙木匠，每每见到虞小满就挪不开眼，口水都要流下来，如此明显的垂涎，他媳妇儿自然不会察觉不到。

因而她对虞小满的态度就不太客气，收了钱还脸不是脸、嘴不是嘴的，写房契的时候将那碎银数了一遍又一遍，生怕被虞小满捡了便宜。

孙木匠常年在外头干活，他媳妇儿在家做点贩卖糕饼的小生意。大清早正是送货的时候，伙计扛着面粉进了门，放下东西休息一会儿，见孙木匠媳妇儿在拨算盘，笑说："今儿这么早就开张了，看来给老孙治手的银子有着落了。"

虞小满暗说不妙。果不其然，孙木匠媳妇儿不算账了，把算盘一扔，扬声问："治谁的手？"

想来那孙木匠干出那等龌龊事，万不敢回家讨打，只能夜里爬起来就偷偷溜去镇上，找了一家医馆治手。

谁想竟被这送面粉的伙计瞧见了，还大嘴巴告诉了自家母夜叉，真真是偷鸡不成蚀把米，倒大霉了。

人已经在赶回来的路上，孙家媳妇气不过，拉着虞小满不让走，还跑到院子里又哭又闹，让路过的都来瞧瞧勾引自家相公的狐狸精。

虞小满本想趁乱离开，想着房契还没拿到，眼下走等于白搭那么多银子，咬着牙，非要孙家媳妇要么给房契要么退银子。

孙家媳妇借题发挥，哭喊道："大家快来看哪，这小狐狸精多猖狂，勾得我家老孙夜不归宿不说，还有脸跑我这儿来要银子！"

虞小满气得脖子都红了，心想人坏起来怎的脸皮都不要，真该把她发配去京城和冯曼莹互相恶心。

好在不是所有人都是非不分，有个过路者帮虞小满说话："明明是你家老孙瞅着人家生得俊俏，动了歪念头吧？"

还有人听说孙木匠的手挨扎了，不由得好奇，问虞小满："是你扎的不？看不出来，你还有两手啊。"

虞小满被弄得哭也不是笑也不是，还是心系房契，朝屋里猛瞧。

最后，虞小满到底拿到了房契。

这边正闹着，忽然来了一队手执长枪的银甲士兵，他们迈着整齐的步伐在孙木匠家门前一字排开，打头的那个在众人的注视下抱拳上前，弯腰鞠一深躬："属下来迟，让夫人受惊了。"

不出两个时辰，新搬来的外地人有个军爷夫君的事，就在虞家村上下传开了。

傍晚回到小木屋，虞小满从里头把门闩卡紧，窗户也关严实，将房契收好，便吹灭蜡烛，早早躺床上酝酿睡意。

陆戟还没走这件事令虞小满心神不宁，想到自己昨夜拒绝和他回家时他落寞的眼神，虞小满又无端地揪心。

虞小满捂着胸口侧过身去，眼皮不停打战，挺尸半天还是睡不着，肚子也咕噜噜叫起来。虞小满暗自埋怨最近越来越能吃，到底还是不委屈自己，爬起来把蜡烛又点上，出门寻东西吃。

外头屋檐下就挂着璧月姐姐上回送来的馒头，冻得梆硬，泡过热水才好下嘴。

虞小满捧着烛台推开门，正为如何点着柴火犯愁，抬头见到立于屋前约两丈远的人，扭头就要回屋。

虞小满被一道声音喊住了。

"我买了些吃食。"陆戟说，"还热着，你将就吃点吧。"

近来虞小满的身子虚得厉害，之前尚能忍住饿，如今竟到了看见好吃的就挪不开眼的地步。

虞小满思来想去，还是要了陆戟手中的纸包，掂量之后悄悄算了账，自怀里掏出银子递给他："够吗？"

陆戟神色复杂，到底怕被拒绝，还是伸手接了银子，指腹搓了搓那几块带着虞小满身上温度的碎银，说："够。"

虞小满便安了心，回屋打开纸包吃了起来。

陆戟买来的是熟食，烧鸡卤得很透，肉质干而不柴，配着新出炉的烧饼别有一番风味。虞小满小口吃东西，仍是沾了一嘴碎屑，舌头一舔卷入口中，散开满嘴芝麻香，心想这“将就”好生奢侈。

美味须得用心品尝，虞小满吃得认真，抬手擦嘴时猛然想起还有位来客，于是将口中的食物咽下去，水润的眸子望向门口：“你要吃吗？”

陆戟守礼惯了，屋主不让进，他就一步也不跨进门，闻言只答：“你吃，我不饿。”

夜里北风刮得凶猛，窗纸哗哗作响，虞小满终归怕肉体凡胎禁不住冻，还是将客人请进来小坐。

屋子里头狭小，唯有一张木床可以坐人。陆戟坐于其中一角，看着虞小满一口一口将半只鸡啃完，说：“白日里我料理旁的事去了，未能及时赶到为你解围，抱歉。”

虞小满心道，幸好你没来，不然替嫁这事儿非要闹得满京城皆知，连虞家村这边也躲不掉了。

况且虞小满最怕陆戟向自己赔礼，这本就不是陆戟该做的。

口腹之欲得到满足，虞小满打了个小小的哈欠，揉着额角开始犯困。

这落在陆戟眼中，便是赶他走的意思。

不想此行一无所获，陆戟再次主动寻话题：“今日，我见了你姐姐。”

虞小满一愣：“璧月姐姐？”

陆戟点头：“是。”

虞小满的心猛然提起，问：“她可伤了你？”说着便端起烛台细细打量陆戟的面容。

璧月姐姐讨厌陆戟入骨，一口一个“臭男人”地骂他，恨不能将他碎尸万段。与她见了面，现下陆戟能好端端坐在这儿都是一个奇迹。

陆戟说没有，虞小满不信，扯了他的衣袖要看，被他制住手腕压在胸前。

推搡间，两人的距离倏然拉近，鼻尖几乎碰到一处，视线相撞的瞬间，虞小满在陆戟眼中看到两个小小的人影。

“你担心我。”陆戟说。

肯定的语气挖开了虞小满费尽力气藏在心底深处的隐秘。

虞小满慌了，挣动手腕却拧不过这个臭男人，一时羞愤不已，难堪至极，仿佛自己的软肋总能被他轻易找到，先动情的永远只能任人拿捏。

“我自然担心你。”虞小满说，“既然你见过我姐姐，应该知道我将元丹给了你吧？”

这回轮到陆戟发愣。说到元丹，他不知想起什么，眼神忽然黯淡下去，低声说：“知道。”

虞小满不愿在他面前失态，一心想要他走：“一颗元丹报你八年前的一场救命之恩，应当足够了吧？”

陆戟不答，虞小满便当他默认，眼一闭心一横：“如此才算真正还清，今后我们桥归桥，路归路，此生不复相见。”

海水无风时，波涛安悠悠。

陆戟离开时，仿佛将凛冽的风也一并带走，四下出奇宁静，唯虞小满心里闹腾不休。

这会儿虞小满一点都不困了，手腕隐隐发烫，似乎还留着被紧握的触感。

虞小满将那处用水草缠好、衣袂盖住，捧腮望着桌上烧得只剩寸余的蜡烛，眼眶一热，吧嗒落下一滴泪来。

先前虞小满在陆府和虞桃一起背诗，不明白诗人为何总将蜡烛燃烧比作流泪，现在却有些懂了。

虽说两人已经做过一次告别，但虞小满现在才意识到，这回是真的永别。

虞小满狠狠将陆戟推开，拒绝他出于愧疚的怜悯，说了最狠绝的话，将自己的后路断得一干二净，但凡有点骨气的人，都不会再找回来了。

何况陆戟傲在骨子里，千里迢迢从京城赶来，他的好意却一再被拒绝，怕是已经气得在心里怒斥许多遍不识好歹，甩起马鞭奔跑在回京的路上了吧。

这样好，虞小满对自己说，这样再好不过，待陆戟回到京城，便可迎娶沈家小姐，再无旁人敢指点说道。

这本就是虞小满想要的，可心还是痛得厉害，比逼出元丹那日有过之而无不及。

虞小满这才突然后悔方才没有好好看看陆戟，生怕时间再久些，就不记得这恩人长什么模样了。

他们之间的联系自报恩者和施恩者展开，到头来又变回最初的关系，一切都如同没发生过那般，重新退回原点。

次日，当虞小满听见门被推开的动静，扭过头去，看见不久前“愤然离去”的人又出现在门口时，整个人都呆住了。

陆戟同样讶异，见方才还说着狠心话让他走的人，坐在自己坐过的位置上，鼻尖通红，泪眼婆娑，一时慌了神，举起手中的食盒，说：“汤，我跟村口的婆婆约好了这个时辰去拿。”

一个站在门外，一个坐于屋内，两人隔着不远的距离，状似遥遥相望，实则抬脚动几步便可靠近，比此处到村口的距离近多了。

纷乱的思绪拧作一团，虞小满抓不到头绪，吸了吸鼻子，瓮声嘀咕：“这么快……”

陆戟被这人孩子气的感叹弄得一怔，而后松了一口气。

“我答应过你，不会再让你等太久。”

所以摆平一切之后，我便快马加鞭赶来接你，一刻也等不及。

夜里又起风，动静不小，虞小满却睡得很安稳。

虞小满早起时瞧见外头白茫茫一片，撑开木窗，碎雪自窗台散落，熹微晨光将白皑皑的地面照得晶莹透亮，好一个雪晴天。

虞小满深吸几口沁凉空气，瞥见放在桌上的食盒，里头的汤已经喝得一滴不剩，这会儿看见空瓷碗，还忍不住舔嘴唇流口水。

虞小满捧着食盒推开门，雪地反射的光刺得小满眯了眯眼睛，再次睁开时，便瞧见陆戟抱着把剑立在不远处的树下，像一夜没离开。

待他走近了，虞小满注意到他换了身衣裳，想必昨夜他是回客栈住了，不由得放了心。

雪天井水反而暖和些，虞小满吊着木桶打水，陆戟放下剑上前帮忙。

两个人四只手拽一根绳，一个没错开手指相碰，虞小满忙移开手，反应过来后，又慢吞吞地伸向前："我自己来。"

陆戟力气大，三两下将盛满水的桶提了上来。虞小满接了个空，干巴巴地道了谢，捋起衣袖，舀了瓢水蹲在井边洗碗。

陆戟把剑拿起来，退到一边不碍事的位置，一声不吭，存在感却强到令人难以忽视。

虞小满将洗干净的碗放在井沿晾着，擦擦手站起来，故作随意地问："你不回去吗？"

"回何处？"

"京城，你的家。"

虞小满生怕陆戟误会自己的意思，又说："那些事摆平不容易吧？想必之后还有不少杂务等你安顿，你还是早些回去吧。"

前夜他刚到这里，虞小满便是这么同他说的，他的脸色顿时一沉。

"我是来接你的。"他说，"你不在，我如何回去安顿？"

虞小满对陆戟的话有些摸不着头脑。

虞小满本以为陆戟此行是为了确认自己的安危，以求心安理得，可如今见到了还不走，难不成觉得不够，想帮忙买房安家，看着自己成家？

虞小满不由得打了个寒战，越想越觉得有可能。家里事料理完，就该考虑终身大事了，陆戟多半是怕不好向沈暮雪交代，也过不去自己心里那关。

若是自己过得好也就罢了，眼下这食不果腹的可怜样都叫陆戟看了去，昨儿个还被木匠家的媳妇欺负……虞小满抬手捂住脸，心想这可太糟糕了。

为了显得不那么落魄，晌午过后，虞小满换了一件新棉衣。

这是前些日子璧月姐姐送来的，虞小满一直没舍得穿，本打算等到年初一，现下为了装点门面早早地穿上了，立领边的一圈绒毛裹着那白里透红的脸蛋，走出门去，几个小孩都看傻眼了。

一个男孩呆呆地说："小满真……真漂亮。"

虞小满听着害臊，扭身要回屋里去，被陆戟挡住门不让进，小满还固执地拧着脖子不看他。

陆戟拿这人没办法，温声劝道："天放晴了，你出来透透气吧。"

说来奇怪，陆戟成天冷着一张脸，却很招小孩喜欢，尤其是男孩，对他手上的剑充满兴趣，还吵吵嚷嚷地求他教几招。

待在这儿没旁的事，陆戟捡来几根枯枝发给孩子们，教给他们一套军中常练的招式。

男孩子们学得认真，扎个马步都力求大腿与地面平行，个个板着小脸，煞有介事，仿佛真参了军。

陆戟没拿军中的标准要求他们，只告诉他们在家也可以这么练，对身体百利而无一害。

有个男孩问："那若是上战场呢？怎样斩杀敌人？"

另一个男孩也心急："剑那么沉，我一只手都提不起来。"

这回陆戟没有为他们答疑解惑。

他低头看向手中未出鞘的剑，说："拔剑不是为了争名夺利，更不为光耀门楣。"

男孩们不解，问："那是为了什么？"

陆戟扭头看向坐在屋檐下埋头绣花的虞小满，冬日暖阳洒下，衬得那人眉眼安恬，宁静得如同一幅浓淡相宜的山水画。

他看了一会儿，说："为了保护想保护的人。"

虞小满感官敏锐，早就察觉到陆戟在看自己，只是假装不知道，心慌意乱到差点扎到手指。后来在身旁小姑娘的提醒下，虞小满才发现自己错将黄线当成红线，绣了半朵颜色古怪的牡丹花。

虞小满鼓着腮帮子拆了半天，待换上新线，已然疲惫困乏，没了再绣一遍的兴致。虞小满放下绣绷，趁那边还在热火朝天地练功，站起来活动筋骨，沿屋前小路往海边走去。

与北方的雪虐风饕不同，这里的雪，太阳刚出来就融化了大半。剩下的薄雪被来回疯跑的孩子们踩得结实，一脚上去嘎吱响，却不会陷进去，亦不至打滑。

雪后的海似乎比往日收敛几分，海浪都细细绵绵，一层接一层，不争不抢地往岸边涌，远处海天一线，美得叫人不舍得眨眼。

虞小满在草地与滩涂的交界线外停住脚步，然后蹲下来堆雪人。

虞小满捏出圆圆的身体、圆圆的脑袋，用方才揣在兜里的小石子做眼和嘴，再一左一右插上树枝做胳膊，便大功告成。

虞小满撑着下巴端详了一会儿，忽闻一串银铃般的笑声，扭头一看，璧月不知何时从海里出来，正看着虞小满堆的小雪人发笑。

“你怕不是堆了一个侏儒，这么小一只，不出半个时辰就该化了。”

虞小满被她笑得脸上挂不住，站起来抬脚要将那雪人踩平。璧月拉住虞小满：“别呀，多憨厚一雪人，就让它多留一会儿吧。”

二人难得地坐在海边聊天。

“我记得你刚化出双腿不久，就拉着我往海面跑，说要堆雪人。”提及往事，璧月神色柔和，微微笑着，“我就告诉你呀，雪不是每天都有，我们所在的这片海域，一年到头也就碰上一两回，你听了眼泪都要下来了，说‘那我变成人还有什么意思’。”

虞小满记得这事，也觉得当时的自己幼稚，垂低脑袋不言语。

“后来呀，你一心要往北方去，我还当你想去堆雪人，谁知道呀……”璧月说着说着气不过，抬手弹虞小满的脑门，“谁知道，你这个傻孩子不声不响地把一颗心许了人，还上赶着送元丹！”

提到这茬虞小满就气短，缩头缩脑地躲：“为他治腿只有这么个法子，我也不想的。”

“算了，元丹送都送了，我总跟你说这干吗。”璧月大人有大量，收了手，没好气地哼道，“我一直知道你这孩子死心眼，决定了的事十头鲸都拽不回来。”

鲸是海里力气最大的动物，虞小满想象了一下，心道十头鲸如此壮观，必然是拽得住我这小身板的。

两人肩挨着肩，像小时候那样并排坐在礁石上，听浪花拍岸，度余日悠长。

沉默延续了一阵，璧月忽又启唇：“三百年是一辈子，一百年也是一辈子，既然你这么想变成人，那就去吧，自己不后悔便好。”

虞小满一怔，半张着嘴：“啊？”

璧月笑这人呆头呆脑，捏了一把对方的脸颊：“况且姐姐已经替你把过关了，谅那臭男人不敢再叫你受委屈。”

傍晚，虞小满自来时的路回去，抬头便看见陆戟在路的尽头等着。

待走近，一件熟悉的披风从背后搭在虞小满肩上，将日暮寒气阻挡在外。

虞小满却心神不定，进到小木屋里，放下璧月姐姐给的一捧贝壳，扭身说：“我现在过得很好。”

刚进门的陆戟愣了一下，脚步也随之停住。

“虽然我回不去海里，但有吃有喝有住的地方，还有姐姐照顾我。”虞小满急急举例，“那些小孩也很喜欢我，你用不着担心我活不下去。”

虞小满越想越觉得陆戟要带自己回去是无奈之举，璧月姐姐今日说的话更是这一点的佐证，虞小满不想再叫陆戟为难。

“至于元丹，那是我自愿给你的，离开也是我自愿的，我从未想过借此向你索要报酬或者逼你妥协。

“你看，没了元丹我还能好好活着，你不必为此觉得欠我什么，真的……不必。”

说完这些，虞小满狠狠呼出一口气，也不晓得陆戟能听进去多少，反正该说的不该说的自己都一股脑说了，但凡不傻的人都能明白这话的意思。

孰料陆戟不仅傻，还乱抓重点。

“自愿的？”他的声音很低，带着些微疑惑，“难道你嫁于我，并非自愿？”

虞小满话赶话地说：“当然，我只是为了报恩，没有旁的法子。”

“那与我行夫妻之实呢？”陆戟抬眸，看向前方站着的人，“还有七夕那夜吐露心迹，皆是因为无可奈何？”

陆戟突然的口齿伶俐令虞小满措手不及，被那双似能看透一切的眼睛盯着，被刻意挑起的往事戳着心窝，虞小满偏偏只能装出无所谓的样子。

“对，那是我无可奈何之举……为了得到你的信任，留在你身边，将八年前的救命之恩报完。”

虞小满整颗心都在颤，咬紧牙关才勉强令自己不失态，却在下一刻看到陆戟自怀中掏出叠得整齐的两张纸时破了功。

这两张纸前夜还藏在虞小满的枕头底下，如今竟易了手。

陆戟生怕面前的人再逃避，将写了两句情诗以及二人名字的纸展开，让这人瞧清楚：“若只是为了报恩，你为何将此物带在身边？”

虞小满睁大眼睛，看着上头的字，手举到半空想把东西要回来，终究还是蜷起手指，放弃了。

虞小满睫羽垂落时，眸中已经含了泪。

“你又这样，你总是这样……总是逼我，非要我承认心里有你。你知道，明明都知道，还是要逼我说出口，非要这样……一刀一刀凌迟我的心。”

带着哭腔的嗓音沙哑，虞小满再不掩藏满腔苦涩：“你得了我的答复，又迟迟不回应，哪怕……哪怕拒绝，也好过让我抱有希望，又一再失望。我好不容易躲到这里来，好不容易习惯了一个人的日子，你又来……又来招惹我，你……你怎么……”

虞小满越说抽噎得越厉害，到最后连一句完整的抱怨都说不清楚：“你怎么……怎么这样啊……”

第九章 接你回家

虞小满到底说不出“卑鄙”之类的字眼，嫌弃自己没出息，眼泪肆虐，哭得更凶了。

然而虞小满话音刚落下，委屈发颤的尾音犹在，就被搂着腰往前带，投入一个宽阔温暖的怀抱。

陆戟心里也不平静，喷在虞小满颈窝的呼吸很急：“你别哭……怪我，都怪我。”怪我没能好好保护你，怪我无能，分明与你抱有同样的情，却连伸出手都犹豫，连回应都做不到。

他不是不想，而是不能。

虞小满为了他连自己的性命都置之度外，若是同这人说了实话，那这人定是要留下与自己共度风雨的。

若不说那样的话，他的小满怎会愿意离开?

他只想他的小满好好活着而已。

那些狠心的话语扎在虞小满心上，如今陆戟抱住虞小满，那刀也同样插在他心口。

可两人抱着浑身是伤的彼此，再鲜血淋漓的痛也变得不那么痛，就算前路有更多的危险，就算下一刻天塌下来，也不会再惧怕了。

夕阳西下，落日熔金，最后一点残雪也化作潺潺溪流汇入大海。

虞小满吸吸鼻子，从陆戟怀中退开，还是埋头不敢看他：“我姐姐是不是同你说什么了？”

陆戟搂着虞小满的腰不放：“没有。”

方才大哭一场的虞小满脸上烧得慌，推着陆戟的前胸试图挣开，没承想听到一声闷哼。

“你怎么了，哪里疼？”虞小满慌了神，再不乱动了，“是不是我姐姐……”

“不是，前阵子我不慎受了点伤。”

虞小满不太信他的话，合理猜测：“又是陆钺干的？早知道我走之前好好收拾他一顿。”

听到“走”字，陆戟浑身一震，好似又回想起那天清晨醒来到处都找不到人的恐惧，忙收拢双臂，将失而复得的人抱紧。

奔波月余，陆戟第一次在安心的状况下合上疲惫的眼睛，在虞小满耳边轻声呢喃：“别走……别离开我。”

看似神通广大无所不能的男人露出如此脆弱的一面，任是再硬的心也被焐软了。

何况虞小满心里本就全是陆戟，只好乖乖窝在陆戟怀里，小声坚持：“那你得告诉我，是谁伤的你。”

两人又抱了一会儿，待长长一口气自鼻间呼出，陆戟的手臂稍稍松了劲，令虞小满后退几寸，两人面对面望着彼此。

陆戟腾出一只手，轻轻揩去眼角未干的泪痕，勾起嘴角，从此再不必将温柔藏于心底。

“你先把你为我做的慢慢说与我听，然后我再告诉你。”告诉你这些日子我有多想你，还有，我有多爱你。

第十章 迎你过门

天色渐暗，外头的孩童也止了喧闹，三三两两结伴归家去。

不知哪个小孩聪慧有心，走之前在窗外留了一盏灯笼，还为两人把门带上了，眼下屋里虽然黑，却也不至于不能辨物。

两人于床沿并排坐下，虞小满垂眼看着陆戟身上穿的锦服袖口的流云花纹，想起绣这片花纹时自己的心情，拢了拢身上的披风，闷声说："我也没做什么……反正该晓得的不该晓得的，你都晓得了。"

虞小满话里含着怨气，陆戟并非听不出来。

想来也是，虞小满为他做的即便未曾说出口，也用实际行动让他一一感受到了。虞小满为他解药性，打络子，做衣裳，把最珍贵的元丹送给他治腿，竭尽所能为他搜集证据，不然他也做不到如此快地解决那些事，赶来这里接人回家。

虞小满离开后，陆家乱作一团。恰逢皇上下令重审四年前边关战役通敌叛国一案，陆戟将搜集到的证据提交上去，再加上打点过关系的朝中大臣多方施压，原本打算用赏赐对付过去的皇帝到底怕不得人心，指派大理寺辅助刑部彻查此事。接了任务的官员哪敢怠慢，不出十日便有了结果。

长长一串罪臣名单惊动整座皇城，其中以京城冯氏所占篇幅最大，上至已致仕养老的冯家老太爷，下至本族几名在外地当差的外家子弟，牵连甚广，与其有姻亲关系的陆家自无法置身事外。

冯曼莹刚解禁足便被押送大牢。光是让陆家与此事脱开关系，保全陆家百年基业，已令陆戟殚精竭虑，到头来无人领情不说，还被家中长辈唾骂吃里爬外，着实滑稽。

因而，虞小满不计回报的付出更显难能可贵。

陆戟忙里偷得一刻闲，顾不上吃饭，也不愿合眼休息，只捧着虞小满留下的蛋络子，望着里头颗颗晶莹的珍珠出神。陆戟得空回趟陆家，就将自己关在房中，小心翼翼地把玩虞小满亲手做的纸鸢，生怕纸糊得不够结实，出去一吹风就散了架。

待派出去的人回禀，得知虞小满的确是回了老家，陆戟放心的同时，恨不得连夜疾驰赶去。可京城到底不安全，他所做的事过于危险，稍有不慎便有殒身的危险。他再三忍耐，才劝服自己将事情全部解决后再把人接回来。

眼下思念多日的人儿就在身边，会哭会闹会委屈，陆戟揪心的同时又觉宽慰。

至少他没叫这人再为自己挨一刀，这人若真出了什么事，他才真不知该如何是好。

于是陆戟附和道："嗯，我晓得。"

虞小满探不到他的心思，嫌他话少，哼道："你才不晓得。"

"还有什么我不晓得的？"陆戟问。

"你不是都晓得吗？"

"是你说我不晓得。"

两个人绕口令般你来我往，虞小满先把自己绕晕了，气呼呼道："你有本事自个儿猜，没本事那便不晓得吧。"

虞小满活像一个说不过别人还非要占上风的小孩，弄得陆戟翘起嘴角，忍不住笑。

陆戟将手伸到披风下，摸到垂在身侧的一只手。起先虞小满还挣扎两下，见躲不开，认命似的由陆戟牵着，委屈又漫上来，嘟哝道："一会儿牵一会儿放，算什么呀……"

陆戟知这人被先前自己的忽冷忽热伤了心，于是侧过身，另一只手捏了对方的下巴转过来，强迫这人与自己目光相对。

虞小满拧不过他，嘴巴一噘，又要掉眼泪，被陆戟一句话劝了回去。

“以后我会一直牵着你的手，你不叫我放，我便不放。”

临近亥时，两人才用晚膳。

依旧是熟食烧饼加现熬的汤，陆戟去村口老婆婆处取汤时，老婆婆特地给他多盛了一勺，说：“双身子胃口大，军爷喂媳妇儿多喝点。”

陆戟明白过来“双身子”指的何意，委婉地说道：“我夫人只是近来胃口好。”

“那敢情好，能吃是福。”老婆婆笑得更慈祥，干脆再舀两勺，“这碗就当老婆子送的，恭喜二位良缘再续，祝二位早生贵子。”

陆戟是骑马去的，回来时远远看见小木屋虚掩着的门缝里钻出半个脑袋，又飞快缩回去。

他翻身下马，拎着食盒大步向前去。

那两张写了二人名字的纸已经不见了，许是被虞小满藏在了更隐蔽的地方。陆戟看破不说破，只低头打开装着食物的纸包，把汤也推到虞小满面前。

这屋子虽小，生活用品却备了个齐全。既是两人一起吃，虞小满便从橱柜里拿了几个盘子，麻利地将菜品一一放好，还分了一碗汤给陆戟。

在陆戟疑惑的视线下，虞小满不得不硬着头皮解释：“你受伤了，喝汤好得快。”

陆戟自是愿意享受自家媳妇的照顾。

等到吃完，碗筷也收拾干净，他提了剑要走，被虞小满叫住，还以为对方又要给他买饭的银钱。

虞小满站在门边，似欲语还休，又似恼了他的寡言木讷，咬了咬唇，还是忍不住问：“你先前说会告诉我如何受的伤，怎的又不肯说了？”

这晚，陆戟没回客栈，留在了小木屋里。

陆戟本来没有留宿的打算，是虞小满点了灯，叫陆戟解开衣裳看看，见那刀伤横贯左胸，还在渗血，虞小满吓得再不敢叫陆戟乱动。

第十章 迎你过门

为让虞小满放心，陆戟解释说："这是冯家雇的刺客干的，那会儿我刚能行走，尚不适应，下马车时忽遭袭击，躲闪不及，幸好不曾伤及要害。"

虞小满虽知陆戟的处境水深火热，却没想到那帮人猖狂至此，竟敢当众行刺。

沉默片刻，陆戟又说："幸好当时你不在我身边。"

虞小满的心口猛地震颤，逃避般别开眼，再次正视时，眼眶只微微发红，泪已然憋了回去。

"那这鞭伤呢？"虞小满指着陆戟身上青紫交错的鞭痕，"谁干的？"

陆戟没打算再瞒着，如实答道："我将冯曼莹与人勾结谋私的罪证呈了上去，陆老爷气我吃里爬外，对我动用家法，以儆效尤。"

虞小满没留意他对自己父亲的称呼，听了只觉得愤然："冯家母子坑害你至此，你不过为自己讨回公道，他凭什么责罚你？"

陆戟久违地见虞小满为自己出头，心中熨帖，安抚道："无碍，不会有下次了。"

抹完伤药，两人像从前那样和衣躺在床上。

此处条件简陋，棉被也只有一床，虞小满唯恐陆戟扯到伤口，让他像从前那样平躺，夜里一个劲儿把被子往他身上堆。

陆戟也不是傻的，半夜醒来又将被子推回去给虞小满盖腿，这么折腾几个来回，二人困意全无，并排躺着盯着房顶的木梁发呆。

慵懒的打更声自窗外传来，虞小满顺势打破四更天的寂静："我千辛万苦将你的腿治好，他们非但不心疼，还打你，真是气死我了。"

原来虞小满还惦记着这事，连壁月姐姐的口头禅都用上了，想必是气得不轻。

陆戟乐于见媳妇心疼自己，却不想媳妇气坏了身子，于是在衾被之下拉了媳妇的手，而后说："我也是。"

虞小满以为陆戟与自己同仇敌忾，用力与他回握，掌心贴着掌心，好不暖和。

谁知陆戟挪用了自己的句式，说的却是旁的内容。

“我千辛万苦赶来这里，你非但不跟我回去，还赶我走。”陆戟一本正经道，“真是气死我了。”

都说好事不出门，坏事传千里。第二日，虞小满提着篮子去村里买菜，发现大家看自己的眼神不太对劲，一问才知，经昨天那帮小孩的口口相传，如今全村上下都晓得昨天陆戟睡在小木屋了。

虞小满买白菜时，婶子劝道：“瞧人家多大诚意，把军队都调派到这儿来了，若是你再不回去，他怕是要出动大内禁军了。”

虞小满买土豆时，大妈也开玩笑道：“你家军爷生得玉树临风、相貌堂堂，你再不依了他，咱们村的姑娘们可都坐不住咯。”

虞小满路过村口，卖汤的婆婆也说道两句：“原来将军媳妇儿是一个如此标致的人物，难怪，难怪……”

虞小满一头雾水，心想：究竟发生了什么？

虞小满带着疑问往回走，行到僻静处时忽然扭头。携剑跟在身后的陆戟一愣，未来得及说话，便听虞小满问：“你的腿全好了吗？”

陆戟不知虞小满为何问这个，点头道：“好了。”

虞小满视线下移，眼神中带了些审视与怀疑。

陆戟沉思片刻，而后上前，一个弓腰，将虞小满打横抱了起来。

“欸——”虞小满只来得及惊叫一声，双脚就离了地。

光抱不够，陆戟还在原地转了两圈，停下也没把人放下地，低头看攀着他的脖子惊恐得说不出话的虞小满，问：“你信了吗？”

“信了、信了。”

虞小满点头如捣蒜，忙松了胳膊从陆戟身上跳下来，健步如飞走在前面。

虞小满走了两步，又慢下来。

“那你便快些回去吧。”虞小满背对着陆戟说，“京城还有人在等你呢。”

这回轮到陆戟疑惑："何人？"

"沈家小姐。"

"与她有何干系？"

"那……那还有许多想嫁你的姑娘呢。"

"与我有何干系？"

"怎的没干系？"虞小满急了，"如今你的腿好了，什么样的姑娘都娶得，不管是想跟沈小姐重修旧好，还是另择佳偶，都可……欸！"

虞小满身体一轻，又被身后的人抱了起来。

陆戟通过方才的试验，找到了令虞小满说不出话的好办法，便抱着怀里的人转了两圈，才得空问："你为何不想和我回去？"

起先他以为虞小满气他将自己送走，恼他不记得八年前的一段缘，如今他来了这海边，亦解释了他将这人送走的原因，难道虞小满放不下的竟是……

"你以为我心里还有沈暮雪？"

虞小满以这样的姿势被质问，羞耻得闭上眼睛："难道不是吗？"

陆戟想起那日在练武场撒的谎，顿生自己挖坑自己跳的无力感，叹了口气，愧疚道："那次我是为了将你送走，故意那样说的。"

其实结合陆戟这些天的种种表现，虞小满也不是没想过他当时说的那些话言不由衷。

只是虞小满仍打心眼里自卑，觉得自己与陆戟不相配，那句"我亦从未忘记过她"更是扎在心里的一根刺，不碰都会疼。

虞小满固执地不睁眼，梗着脖子说："你与沈小姐金玉良缘，如今她和离，你的腿也好了，不是正好……"

"正好什么？"陆戟问，"你只管乱点鸳鸯谱，不问我是否愿意？"

"你愿意的。"

"我愿意什么？"

"愿意娶她……你喜欢她的。"

陆戟拿这人没办法，无奈地问："你如何看出我喜欢她？"

虞小满理直气壮："用眼睛看的。"我看着你那样为她着想，看着你将她为你做的梅花络子系在剑上随身携带。

虞小满在心里偷偷酸了一小会儿，支棱着耳朵听陆戟说："那你睁开眼睛看看我。"

他的声音很低沉，却非命令的语气，而是打商量似的，拜托虞小满睁开眼睛看一看。

虞小满拒绝不了这样的温柔，睫毛簌簌抖了抖，自两条细缝起，水润黑眸慢慢睁大，与上方的陆戟咫尺对望。

陆戟嘴角微勾，弧度很浅，天光自头顶落下，锋利的眉眼也染上一抹温和笑意。

"你且仔细看看，我喜欢的是谁。"

陆戟琥珀色的眼睛里落入两个黑黢黢的剪影，虞小满愣神看着，半晌才反应过来，羞臊地别开头："你看见谁就喜欢谁，见一个爱一个。"

陆戟一愣："谁说的？"

"我说的。"虞小满眼珠乱转，就是不看他，"你与沈小姐青梅竹马，整个京城都知道你俩是一对，我就是……就是耽误你们姻缘的绊脚石。"

陆戟哭笑不得："谁说你是绊脚石？"

"我说的。"虞小满犹自倔强着，"若不是我出现了，你和沈小姐这会儿便能在一起了。"

陆戟不问谁说的了，横竖这条傻小鱼也听不进去。他想了想，说："就算你没出现，我也不会与她在一起。"

逞完口舌之快的虞小满眨巴眼睛，像是没懂。

"我喜欢你。"陆戟干脆直说了，"如若不然，便不会追到这里。

"如若不然，我便不会说那些狠心的话，宁愿将你推开，也要好好保护你。"

第十章　迎你过门

虞小满脸皮薄，走到半路还是从陆戟怀里跳下来，扯了扯皱巴巴的衣摆，低头向前走。

虞小满两腮微鼓着，瞧着像负气，也不是不想抬头，是脸红得厉害，怕叫村里人瞧去了又要取笑一番。

虞小满怕被陆戟追上又被打横抱起来，走得很快，到小木屋时累得气喘吁吁，饭都不想做了。

从前虞小满是一条鱼，在海里捡点水草珊瑚就能果腹，因此到陆地上生活很是不习惯，对要接触明火的烹饪更是畏惧多于感兴趣，要不是看在陆戟身上的伤还没好的分上……

不不不，我才不心疼他，是为了填饱自己的肚子。

虞小满东摸摸西看看，实在没旁的事可做，到底还是心疼刚买的菜，卷起袖子忙活开了。

屋子外头搭了一个简易土灶，柴火是孩子们白日里送来的，没受潮，点上火就能烧。热锅倒上油，将切得大小不一的白菜片丢进去，刺啦一声，烧热的油飞溅而出，虞小满收手不及，险些被烫到。

亏得陆戟反应快，一个箭步上前拉开虞小满，将人护在怀里又忙扯着其手查看，问有没有哪里烫伤。

虞小满说没有，陆戟不信，一只手将虞小满双腕并拢握住，举在眼前挨根手指查看。

虞小满挣扎几下没挣开，放弃了，耷拉着脑袋由他摆弄。等了许久不见好，虞小满又抬眼看向面前的人。

陆戟检查得认真，每一寸皮肤都不放过。

他抿着唇，面色微凝，专注得像盯着举世无双的珍宝，生怕虞小满受伤，怕心上人疼。

“吧嗒”一声，一滴泪落在手上，沿手背滑到两人肌肤相贴处，填平浅浅的缝隙。

虞小满不想哭的，可实在太难过了。

虞小满不被珍惜的时候难过，被珍惜的时候也难过，失去的时候难过，再度拥有的时候因为害怕失去更加难过。

陆戟是虞小满全部的憧憬，亦是其痛苦的来源，也不知自己究竟想如何、要如何，才能不总在他面前落泪。

自己一点都不像一条坚强的鱼……不，现在是人了，一点都不像一个坚强的人。

虞小满咬了唇，拼命忍住不哭。

“我就……就想报个恩，你非要对我好，害我对你动心，等我想和你一辈子在一起了，你又冷落我，疏远我，要把我送走。”

虞小满总算说出心里话，如同出了一口恶气，盘桓心头多日的委屈也散去大半。

既然开了头，不说完实在不甘心，虞小满狠狠抹了把眼角：“到头来你又告诉我是为了保护我，我让你保护了吗？我才不需要你保护……坏人，浑蛋，自作主张，狂妄自大！”

虞小满搜肠刮肚，将毕生所学最难听的词都用上了。果不其然，陆戟被骂蒙了似的，呆站了好一会儿才回过神，抬手为虞小满擦眼泪。

虞小满单方面别扭着，退后一步，别开脸不让陆戟碰。陆戟跟着虞小满的方向走，虞小满转到哪儿，陆戟就跟到哪儿。

不多时便分高下，虞小满的身手没他矫健，转得脑袋晕，还是被捉住了下巴，愤愤不平地哼道：“你的腿好了了不起啊。”

“我倒宁愿腿没好。”陆戟说。

他温热的指腹抹走眼泪，没了遮挡的视线变得清明，虞小满却懵懂不解地看着他，满目迷茫。

他又拂过虞小满被泪水沾湿的睫羽，指腹蹿起一阵麻痒，一如陆戟那颗看似凶恶实则满含爱意的心。

陆戟凑上前亲了一下虞小满绯红的眼角，温声道："如此，你便能一直留在我身边了。"

两人都不擅举炊，一顿饭烧得鸡飞狗跳，浪费两个土豆、半个大白菜，太阳快下山了，总算做出一锅能吃的饭。

饭的味道难以言喻不说，口感也十分古怪，白菜硬得嚼不动，土豆烂得一夹就断，不怎么挑嘴的虞小满硬着头皮吃了几口，还是放下筷子，起身打算去村里买些熟食。

陆戟像知道这人要做什么，也站起来："我去吧。"

虞小满抢在前面："我去。"

这种事也互不相让，两人别扭地堵在门口，你挤我，我挤你，谁的腿都迈不出去。

门框嘎吱作响，终归是怕小木屋经不住折腾，陆戟后退一步，让虞小满先出去，自己则去牵马，与前几日一样寸步不离地跟在虞小满后面。

走到半路，体力不比当年的虞小满就累得喘粗气。虞小满到街上打包了一份烧鸡，想着来都来了，咬牙往村口去，在那武神石像下找到卖汤的老婆婆，在等炉子烧开把汤煨热的过程中，挨着石像歇了一会儿。

就这一小会儿，虞小满竟碰上一个老熟人。

虞梦柳回村探亲，怕白日里太招摇，特地选了天快黑的时辰，掀了轿帘往外望，老远就瞧着前头的人身形眼熟，待走近了，帕子一甩惊喜道："你还没跟那残疾将军回京城啊？"

晚膳时间，三人找了一间酒馆落座。

外头荒寒萧瑟，屋里暖融融。把烧鸡拆开往桌上一放，虞小满刚要把汤碗端出来，虞梦柳道："到这种地方，哪有喝汤的道理。"她说着拍手唤了小二来，要了两壶温酒。

待酒上桌，各自斟满，虞梦柳双手举杯先向陆戟赔罪："方才天色暗，我没瞧见您也在，一时失言，还望您大人有大量，别跟妾身一般见识。"

嫁了人到底不一样，虞梦柳不似从前刁蛮任性，也能说会道许多，一句话就缓和了略显尴尬的气氛。

陆戟自是不会同她计较，执杯举起，道：“无妨。”

三人围着暖炉话家常，多是虞小满和虞梦柳说虞家村的事，陆戟在旁听着，时而为虞小满布菜，时而拦住这人要倒酒的手，并用眼神警告不可贪杯。

其实不消他警告，虞小满不胜酒力，空有把酒言欢的心，喝了两杯就双颊飘红，身体东倒西歪直不起。

天是聊不下去了，虞梦柳要了醒酒茶，陆戟揽着虞小满的肩喂其喝下。过了小半个时辰，虞小满才逐渐转好。

只是人还有点傻，看着陆戟痴痴地笑。陆戟问怎么了，虞小满摇头不肯说，把脸埋到臂弯里，等到再次抬起头来，一双水润的眸子仍直直盯着陆戟，酒气散了，脸反而红得更厉害。

虞梦柳感激陆戟帮着隐瞒了虞家找人替嫁的事，特地斟满酒盅举杯：“这杯谢您心胸宽广，有容人之量，若不是您，我与我家夫君便无缘相遇，我现在光想着他可能会娶别的姑娘，都恨不得……老天有眼，合该您娶我们小满这么漂亮的媳妇儿，合该您的腿能治好！”

听到自己名字的虞小满反应倒是快，没摸到酒杯，转而拉着虞梦柳的胳膊，撒娇般地晃啊晃。

“小满也谢谢姐姐，若不是姐姐当初选了我，我光想着……就……”神志尚存一线，虞小满不便明说，咬了咬唇，“就又要哭了。”

虞小满散席后到外面吹了一会儿冷风，晃晃脑袋，总算彻底清醒。

虞梦柳有孕在身，上轿时捂着小腹，一边一个丫鬟小心搀扶。虞小满愣愣地看着，待轿子走远了看不见，才低头看自己的小肚子，用手捏了捏，心道这阵子吃得太好，贴了几层冬膘。

陆戟把马牵了来，要扶虞小满上去。虞小满步步后退，说自己胖了马儿驮不动，让陆戟先走。

第十章 迎你过门

陆戟干脆翻身上马，踱到虞小满跟前长臂一伸，侧身弯腰将人拦腰抱起，稳妥安置在身前，宽大披风将怀里纤瘦的身体密不透风地包住。

眨眼工夫，虞小满已经坐在马上，紧接着耳边传来陆戟低沉的一句："坐稳了。"

虞小满张开嘴，还没来得及说话，陆戟一甩缰绳，喝了声"驾"，马儿便撒开四蹄奔跑起来。

猎猎寒风划过面颊，却因身体里暖和，并不觉得如何冷。虞小满整个人被陆戟拥在怀中，坚实臂膀护在两侧，身下的起伏颠簸也不足为惧。

两人穿过人烟稀少的窄巷，视野开阔的同时光线也被留在身后。马蹄声隐匿在呼啸的风里，前方似有浪涛拍岸的动静，腥咸湿气裹着凛冽疾风，令虞小满精神为之一振。

到海边了。

马儿缓缓停步，踩着乌蹄打了几个响鼻。

虞小满松开披风兜帽，仰头望向天幕中几颗寥落寒星，只觉得身心舒畅，吸入肺腑的空气都沁凉清爽。

"很早以前，我就想带你来了。"身后的陆戟说，"两人一骑，像这样抱着你。"

温热吐息喷在耳畔，虞小满害羞地躲了躲，又不舍得从他怀里离开，微微别过头去："有……有多早？"

陆戟说："很早，当我还不知道你是谁的时候。"

虞小满不明白他为何突然提这个，亦不知该如何回应。想来这时候他带自己来阒然处，定是早有预谋，虞小满只好缩着肩膀窝着，洗耳恭听。

谁想陆戟长腿一伸跳下马，抬手示意小满也下来。

虞小满磨蹭一会儿，还是搭着陆戟的胳膊爬下来。

两人往前走几步，并肩立于海滨滩涂。陆戟几乎没给虞小满猜想的时间，便开口了。

“陆沈两家世代交好，我与沈暮雪自小以兄妹相称，后来理所当然地听从家中安排定了亲。彼时我并不知兄妹与夫妻的不同之处，直到上战场前，我都以为今后只要好好待她、照顾她，便够了。”

听到沈暮雪的名字，虞小满的心酸几乎下意识涌出，而陆戟后来的话又令这酸涩没能蔓延开来。

“在边关的三年，我鲜少归家。随着年龄渐长，倒是知晓了些情爱之事，只是懵懵懂懂，她愿嫁我便愿娶，周围人都觉得我与她相配。这门婚事于我，责任始终多过旁的。

“直到遇见你，我才知晓诗书中所写的怦然与倾慕，原来并非虚言。”

虞小满的心也跟着动了，扑通扑通，铿锵有力。

“之后的事，想必你多少有耳闻。我在战场残了腿，为不耽误她，进宫求了圣上取消婚约，外头将这事传得旖旎，我来前才听人说起，不然定不会让你误解……”

讲到这里，陆戟自嘲般低笑一声：“眼下说这些有何用，你若是信我，便不会走了。

“只是，你记恨也好，怨我也罢，我仍想让你知晓，那些话并非出自真心。”

陆戟不善言辞，亦不想拿自己的痛苦挣扎作为借口，下决定的那一刻，他的目的便只有一个，旁的都抛诸脑后，不想再管了。

“我想你活着。”陆戟别过头，看向默不作声的虞小满，“唯有活着，才能期盼以后，才有机会一辈子。”

乌云层叠散去，头顶月色撩人，却无人得空欣赏。

虞小满甚至不清楚自己是何时扑到陆戟怀里的，分明只离开了一小会儿，就都忍受不了，手臂紧紧环着陆戟的脖颈，趴在这人肩头呼哧呼哧喘气。

虞小满平日里能言善辩，今日却哑火似的，只抱着陆戟一动不动，双目紧闭，睫毛颤抖，像害怕极了。

陆戟被这人突然的投怀送抱弄得措手不及，下意识抬手拥住，待听见虞小满类似啜泣的喘息声，失笑的同时，终于松了一口气。

“我自作主张，狂妄自大，还总是让你哭。”陆戟喟叹一声，终于心疼多过无奈，“我是坏人、浑蛋……全是我的错。”

虞小满听了难为情，吸吸鼻子，埋在他肩窝里闷声道：“那你打算如何补偿我？”

陆戟当了真，附在虞小满耳边说：“我知你想回大海，告诉我，如何将元丹逼出，我……”

听他提元丹，虞小满心头一紧，奋力挣开他的怀抱，瞪圆含着泪的双目死死盯着他：“元丹给了你便是你的了，休想还回来！”

陆戟未料到虞小满如此大反应，按着这人的肩，郑重地说：“我早已习惯双腿不能行，便是没有腿，我也能顾好自己，不会拖累于你……”

“谁嫌你是拖累了？”虞小满打断他的话，“是我不想看着你被困在那辆四轮车上，是我要你能跑能跳能骑马，是我想看你跟从前一样神采飞扬，而非……非……”而非终日郁郁寡欢，空有满身抱负无处施展，更非怯懦自卑，踟蹰不前。过去无数次日升日落，我都等不到你走向我哪怕一步。

“你说希望我留在你身边，我又何尝不是只想陪着你。”

所以我留下元丹，让它与你融为一体，便如同我守着你，一刻不离。

怒涛卷霜雪，天堑无涯。

虞小满心结已解，最后一层隔阂也散入风中不见踪影，岸边二人凝望着彼此，似要将这一生看尽。

到底是虞小满臊得脸热，垂首躲避。

良久，陆戟“嗯”了一声，而后说：“我的错。”

虞小满最是不喜听他向自己赔礼，嘟哝道：“谁要听你说这些。”

陆戟开窍不久，面对心上人尚未能做到事事游刃有余，遂虚心讨教：“那你想听我说什么？”

一个敢问，一个敢说，虞小满仗着天黑无人瞧见自己的羞恼，理直气壮道："你不是说心动吗？不是说倾慕吗？我怎的一点都……都瞧不出呢？"

陆戟经得点拨，恍然大悟，原来白日里那声"喜欢"说得匆忙，没能入心。

他轻轻捏了虞小满的下巴，抬起来，贴着嘴角蜻蜓点水地碰一下："我喜欢你。"另一边再碰一下，"只喜欢你。"

虞小满被亲得醺醺然，胆子也大了许多，明知故问道："我……我是谁呀？"

陆戟不急于回答，扳正了虞小满左躲右闪的脸，再度靠近。

这回陆戟毫不收敛，唇裹着唇辗转厮磨，复又猛烈进攻，舌尖撬开齿关，肆意掠夺。

月光投在岸边礁石之上，将二人纠缠的身影融到一处。虞小满四肢发软，魂都仿佛被攫了去，到最后不得不攀附着陆戟稳住身体，以免脱力瘫倒。

虞小满眸中又蒙了一层潮湿雾气，红唇微张，看不清眼前景致，听觉却在黑暗中无限灵敏。

"你不是绊脚石。"陆戟亦对这人白日里的妄自菲薄耿耿于怀，趁此机会尽诉衷肠，"你是我的小满，我的眼中人，亦是我的心上人。"

干燥掌心贴上柔软面颊，曾藏过那页纸的胸口滚烫，两个天遥地远的名字中间被折了几道，跨越山海，紧紧挨在一起。

"虞小满，是我陆启之明媒正娶的妻。"

这夜，陆戟光明正大地宿在了虞小满的住处。

吹了海风身上凉，两人干脆和衣而睡。桌上的蜡烛烧到最后一小截，虞小满侧身而卧，瞧着瞧着没忍住，抬手摸向陆戟的侧脸。

陆戟本就没睡着，察觉脸上痒便睁开眼，别过头看向身边的人，然后也转身侧卧，与虞小满面对面。

被抓包的虞小满忸怩了一阵，倒也没再装矜持，只掩饰般地说："啊，我忘了你现在可以转身了。"

陆戟有心逗趣，作势道："那我转回去。"

虞小满急急按了他的肩："别——"

陆戟定住不动了，面带疑惑地与这人对视。

"我……我还是想……"虞小满耳尖通红，"想这样看着你。"

同床共枕唤醒了两人本就不算久远的记忆，陆戟当时不能动，又怕吓着人，每每被虞小满夜间偷袭只能佯装熟睡，实在忍无可忍了就会捉住虞小满的手，待瞧见偷袭者委屈巴巴的一张小脸，瞬间没了脾气不说，还鬼使神差地主动问这人手腕疼不疼。

烛火于夜风中扭动摇曳，不知虞小满是否与陆戟想到一块儿去，虞小满嘴角微翘，眼眸弯起，开心得像偷吃了糖人的孩童，指尖沿鼻梁往下，掌心轻触他的面颊，软声唤他："陆郎……"

陆戟思及这是他的小满与他重逢后第一次当着面堂堂正正这样叫他，心头酸甜杂陈，抬了手覆在这人手背之上，应道："嗯，夫人。"

饶是听过这称呼许多回，虞小满白净的一张脸仍是红了又红，抽了手迅速转过身，用后背对着陆戟，赌气道："谁是你夫人？"

这回陆戟领悟了，倾身上前一把拥住虞小满，贴着其耳朵又唤了几声"夫人"，弄得虞小满耳麻、心跳加速，险些就要翻过身去捉住陆戟的衣襟好好亲一亲。

虞小满到底忍住了。

夜深人静，最适合说说心里话，虞小满抓住这天时地利人和的机会，背对着陆戟，小声问："那你是何时对你的夫人动心的呀？"

方才在海边不曾有机会说，眼下虞小满主动问了，陆戟却犹豫了。

若非要以一件印象深刻的事作为标志，并以此划开一条泾渭分明的界限，这头是无动于衷，那头是一往情深，陆戟觉得并不贴切。

他与虞小满之间的情愫并非朝夕而生，而是在日常点滴中凝聚的。

先是那次乘着东风放纸鸢，他扭过头时的一瞥；再是那次二人月下相逢，情急之下借亲吻堵对方的口；又到盛夏庭院中，他见这人喝醉不记事，再度乘人之危行私欲；最后是七夕那日，明知不可却毅然赶往宿桥，牵了对方的手……满目皆是与理智相悖的行径，比他十五岁刚上战场时还要冲动几分。

想来自那时起，或者更早，虞小满在他心里就与旁人不同。他可以与这人同榻而眠，可以接受这人的亲近和冒犯，甚至愿意为那场意外承担后果负起责任……若是换了别人，他有一万种方法让对方断了念想，再不敢靠近，而非这样千般退让，万般纵容。

无意识的行动远比深思熟虑后出口的话语诚实得多。

陆戟叹了一口气，想清楚了，反倒不知该如何作答。他拥紧怀中的人，终于愧疚多过其他情绪，缓缓启唇道："对不起，我让你等这么久。"满心的歉意，说一万次也不够。

纵然陆戟的表达一如既往的含蓄，却意外地叫虞小满听懂了。虞小满眼中潮热翻腾，竟比在海边那会儿更想哭了。

陆戟的隐忍与为难，虞小满何尝不知？自己心疼还来不及，又如何会怨他？

"无妨，无妨。"虞小满学陆戟惯用的口气，大度原谅他，"也不算很晚，若等我在这儿成了家……"

抱着自己的双臂倏然一紧，陆戟紧张道："成家？和谁？"

"这可说不准。"虞小满收了泪，撇嘴道，"村东头卖布那家说要给我说媒，西面卖饼的也看上了我，哦，对了，还有那不长眼的孙木匠……"

陆戟听到这里，眉头皱成川字："孙木匠已被扭送官府，一年半载怕是出不来。"

虞小满心觉有趣，端着架子又说："还有那——"

虞小满话未说完，身后的人突然动作，猛一个翻身将人压在身下。

从未以如此姿势与陆戟打照面的虞小满惊得咽了一口唾沫，心道腿好了就是不一样，猖狂得叫人把持不住。

万里挑一的俊朗面容近在眼前，怕是全京城的姑娘见了都得迷得晕头转向，任他说什么都会点头答应。

偏偏这张面孔的主人对自己的优势毫无自觉，当真怕身下的人在此随便挑一个人成亲，让他孤身一人打道回府。

“若要择偶，还请你先考虑在下。在下常年习武，身强力壮……”陆戟毕生头一回觉得脸皮这东西多余，顿了几下，硬着头皮继续勾引，“定能将你伺候舒服。”

美色当前，两人视线交汇犹如天雷勾地火，虞小满差一点就捉着陆戟的衣襟将人拽到跟前亲。

事到临头，虞小满竟被陆戟一句“天冷仔细着凉，容后再议”给挡了回去。虞小满想说自己身子骨没这么弱，听见陆戟嗓音发哑，分明也忍得辛苦，但到底不愿叫他担心，寻了一个舒服位置，窝在他怀里乖乖睡了。

翌日清早，虞小满吃下四个菜包后，低头瞧一眼自己圆鼓鼓的肚子，心想幸好昨夜没行那事，不然叫陆戟看了去，那自己还要不要活了？

昨晚在酒馆暂别前，虞小满与虞梦柳约了今日接着叙旧。用过早膳后，陆戟骑马送虞小满去村长家，在门口遇到虞村长和虞夫人，两位一改平日的趾高气扬，缩头缩脑不敢同陆戟对视，回头想着如此位高权重的青年才俊差点是自家女婿，又摇头叹气，不胜唏嘘。

到屋里，虞梦柳说：“这些长辈呀，总是吃着碗里的看着锅里的，先前还说我的幸福最要紧，这会儿又瞧别人家女婿哪儿哪儿都好。”

虞小满却很羡慕：“有父母帮着把关，才不会叫你吃亏嘛。”

因着在意身形，今日虞小满的穿衣打扮格外讲究，夹袄外头套披风，在室内都不肯脱，问就是怕冷，哆嗦得针线都拿不稳。

虞梦柳却不信这一套，频频偷袭扯这人的衣领，要瞧瞧上头的痕迹。虞小满红着脸左躲右闪：“姐姐……姐姐你别闹，传出去不像话。”

虞梦柳啧了一声：“你这家伙，得了好处就不认人啦？要不是我昨儿个提点他几句，你俩现在还别扭着呢。”

经提醒，虞小满想起昨晚在酒馆，自己因为喝醉犯迷糊，有近一个时辰记忆空白，惊恐地问："我……我可说了什么胡话？"

虞梦柳笑起来："你乖得很呢，趴在桌子上直愣愣盯着陆将军看，把人家的脸都看红了。"说着她眼珠一转，凑近虞小满小声道，"你应该问我有没有趁机说胡话。"

虞小满："……"

原来昨夜陆戟说的那些放荡话是虞梦柳教的。

"怎么样，你听了有没有小鹿乱撞，扑通扑通？"虞梦柳挤眉弄眼，"我相公同我说那些话的时候，我的心差点从胸口蹦出来！"

虞小满心道可不是吗，我恨不得以身相许了。虞小满嘴上只客气道了谢，毕竟这位骄纵跋扈的姐姐，半年前到京城还哭着闹着要把自己夫君抢走，想一出是一出，让人很难不心有余悸。

虞梦柳瞧出这人不想透露，撇嘴道："你替嫁的时候我瞧你大方得紧，这会儿倒晓得害臊了。"

虞小满小脸一红，思来想去，还是把替嫁时不知道自己要去给陆戟当老婆的事说了，表示自己那会儿只是想去京城报恩。

虞梦柳听了连连称奇："那岂不是说……我是你们俩的媒人？你俩打算什么时候摆上几桌，补个喜酒？"

提到这事虞小满就高兴，笑得眼睛眯成缝："用不着补喜酒，就等陆郎带我回去啦。"

正值年关，这边虞小满做好一切与陆戟回京城的准备，同璧月姐姐都道过别了，那边陆戟却好似在这里待惯了，连着几天都没提要走的事。

他不说走，虞小满自不会上赶着催，怕掉面子。

总不能人家一字没提，我自个儿就收拾好包袱上赶着跟人走吧？

虞小满心想不可，头可断血可流，矜持万万不能丢。

虞小满就这样等啊等，某天晚上起夜，见陆戟坐起来伸手扶自己，还以为他是要带自己回京城，张开双臂往陆戟怀里扑，打着哈欠说：“我们早些走吧，还能赶上日出。”

“再等等。”陆戟弯腰拿了鞋为这人穿上，“还没准备好。”

虞小满撇嘴嘟哝：“还要准备什么呀？”

“秘密。”陆戟说。

这二字不知戳了虞小满哪根弦，其如厕回来后就蜷在床角捂着肚子揉捏，半梦半醒间哼唧道：“你有秘密……我也有秘密，哼。”

怀揣天大秘密犹不自知的虞小满一面心急火燎，一面在虞家村过着惬意的小日子。这天虞小满上街采买，发现街坊邻居看自己的眼神又有些不对劲。

卖白菜的婶子见了虞小满，眉飞色舞地说：“今儿个的大白菜婶子送你，你去对面称两斤猪肉吧，配着一块儿烧，图个开路大吉！”

卖土豆的大妈也笑得见牙不见眼：“土豆耐存储，我给你挑了几个个头大的，带着路上慢慢吃。”

虞小满路过村口，卖汤的婆婆满脸欣慰：“你瞧着圆润不少，以后也记得用汤好好养着，可别再瘦回去了。”

连卖布的商贩都拿了一匹颜色喜庆的布料塞虞小满怀里：“大家伙儿这么疼你，日后你飞黄腾达了，可别忘了我们啊！”

虞小满买完菜，顶着满脑袋疑问往回走，在小木屋前的那条小道尽头没看见经常等在那里的陆戟，倒是呼啦啦拥来一帮孩子，个头矮的抓着小满的胳膊不让动，抽条快的孩子便跳起来给小满的眼睛蒙布条，分工虽明确，但还是手忙脚乱，吵闹不休。

虞小满当他们要玩什么捉迷藏之类的游戏，配合着矮身半蹲，含笑着说：“慢点慢点，别跳了，你们仔细摔着。”

待眼前灰蒙蒙一片不能视物，两个乖巧的小姑娘牵起虞小满的手，蹦蹦跳跳往前带。

孩子们步子跨得小，虞小满只能跟着迈小碎步，哭笑不得道：“你们要带我去哪里呀？”

大家异口同声：“我们要把小满你卖咯！”

虞小满倒不怕被他们卖，只是不知他们葫芦里到底卖的什么药，难免有些不安。

等迈过门槛，耳边传来熟悉的清脆笑声，虞小满的心才稍稍落定：“璧月姐姐，梦柳姐姐，你们怎的在这儿？”

“如此大场面，我能不来吗？”璧月说。

“就是。”虞梦柳附和，“我们非但要来，还要连吃带拿，把做媒的钱赚回来。”

眼睛上的遮布不允许解开，周遭喧闹中充盈着洋洋喜气。两位姐姐扯了虞小满的外袍，在虞小满身上摆弄来摆弄去，还忍不住夸赞虞小满皮肤白嫩，五官明艳，怎么穿都合宜。

饶是看不见，此番场景所为何事，有过一次相似经历的虞小满自是恍然，不过还有些难以置信。

不是已经……为何又……

华服裹身，裙摆垂落，虞小满攥了一把衣袖，感受到柔滑的绸缎和细密的织线，心想这套衣裳怕是要不少银子吧？

为何不把从前那套衣服拿来穿呢？横竖都差不多。

虞小满的遮眼布终被解开。

按说经历这事两遭的虞小满不该紧张，然而虞小满心跳如擂鼓，一阵紧似一阵，覆于眼下的浓睫微颤，许久下不定决心睁开。

身边的人也不催促，只窃窃私语或善意偷笑，弄得虞小满更是羞臊，咬了唇不作声。

男人沉稳坚定的脚步声靠近时，敲在耳畔的心跳声轰隆如雷。外头不知哪个孩子吆喝一声“放鞭炮咯”，紧接着，鞭炮声盖过所有喧嚣，反而令虞小满自仓皇中脱离，镇定下来。

第十章 迎你过门

虞小满这才缓慢地睁开眼睛，视线落得低，率先入目的是面前不到两尺处的绛红金绣锦袍，下摆的雅致鸳鸯纹与自己身上这件刚好凑成对，想必出自同一名家之手。

因着不敢抬眼往上看，虞小满别开目光，逐一扫过屋中陈设，梁上红绸带、案边龙凤烛、头顶双喜灯……虞小满眼中映出一片火红。

手何时被执起，虞小满早已经记不清了，只记得回眸正撞上一双漆黑的眼睛，清明冷冽，却在凝望着自己时晕染一抹醉人温柔。

“小满。”鞭炮声渐息，陆戟似跋山涉水而来，先道明来意，“我来迎你过门。

“你可愿再嫁我一回？”

第十一章 不枉此生

第十一章 不枉此生

虞小满自然是愿意的。

良辰吉日，午时三刻，八抬大轿自虞家村出发，摇摇晃晃往京城去。

临别的不舍迟滞涌上，虞小满掀了轿帘，探出头往后看，一声不舍的“姐姐”刚要出口，就瞧见上轿前还拉着自己哭哭啼啼的一众亲朋这会儿都散了，围在木屋前头重新扎堆，正热火朝天分聘礼呢。

虞小满一噎，看着那摆了一条长龙的数十口金丝楠木箱，想来里头装着的东西更值钱，他们急着翻看也是人之常情。

自我开解完，虞小满扭头瞭望前路。官道蜿蜒伸向远方，虞小满头回走这路时的忐忑不安与上次沿这路回乡时的心灰意冷，都如过眼云烟，转瞬不见踪影，唯余满心期待，掺杂着自手心传递到四肢百骸的暖，好似手还被陆戟握着，任前路冰雪风霜，自己都可以从容应对。

花轿里宽敞，里头铺了可躺卧的软垫，还摆了几个精巧手炉，一个焐手一个焐肚子，剩下的堆脚边，不大一方天地如同处在阳春三月，暖得叫人昏昏欲睡。

路途漫长，膳食供给成了最大难题。陆戟不知从何处寻的法子，将糕饼点心都存在食盒中，由侍从一路拿着，虞小满想吃了便取出，在炭火上烤一烤，还是香甜软糯，与刚出炉的无异。

前头军队开路，后头丫鬟小厮伺候，虞小满坐在中间的轿子里吃了睡、睡了吃，什么都不用担心，端的是金尊玉贵，比公主出嫁还要讲究。

虞小满就是无聊得紧，吃饱喝足后一个聊天的人都没有，弄得虞小满格外思念虞桃。

虞小满把前头骑马的新郎官叫了来。陆戟勒住缰绳，放慢速度与花轿齐头并进，听虞小满问起，答道：“虞桃在府上有人照顾，很好。”

当初虞小满没带虞桃一起走，心里愧疚得很，仍有些不放心：“她是不是还在怪我？”

“不曾。”陆戟思忖片刻，又道，“小甲和小乙也不曾怪你。”

陆戟的话虞小满还是信的，便点点头，坐回轿中。

没等陆戟驾马上前，轿帘忽又掀开。

“你怎的知道我给它俩取的名？”

虞小满越想越觉得迷惑，能与池中鱼儿交流的事自己连虞桃都没告诉，陆戟从何得知？

面对疑问，陆戟抿唇，似是不知该如何作答。

最终，他只轻飘飘答了句“到家便知道了”，而后策马上前，继续领路。

为缩短花在路上的时间，减少路途劳顿，迎亲队伍行得很快，轿夫轮流换班歇息以保证速度，原本须得八九日的路程，花了不到四日便快走完了。

虞小满在轿子里待了四天三夜，屁股都坐疼了，几次央着陆戟带自己骑马，然而陆戟担心虞小满的身体，非要虞小满在里头坐着。

待行至京畿，远远能瞧见巍峨城门，虞小满实在坐不住了，趴在轩窗边眨巴水汪汪的眼，嘴巴噘得能挂油瓶。

陆戟看得实在不忍拒绝，无奈下令停轿，将欢天喜地从轿中出来的虞小满拦腰抱到马背上，仔细用披风将人裹了个严实，才扬鞭策马奔跑向前。

陆戟的绝影马乃千里神驹，上战场也游刃有余，何况驮着两个人行在平坦的官道上。

马儿风驰电掣，须臾工夫，迎亲队伍就被远远甩在身后。冬末喧嚣的风贴面而过，城门笼在弥漫的尘沙中，仿佛近在眼前。

虞小满怕身后的人听不清，扯开嗓门问：“是不是快到家了？”

陆戟也拔高音量：“是。”

第十一章 不枉此生

“家里有什么呀？”

“好吃的，好喝的，好玩的。”陆戟挥起一鞭，加快速度，“什么都有。”

陆戟虽然瞧不见虞小满的表情，但他知道这人一定弯着眼眸在笑。

“有陆郎吗？”虞小满明知故问，“只待我好的陆郎。”

陆戟勾唇，贴着对方的耳郭说：“有，我这就带你去见他。”

令虞小满意外的是，马儿没往陆家方向去，而是停在京郊附近的一座宅院前。

宅子三进三出，外头还圈了一片园林，算来占地比陆家的院子还大些。

虞小满在陆戟的搀扶下从马上下来，尚未来得及打量四周，便听得一串急促的脚步声，紧接着突然被人从身后抱住。

来者个头比虞小满矮，身量也纤细，虞小满吸鼻子嗅到熟悉的胭脂香粉味，轻声唤道：“小桃姐姐。”

姑娘家感情丰富，见着人先哭为敬，鼻涕眼泪擦满一手帕，抬头见虞小满咧着嘴在笑，便凶道：“你还笑得出来！”

虞桃对虞小满把自己丢在陆家的事耿耿于怀，虞小满解释说不想让她跟着受苦，她也不依，非要虞小满给个交代。

“前些日子我身体不适……”虞小满拣能说的说，“去别处养病了。”

虞桃上下打量道：“你真病了？我怎么瞧你反而圆润了些。”

虞小满忙捂肚子维持形象：“这不是养好了嘛。”

即便还是将信将疑，虞桃见这人不愿说也不多问，推着这位祖宗往屋里去：“你回来就好，走，先看看卧房布置得可还满意。”

待进到院中，目及铺天盖地的红，虞小满才明白陆戟说的“准备”是何意。

此处的喜庆程度不亚于虞家村作为娘家的小木屋，到处系红绸挂灯笼不说，外头锣鼓喧天，里头笙歌鼓乐，该有的一样都没少了去。

虞小满迈过门槛的瞬间，鞭炮霎时炸响。院中设了筵席，宾朋满座，虞小满每走一步都踩着欢声笑语，还有抛撒满地的银钱彩果。

“新娘子下轿咯！”

虞桃的这一声令虞小满记起，约莫一年前的这时候，自己也下过花轿，走的是偏门，面对的是门庭冷落，而非如今的热闹非凡。

去年今日，恍如昨日。

未待这人多想，一方销金帕子自头顶落下，接着绑了红花的锦缎一端被塞到手中，虞小满不由得收拢五指攥紧。

虞小满知道锦缎另一端是陆戟握着，不舍松开哪怕分毫。

陆戟把当初没能给虞小满的全部给了。

有孩童在边上诵读吉利诗文——

桃之夭夭，有蕡其实。之子于归，宜其家室。

而天上人间，沸反盈天，虞小满只觅得一道温润嗓音。

“夫人，有请了。”

二人牵着一根红绸行至堂前。

先拜天地，再夫妻对拜。

傧相一声“送入洞房”响彻天际，虞小满绷紧的身体一哆嗦，被面前的陆戟手疾眼快地扶了一把。

“你累了吧？”陆戟用只有他们二人能听见的声音说，“先进屋歇一会儿。”

虞小满累倒是不累，就是紧张得很。虞小满应了一声，心想幸好脸被挡了大半，不然自己一个不留神从耳朵尖红到脖子根，定要被观礼众人取笑。

等坐到喜床上，听喜婆叫新郎官挑盖头，虞小满才想起还有这一茬。虞小满自帕底的狭小可视范围里看着陆戟步步靠近，慌乱之下一把抓住他的喜服下摆，指尖都泛了白。

虞小满这反应来得没头没脑，陆戟却领会了虞小满的意思，倾身挡在小满身前，扭头冲一屋子看热闹的人说：“你们可以走了。”

虞桃起哄道：“干吗这么小气，新娘子都不给看？”

第十一章 不枉此生

陆戟神色淡淡："我的新娘，为何要给你们看？"

满屋宾朋："……"

大伙儿边打趣边你推我搡地出门去。等人走光了，陆戟才撤身后退，借着烛火瞧清楚虞小满红得快滴血的下巴尖和脖颈，忍不住低笑一声。

虞小满臊得手都不知该往哪里放，嘀咕道："你笑什么啊？"

陆戟别过头俯下身，隔着绵滑绸布，在虞小满唇瓣上落下轻轻一吻。

"高兴。"陆戟说，"今天是我这辈子最高兴的一天。"

成亲规矩多、步骤烦冗，陆戟又一样都不想漏做，于是没逗留多久就被叫去前厅招呼客人。

房里提前备了各色菜肴和糕饼果盘，饿不着新娘。虞小满偷偷掀了盖头，用了饭，又捏了一块蝴蝶酥，一面小口咬着，一面逛这间屋子。

这显然是为夫妻二人同居布置的卧房，雕花架子床、衣架衣箱、木制桌案，还有一方做工考究的妆台。

书案边并排放着两张椅子，两边有各自的文房四宝。虞小满在其中一边坐下，拿起笔山上的狼毫笔，想到陪着陆戟读书写字的许多个夜晚，笑意慢慢爬上眼角眉梢。

原来"准备"还包括这些。

虞小满坐了一会儿，起身往妆台方向去，在床边瞧不清晰，走近了才发现，妆台上除了梳子、妆奁等物，还摆了两盏纸灯。

想着自己也是这屋子的半个主人，没什么看不得的，虞小满捧了烛台打量。

两个俱是莲花状的纸灯，花瓣发皱，不似新买的，底托也像泡过水不复平整，细细看去，灯里头似乎还写了字。

虞小满的思绪飘回七夕那晚的宿桥边，又难以抑制地紧张起来。

尤其虞小满在看到一盏花灯上自己的字迹后，仓皇、讶异、不解，还有一点自己都参不透的期待，将那心口填得满满的，一丝空隙也无。

他为何要将这花灯取回？何时取回来的？为何无人知晓？

虞小满怀着满腹疑问，小心翼翼地拨开蜷缩着的花瓣，举着烛台凑近瞧。

许是顺流而下时不慎碰了水，字迹模糊，不过陆戟的字端正苍劲，大多仍能辨别。

虞小满先返回去看另一盏花灯，明明知道自己写了什么，还是将上头的字重复一遍："邂逅相遇，适我愿兮。"而后转向陆戟那盏灯，一字一句念道，"邂逅相遇，与子……偕臧。"

窗上的大红"囍"字在檐下灯笼的映照下分外惹眼，虞小满抬首望着，眼中含了两汪泪，为那些未曾言明的情愫抱憾，更为这兜兜转转又回到自己手中的缘分欣喜。随后虞小满将怀中珍藏的两页纸拿出来，展开铺平，与两盏花灯放在一处。

今日有缘相遇，令我一见倾心。

此生有缘相遇，与你携手同行。

因着新郎官安排得好，喜宴笙歌鼎沸却井井有条。戌时不到，宾客就四散归家，将地方留给一对新人共度良宵。

陆戟喝得不多，稳妥起见还是服用了醒酒茶，而后屏退众人，只身行往内院。

临到门前，陆戟还听到里头窸窸窣窣的动静，他推开门扉，却见他的新娘端坐于床边，大红盖头严严实实地挡着脸。

陆戟不觉莞尔，想着上回自己应付公事般的冷漠举动定然伤了虞小满的心，这回他事事谨慎，脚步声都不敢太重，拿起系着红花的秤杆上前时，甚至犹豫了片刻。

该从东面挑起还是西面挑起？慢慢地还是迅速掀开？是否要先知会一声，以免吓着新娘子？

这厢陆戟踟蹰着，那厢虞小满等不及了，忍不住催促道："你等什么呢，快些呀……"

第十一章 不枉此生

陆戟得了令，便放下心，手腕轻抬，将红帕挑开，露出新娘子缀着两朵红云的娇嫩容颜。

两人一个仰面一个垂首，就这样互相凝视。不知过去多久，虞小满禁不住脸上烧得慌，别过头拿起床边案几上的两杯酒，一杯递给陆戟："该……该喝合卺酒了。"

二度行这事，两人全然没有熟练的泰然，反而都有些局促。

上回胳膊一钩酒就下了肚，滋味都没尝出来，这回两人面对面坐着，气氛就不同寻常，仿佛再靠近点就能擦出火花。

原来这便叫作两情相悦，虞小满想。

惯穿素袍的陆戟今日着一身绛红喜袍，面容被衬得越发俊朗，虞小满看着欢喜。两人双臂交缠后倏地凑近，而后仰头直接将一杯酒倒进嘴里。

虞小满喝得太急，一口酒呛在嗓子眼，扭身扶着床架咳嗽。陆戟在虞小满身后拍后背帮着顺气，无奈道："你急什么，没人跟你抢。"

"谁说没人抢？"虞小满转回身，像登徒子般掐着陆戟的下巴，"我的夫君生得这般英俊，还身强力壮，稍不留神可不就得被别人抢了去？"

陆戟一愣，先是为曾用来自卖自夸的词从虞小满口中说出来感到羞赧，随后回过神来，问："你叫我什么？"

虞小满别开通红的脸："夫君，怎么了，亲都成两回了，我叫不得吗？"

虞小满确认陆戟抱有与自己同样的感情后，胆量见长，如今竟敢跟人抬杠了。

殊不知陆戟爱极了夫人这副被宠得骄纵妄为的小模样，抬手礼尚往来地扳了虞小满的下巴，令这人与自己对视。

"叫得。"陆戟先是肯定了这个称呼，而后发问，"那夫人可知，新婚之夜除了掀盖头、喝合卺酒，还有一件必行之事？"

许是酒劲儿上来了，虞小满迷茫地眨眼："什么事？"

陆戟没有回应，而是用空着的那只手扯下床帐，带着虞小满滚在绣了鸳鸯戏水的火红被面之上。

窗外天寒地冻，屋里暖炉烧得正旺，两人拥抱着亲热，感觉怎么都不够。

直到身下的人面颊绯红，陆戟才撑起上半身，目不转睛地看着张着嫣红唇瓣吐息如兰的虞小满。

芙蓉帐暖，罗裳尽除。

虞小满下意识捂住自己的肚腹，陆戟问怎么了，这人却把头摇得像拨浪鼓："没什么、没什么，就是胖了，丑。"

陆戟思及在虞家村那几日虞小满的反常举动，顿时明白了，不由分说拨开夫人护着肚子的手，端详片刻，说："确实。"

虞小满噘着嘴快哭了，扭身不让陆戟看，还是被陆戟先一步按住。而后他伏低身体，道："如此甚好，再丰腴些会更好看。"

读书人就是不一样，换了个词就变成赞美了。遮掩肚皮数日的心结被一句安抚的话化解，虞小满松一口气之余心觉快慰。

事毕，虞小满歪在陆戟怀里，哑着嗓子有气无力道："元丹果然效果显著。"

陆戟的下巴抵着虞小满的发顶，问："你能看见元丹？"

"嗯。"虞小满指心脏的位置，"在这里发光呢。"

思忖片刻，陆戟还是说："若元丹有取出的方法，我……"

"便是真有方法，我也绝不可能要回来。"虞小满说，"何况此丹仅救一人，给了你便在你身上耗尽灵气，就算取出也是废丹一颗，再无用处。"

陆戟沉默了。

虞小满生自大海，如今却为了治好他的腿再不能回去，对此他始终存着歉疚。

虞小满似是知道他在想什么，支起身体与他对视，抬手推平他紧蹙的眉心："咱们不是说好了，再不纠结此事吗？况且……"

虞小满笑得粲然："这是我的嫁妆呀，给都给你了，哪有要回来的道理？"

次日新婚夫妇睡到日上三竿才起。

第十一章 不枉此生

自耳房净面更衣出来，陆戟便瞧见虞小满坐在镜前打扮，拈着一片胭脂下不去嘴，模样十足苦恼。

但凡跟虞小满走得近些的，都晓得这人不喜涂脂抹粉，日常装束也以舒适为上。陆戟行至衣箱前，拿了一件素雅长衫出来，递给虞小满："穿这件吧。"

虞小满愣了一下："待会儿不是要见母亲吗？"

"母亲慈祥，不会介意。"陆戟将衣裳贴在虞小满身上比画，"况且搬到这里住，图的便是无人打扰，怎么穿都行，不必在意旁人的眼光。"

两人用过早膳，牵着手往祠堂去。

虞小满进到屋里发现堂上只有陆戟母亲一人的灵位，才后知后觉意识到什么，问："你跟陆家……"

"分家了。"陆戟干脆道，"爵位、家产我一概不要，只求与陆家脱离关系。"只求他们再也伤不到你。

虞小满听了既觉得轻松又不免遗憾："你立过那么多战功，功勋爵位本就该属于你。"

陆戟挑眉："你嫌我沦落成一介平民，还是怕我养不起你？"

"没有没有。"虞小满矢口否认，"养不起也无妨，我可以绣花织布去街上叫卖，京城达官贵人多，定能卖出好价钱。"

陆戟嘴角一抽，心道这误解不可谓不深。

两人跪在灵位前，陆戟牵了虞小满的手，当着母亲的面说："功勋可以挣，房子亦可再换，从今往后，我不会让你受哪怕一点苦。"

君子一言，驷马难追，陆戟是真君子，他说的话必笃实肯定，毫不掺假。

虞小满听得动容，一动容就想下毛毛雨，眼睫一垂，瞧见陆戟身旁佩剑上的梅花络子，泪又倏地收了回去。

"苦，苦死了。"虞小满咕哝。

陆戟不知哪里惹夫人不悦，忙问怎么了。

到这个地步，虞小满也不打算再瞒他，抬手指那络子："这稀罕宝贝，你打算挂到几时？”

陆戟朝着夫人指的方向看去，不明所以：“只要没坏，自是继续挂着。”

虞小满的心都揪起来了：“我就知道……就知道你旧情难忘。”

陆戟茫然了许久，嗅着铺天盖地的醋味，才明白过来怎么回事。

他有些哭笑不得，又心疼虞小满独自难受了这么久，抬头冲母亲的灵位道：“娘，快帮儿子解释一二，不然您儿媳又要跑了。”

得知那梅花络子是陆戟的母亲生前为他做的，虞小满羞得小脸通红，路上找了一棵树就往后躲，任谁喊都不出来。

吃歪醋实在丢脸得紧，虞小满一想到陆戟似笑非笑的表情，就恨不得挖一个洞钻进去。

最后是虞桃出马，问虞小满要不要见小甲、小乙，这人才动摇了，脑袋从树干后慢吞吞地探出来，讷讷问：“它们俩还好吗？”

两条鲤鱼被人从陆家的池塘里捞了出来，暂时安排在东厢房的一口缸里。

原以为小甲、小乙待惯了池塘，必不喜欢被束在狭小的空间里，待到了地方，瞧见那口缸竟有五六尺宽，两条鱼在里头游得欢畅，虞小满才算放了心。

屋里烧着炭火，水也不冰，虞小满伸了手进去，任两条鱼儿围着自己扑腾转圈，说了几句话没得到回应，猛然想起自己已经不是鲛人，再不能与鱼类交流了。

“唉……”虞小满撩着水，长叹一口气，“以后你俩只能听我说了。”

小甲、小乙咕嘟咕嘟吐泡泡，尾巴甩得飞起。

虞小满玩水的手顿住，惊觉什么似的：“等等，为什么陆郎知道你们俩的名字，虞桃也知道？”

这日陆戟休沐，不过他刚回京，许多事等着他处理，他白天去了练武场，夜里回来，远远就看见昨日刚过门的小媳妇儿举着盏灯笼站在门口等他。

久违的待遇令陆戟心中熨帖，他下了马便大步上前，打算与之携手回屋好好温存。

谁想虞小满比他还急，拽了他的胳膊就往东厢房跑："小甲、小乙扑腾半天了，你快给我讲讲它俩在说什么。"

陆戟："……"

到了地方，两条鱼果然在闹腾，扭得水花四溅，看起来精神十足。

陆戟对得了元丹便能与鱼类沟通这件事，起初是讶异的，后来借此了解了虞小满为他做的一切，并推知了虞小满的去向，他便不再抗拒这奇异的能力。他从陆家搬出，还特地差人把这两条鱼弄出来，带到新家妥善安置。

只是没想到虞小满如此在意它们，不惜让他夹在中间当传话工具。

"小甲、小乙，我好想你们呀，你们想我吗？"虞小满问完后，扭过头，满含期待地看着陆戟。

陆戟没办法，沉下一口气，传话道："也想。"

"你们在这里住得好吗，吃得惯吗？"虞小满又问。

小甲、小乙扭来扭去，陆戟代为回答："很好，习惯。"

"以后我没法跟你们直接对话了。"说到这里，虞小满有点失落，转瞬又打起精神，"但是我夫君可以，你们有什么想告诉我的可以直接同他讲，他是一个很温柔的人。"

陆戟冷不丁被夸，为自己方才的小心眼羞愧，又忍不住高兴，语调都上扬几分："嗯，它们说知道了。"

临走时，虞小满见小甲、小乙还在缸里扑腾不休，疑惑地问："它们是不是也有话要说？"

陆戟先是与两条鲤鱼神秘对视，而后转过身，目光在虞小满的腰间几度徘徊，淡声道："对我说的。"

"说什么呀？"虞小满好奇。

"让我好好待你。"

"这么短？"虞小满觉得不对劲，"还有别的吧？"

"嗯。"陆戟脸不红心不跳，"它们说我们俩很相配，定能永结同心，白头到老。”

春节将近，边境有蛮夷趁机举兵来犯。

战事吃紧，朝廷也不得闲，如今陆戟被安排在兵部当值，休沐不足一天，就被皇上派人来传召了五六次，仿佛没他运筹帷幄，这仗就打不赢。

这日晨起，虞小满伸着懒腰由着陆戟给自己穿鞋袜，哼道：“你的腿不能行整三载，他老人家都不曾过问，怎的你腿一好，就给你安排这么多活儿？”

“当初我为求皇上为我翻案，才答应此条件。”陆戟躬身为虞小满把袜带系好，“如今算是兑现承诺。”

“哼。”虞小满还是愤愤不平，“就是那个爱用我族人身上的油点长明灯的皇帝？瞧着就不像好人。”

如此大逆不道的话也只敢关起门来说，陆戟笑得纵容，握住虞小满另一只脚腕，不知想起什么，又敛了眉目。

许是方才提到族人的关系，虞小满瞧着他的表情，便能心有灵犀地猜到他在想什么。

虞小满的脚尖动了动，问：“你是何时知道我是鲛人的？”

陆戟回过神，拿起另一只锦袜，把白里透粉的脚丫塞进去，说：“母亲忌日。”

虞小满愣了一会儿，顿悟道：“原来那会儿你在外面偷听。”

“正大光明听的。”陆戟说，“后来我问了沈寒云，方才确认。”

虞小满撇嘴：“你藏得未免太深，我一点都看不出来。”亏自己一直假扮普通人，生怕吓着陆戟。

虞小满怨着怨着，想起那日在陆家祠堂求了些什么，心口倏地揪住。

“所以，你知道我要报恩，可能会折损寿命，所以才……”

陆戟不承认也不否认：“这不重要。”

“那什么才重要？”虞小满瞪圆眼睛，“你要把我送走，其实就是送到这里吧？你分明早就准备好了，若是坦白跟我说……”

第十一章 不枉此生

“若是我向你坦白，你定然不会离开我。”

短短一句话，就让虞小满蔫了。

“那……那你也不该那样瞒我。”虞小满强词夺理，语气却是软的，“就你会逞英雄。”

互通心意后，虞小满无意识流露的娇态总能戳中陆戟的心。

他将穿好袜子的脚放在踏床上，直起腰看向虞小满：“若说遗憾，唯有一件。”

“传闻鲛人族能舞善歌，尾鳍流光溢彩宛如云蒸霞蔚，可惜我无幸得见。”陆戟目光似水，声音也溢满柔情，“我的小美人鱼定然是大海中最漂亮的那个。”

这个新称呼令虞小满脸红心跳了好几个时辰。

上午虞小满便跑去东厢房找小甲、小乙，趴在缸沿嘀咕：“原来他不仅不介意我是替嫁，也不介意我是一条鱼。”

小甲、小乙吐泡泡。

虞小满琢磨一阵，还是遗憾得紧：“他当年见到我的时候，我还是一条普通的鱼呢，白鳞片，灰尾巴，比你俩还丑。”

小甲、小乙狠狠吐泡泡。

“怎么啦？”虞小满发现两条鲤鱼不太对劲，关心道，“你们是不是饿了？我去掰块馒头喂你们吃？”

自打来到这里，吃的都是新鲜虾米的小甲和小乙气得泡泡都不吐了。

鸡同鸭讲，这小笨鱼变成人居然更笨了，如此生动的肢体语言都看不懂。

交流障碍令人头疼，所幸还有旁的事要处理，虞小满没闲工夫操心这些。

下午有客来访，多数是京城的官家女眷，嘴上说昨儿个走得急没顾上聊，今日有空却也没多逗留，个个都放下礼物就着急要走。

差点和虞小满成妯娌的刘家姑娘也来了，毕竟关系亲近，她倒是多坐了一会儿，聊了两句又拈着帕子抹眼泪，为虞小满苦尽甘来高兴，随后递上请帖，邀请虞小满和陆戟参加她下个月的喜宴。

虞小满也为她寻到幸福欣慰，两人聊了好一会儿，见天色不早，才意犹未尽地携手出门去。

刘晚晴见了这人就有说不完的话："先前京中传得沸沸扬扬，说你俩和离了，我就没信，姐姐与陆大少爷是天造地设的一对，怎么会离呢？"

送客的虞小满听她这么说，冷不丁想起离开前自己留了一封休书，如此说来确是离了，便慌了，怕又被说闲话，忙问该怎么办。

刘晚晴也无甚经验，想了半天，一拍手："你再写份婚书，以兹证明，不就成了吗？"

婚书此物，虞小满只闻其名，不见其形，想着既然叫"书"，必然是要动笔的。

而自己胸无点墨，字又丑极，自己写定然不可，于是虞小满跟虞桃一合计，捧着一沓红纸，坐上马车往练武场去了。

因着战事吃紧，门口戒备森严，虞小满正想着是等陆戟忙完，还是干脆进城里找上回那个捉刀代笔的师傅，便瞧见一个熟人从练武场里头走出来。那人抬头看见虞小满，也是一愣。

附近没有喝茶小坐的地方，两人找了一个安静角落说话。

沈寒云先开口："我听闻你与陆启之又成亲了，恭喜。"

听到这个"又"字，虞小满有些害羞，把手中的红纸攥紧了几分："嗯，多谢。"

"算起来，这是你我相识的第五个年头。"

虞小满恍惚了一瞬，后来才意识到，沈寒云把自己救他那天看作了相识的第一天。

"那如此算来，"虞小满说，"我与陆郎相识已有近九个春秋。"

大约没料到虞小满会如此回应，沈寒云怔住良久，而后眸光黯淡，失落满溢。

第十一章 不枉此生

“我输了。”

故事的起初，他便输了个彻底，虞小满满心满眼都是陆戟，根本容不下旁人。

临走时，沈寒云怀揣最后一点不甘，将刚获知的消息告知虞小满：“皇上命陆戟明日领兵启程，支援边关，另体恤他刚成亲，特许他携亲眷前往，不过……”

虞小满屏气听着，心都悬到嗓子眼。

“不过他当即便回禀皇上，说不携亲眷，以免麻烦。”

晚上陆戟归家，险些吃了闭门羹。

此番他带回一名宫中太医，看在有外人的分上，虞小满才不情不愿地开了门。虞小满当着外人的面也不好发作，由着太医望闻问切再开药，等人走了才挂脸。

陆戟以为这人不想喝药，劝道：“你身子亏空，我便寻了宫里的名医来为你瞧瞧，身体调养好，才——”

虞小满要听的不是这些，径直打断他的话：“就算身体调养好，你也不会带我一起去边关，对不对？”

陆戟先是一愣，而后了然。

“我本以为还会有很多时间，可如今情况有变……”他垂眸，不动声色地掉转话题，“总之，我无论如何也不会再让你跟着我冒险。”

夜里，陆戟借口整理行装，两人没睡在一间房。

虞小满拧不过他，兀自躺在床上生闷气。

虞小满虽晓得陆戟是为自己好，战场硝烟弥漫，刀剑无眼，加之北地苦寒，无香车宝马、锦衣玉食供着，这身板要是跟了去，怕是得折在路上。虞小满亦晓得哪怕陆戟嘴上不说，心里仍是想上战场施展本领的。

勤练武功十余载，等的不就是这一天？

虞小满想通了这一层，反过来问自己，费尽心力将陆戟的腿治好，不也是为了助他实现抱负，继续在战场上运筹帷幄、所向披靡吗？

可是哪有刚成亲就分开的道理？

早知如此，自己还写那婚书作甚？不如直接将休书坐实了，省得被人笑话，省得自己平白受这相思之苦。

虞小满长叹一口气，翻了个身面向墙壁。

头顶明月当空，夜凉如水。

隐有啜泣自窗内传出，浮云尚未散去，泪先湿了衣襟。

翌日是一个晴天。

五更刚过，一夜未眠的虞小满就听得外面的动静。

陆戟脚步沉重，在外头来回踱几圈，许是怕见了人更舍不得走了，站在门口留下一句“等我回来”，便转身疾步离去。

这弄得虞小满措手不及，生了半天气才翻身坐起，披衣推门出去。虞小满嫌马车慢，自己骑马追，赶到大军集合的北城门外，战鼓隆隆敲响，号角声绵延百里。

就在这启程在即、蓄势待发的节骨眼上，虞小满一人一骑杀入阵营，勒住缰绳，令胯下马儿停步，而后翻身下马，脚下磕绊险些摔倒也全然不顾，跌跌撞撞往人群里闯。

茫茫人海，虞小满目及之处尽是全副武装的士兵，其惶然四顾，启唇刚要唤陆戟的名，身体忽然落入一个坚实的怀抱。

虞小满抬起头，相识八年半，这是虞小满第一次见陆戟身披银甲，庄重肃穆，意气风发，与自己想象中一模一样。

虞小满不禁咧开嘴笑，心底的怨怼凭空蒸发，刚伸手摸了摸冰冷的铠甲，又被陆戟执了手，握在温暖的掌心。

“我让你在家等我，”陆戟质问道，“怎的就追来了？”

虞小满哼道：“我可没答应你。”

昨晚虞小满忙着赌气，未能帮着收拾行装，便就地检查。虞小满见陆戟的铠甲里头穿了自己亲手缝制的衣裳，随身携带的剑上也绑着自己做的蛋络子，抿唇将泪吞回肚里，强扯笑颜：“里头的珍珠呢，你拿去当铺换银子啦？”

陆戟摇头：“藏在家里。”停顿片刻，又道，“珍贵的都藏在家里，安全。”

虞小满自陆戟专注的眼神中得知这话中包含自己，于是鼻尖一酸，觉得昨日与陆戟赌气的自己简直蛮不讲理，十分可气，气得想穿梭时光把昨天的自己打一顿。

待陆戟自怀中掏出一张叠得整齐的红纸，虞小满又惊得说不出话了。

“我本想带它出征，当个念想，却忘了将你留在此处孤身一人，才最是难熬。”

“我两度成亲都是与你，有不周到之处还望见谅。”陆戟将亲手写的婚书递给虞小满，“此书仅此一份，予你，盼你记挂我，但不必过多担忧。”

胜券在握的笑容挂在陆戟脸上，恍惚间，虞小满以为自己看到了十五岁的少年陆戟，身前是河清海晏，身后是血雨腥风。他张扬无畏地仰望青天，是虞小满心中顶天立地的英雄。

“待我凯旋，必交还你一个完完整整的……”陆戟握紧虞小满抓着婚书的手，郑重承诺，“一个一心唯你，只待你好的陆郎。”

刘家姑娘的婚宴安排在大年初六，迎财神的后一天。

虞小满坐马车前去吃喜酒，远远听见鞭炮声，掀了窗帘探头出去张望，见前头红火热闹，不由得笑弯了眼睛。

因着与刘晚晴交情好，虞小满进到屋里凳子还没坐热，就被邀去与新娘说说体己话。

身穿喜服的刘晚晴粉面含春，眼角眉梢尽是女儿家的娇态，她见虞小满来了，忙拉对方坐下：“昨儿个家母还叮嘱我今后多与姐姐走动呢。”

问为何，刘晚晴掩唇笑：“姐姐与陆将军婚姻美满，是好兆头，外面还传姐姐旺夫，进门不久就解了夫君身上顽疾，还令他重归朝廷，披挂上阵没几日便统领三军，威风得不得了。”

虞小满没想到外头是这样传的，将功劳都归给了自己，受宠若惊之余又觉得当不起："陆郎凭的是自己的本事，我才是跟着沾光呢。"

刘晚晴捧脸感叹："姐姐与陆将军伉俪情深，妹妹好生羡慕。"

刘晚晴一口一个"姐姐"，叫得虞小满心慌气短，拿起妆台上的珠花，边为刘晚晴簪上边说："我该羡慕你才是，夫君当文官，日日都可见着面。"

不像自己，与自家夫君分别不足一月，竟如同过了十余载，度日如年，思念都决了堤。

席上有不少熟面孔，包括沈家兄妹俩，虞小满隔着圆桌同他们点头打招呼，便坐下吃自己的。

奈何这兄妹俩风头太盛，满桌都在讨论诸如沈寒云为何还不娶亲、沈暮雪和离之后竟没再找下家之类的话题。虞小满最是恼这些嚼舌根的，又明白他们讨论的与自己和陆戟脱不开干系，实在听不下去，提前告辞离席。

春节刚过，已有回暖之势。

枝头梅花犹自怒放，虞小满出得门来，立在树下看了一会儿，扭身刚要上车，便见一位体态佝偻的老太太拄着木杖在不远处瞧着自己，抖着嗓子唤道："小满。"

陆家太夫人年事已高，怕她在外头被风吹出个好歹，虞小满扶着她找了最近的茶馆。

刚坐下，老太太就抽抽搭搭掉眼泪，拉着虞小满道说不完的想念和后悔。

"那会儿是我老糊涂，满脑子世家门第，忽略了你与启之情投意合，生生将你俩拆散，造了这场冤孽，还让启之与家里离了心。如今想来，只要你俩好便是最好，千金难买家宅安宁。小满啊，你可否原谅奶奶这一回？"

虞小满垂了眼，讷讷不言。

自嫁入陆家以来，长辈中只有这位太夫人照拂过自己，若说全然没有感情自是不可能，可要说原谅，又认为自己不具备此立场。

"那封揭发我真实身份的信，是冯曼莹搞的鬼吧？"沉默良久，虞小满还是开了口，“不然就是陆钺，他们视陆郎为眼中钉、肉中刺，对我自是不会手软。”

提及此事，太夫人有些心虚：“他们母子俩已被赶出陆家，现如今被羁押在大牢内，再不会出来兴风作浪。”

“于是您便想起还有个大孙子在外面了？”虞小满道，“还是见他复了职，前途光明，又记起他的好，想叫他回来光耀门楣？”

许是没想到从前绵软可欺的孙媳妇变得如此咄咄逼人，太夫人面色讪讪，眼泪都忘了擦：“是启之同你这么说的？他年轻气盛不懂事，你怎的也跟他一块儿胡闹？那些荒唐事，奶奶都同你道歉了。奶奶自认平日里待你不薄……”

“正是因为您待我不薄，我才轻信了您，以为您真心为陆郎好。”虞小满深吸一口气，“可是伤他最深的，正是你们这些所谓血浓于水的亲人。”

陆老太太一怔，掩面哭道：“手心手背都是肉，家宅若是不宁，到了地底下，我该如何向故去的陆家列祖列宗交代？”

“您怕不好交代，便无视他的伤痛，叫他忍气吞声？便罔顾他的性命，让他自生自灭？”

虞小满越说越气，腾地站起来：“你们不就仗着他没人护吗？现在他有我虞小满了，我爱他疼他宠他护他，不叫他再受一点委屈。”

“至于跟不跟你们回去，那得问他，我可做不了主。”

回去的路上，方才“观战”的虞桃用崇拜的眼神看了虞小满一路。虞小满问她干吗一直盯着自己看，虞桃大拇指一伸：“我们将军夫人好生霸气！”

虞小满挑眉：“哪里哪里。”

虞小满嘴上谦虚，心里头却得意得很。到家后，虞小满便铺开纸研了墨，打算写信向陆戟邀功。

虞小满蘸墨提笔，又生犹豫。

虞小满想着传信不易，讲这些糟心的事纯属浪费，便删删减减，写了刘晚晴成亲的事，顺带提了一嘴沈家兄妹，说他俩如今处在风口浪尖，我俩总算功成身退了。

虞小满写完信，晾干叠好放入竹筒，明日起早送去驿馆，又是一场长久的等待。

等收到回信，京城已开了春，陆戟似是推算到虞小满收到此信的时间，在信中嘱咐春季多发疾病，让其待在家中不要到处走动，还说自己在那边一切都好，虞小满托人带去的衣裳也大小正合适。

虞小满盯着“夫人心灵手巧”几个字看了又看，想象着陆戟穿新衣的样子，忍不住勾唇甜笑。

平日里陆戟话少，可写起信来一点都不含糊，洋洋洒洒几大张，末尾甚至还回应了关于沈家兄妹的事，一本正经说：沈寒云此人诡计多端，夫人切莫与他深交。

虞小满通读三遍才领悟，陆郎此举八成是在吃醋，心里美得直冒泡，跑到东厢房跟小甲、小乙炫耀了半天。

最后小甲、小乙懒得扑腾了，虞小满还扯着它俩的尾巴问：“你们说，他是不是爱死我了？快说呀！”

小甲、小乙：咕嘟咕嘟咕嘟。

虞小满再次收到陆戟的信时，刚做完一只风筝，见信中问自己身体可有异样，忍不住打了个哈欠，摇头晃脑地回复：我成天在家待着，又胖了点，你回来看了不许笑，然后絮絮叨叨地讲了许多事——

小甲、小乙也胖了，整天吐泡泡也不知道在说什么；璧月姐姐学会写信了，她的字比我的还丑；昨日我才得知虞桃与你身边的段衡看对眼了，他打算什么时候把人娶回家？

虞小满明里问别人，实则想知道陆戟何时回京。

谁想陆戟耿直，回信说可以让段衡先回来成亲，他替人把聘礼都备好了。

虞小满咬牙，气得不想理他。夜里虞小满翻来覆去睡不着，又爬起来点灯，趴在桌前一笔一画写——我想你了。

到今年小满这天，虞小满按照信中指示，在新家院中的槐树下挖出一个锦盒，里头装着两根竹签，上头的糖人早已被蚂蚁啃咬干净，连渣都没剩。

搬个家也不忘把这东西带来，虞小满想哭又想笑，打算问陆戟这是不是定情信物，铺开纸又犹豫了，红着眼眶写下四个字——我好想你。

初夏昼长夜短，却少眠多梦。

虞小满连着许多日没睡好。这夜，虞小满梦见自己变成鱼，在深海里甩动尾鳍，快活畅游。

虞小满醒来后，便先摸摸自己的腿，鳞片的冷腻触感令其愣了片刻，再掀被望去，一抹盈盈亮光如水波般散开，眨了下眼睛再看，又不见了。

虞小满的心跳得很快，似有预感自己的鱼尾就要回来了。

或许只有短暂的几个时辰，也说不定能多维持几日，总之，这强烈的预感绝不会错。

虞小满起床后先给璧月姐姐写了一封信，问她可知出现这种情况的原因。待这封信送出去，虞小满又铺了新纸，与从前一样提笔便犹豫，不知该从何说起。

陆戟说过想看我漂亮的鱼尾，光靠寥寥几笔，如何生动地描述给他听？

虞小满当机立断放下笔，收拾行囊，打算往边关走一趟。

虞桃大惊："我的祖宗，以你的身体，哪吃得消长途跋涉。"

"快入夏了，"虞小满拣了两件衣服塞包里，"这会儿北地不冷。"

"可如今边关烽火连天，战事何时止歇还未可知呢。"

"那我更要早些去了，省得仗打完扑个空。"

虞桃见劝不住，另辟蹊径："外头坏人多，没准你还没出京城，盘缠就被人骗光了。"

"哪有这么咒人家的。"虞小满浑不在意，"上回我一个人从京城回虞家村，同样路途遥远，不也安全抵达了吗？"

虞桃劝不住这人，焦虑地在屋里走了几圈，一拍脑门："边关守卫森严，没有通关文牒，你到那儿也过不去啊。"

虞小满从枕头底下抽了一张红纸出来："我有婚书为证，谁敢不让我进去？"

虞桃彻底没辙，一不做二不休守在卧房门口，看着虞小满不让这人出去。

数月前，她答应过陆戟好好照顾虞小满，若是人跑了，她没法交代不说，良心也过不去，毕竟上回虞小满凭空消失，至今让她心有余悸。

然而虞小满是何等人物，之前在虞家村和京城之间走了几个来回，衣裳盘缠丢三落四，唯有一件东西没落下过。

夜半三更，鸡鸣狗盗。

虞小满握着去了塞的瓷瓶，在倚在门边睡着的虞桃鼻间晃了晃，双手合十念了几声抱歉，便背起行囊，蹑手蹑脚地走出门去。

又是半夜出发，架不住虞小满运气好，在官道边等到一辆往边关运送粮食的马车，车内的妇人听说虞小满也往边关去，二话不说便让其上车同行。

男人在前头驾车，虞小满与妇人坐在草垛上唠嗑。

听说这夫妻俩是做生意的，送粮草去边关是作为老百姓想尽点绵薄之力。虞小满感到欣慰："他们一定很高兴。"

妇人递过水囊："那大妹子你呢，去边关寻谁？"

听到这接地气的叫法，虞小满险些呛着，拍拍胸脯止了咳嗽，道："寻我家夫君。"

妇人好奇心重，又问："可是家中有什么急事，非得走这一趟？"

"也没什么事。"虞小满摇摇头，"就是……"就是想叫他看看自己的鱼尾巴？好像并不全是这样。

俄尔，虞小满不知想起了什么，抿唇一笑，坦诚答道："我就是想他了。"就是想他，想见他，所以不惜找出种种借口，也要即刻踏上旅程。

初日破苍烟，零乱松竹影。

第十一章 不枉此生

五更刚过，邈邈晨光自东面轩窗洒入，宿鸟被车轮声惊醒，扑棱着翅膀四散纷飞。

虞小满睡不着，倚在窗边翻看随身携带的婚书。

同行的妇人撑着脑袋昏昏欲睡，还在埋怨自家丈夫的不解风情，说能让妻子在家想念，千里迢迢赶去只为见一眼的男人定通晓风月，嘴甜如蜜。

在马车外男人的干咳声中，虞小满本想说我家夫君也木讷得很，总是把话藏在心底，徒惹人生气。可当翻开红纸，捡起从里面掉出来的另一张红纸，瞧见上头的字，虞小满突然哑了火。

妇人又念叨几句，实在累了，打着哈欠自己递台阶："嗐，说这些也没用，性子哪儿那么容易改啊，能踏踏实实跟我过日子，这辈子便无憾了。"

赶马车的男人听了这话，终于不作声了。

虞小满将手中的纸放在阳光下，手指拂过上头略显陈旧的字迹。

虞小满原以为这封休书早就丢了，按陆戟的性子，多半不能容这样的东西存在于世上。

谁想他不仅将它留下了，还添了几笔。

——守你一程，不枉此生。

这句话笔迹歪斜，写它的人必是笔都难以握住，上头落过几滴泪，诉不完的伤怀，道不尽的酸楚。

虞小满往左看，后头两句显然换了一个人写，字体风骨遒劲，笔锋凌厉，却仍能看出写字的人当时的状态亦不沉稳，运笔之力大到墨透纸背。

——此生有你，才算不枉。

虞小满嘴唇微颤，默声念了出来，而后咬紧牙关，望向窗外，将涌动的泪意与翻腾的心绪抚平，才转过头来。

马车摇晃向北行，天光与笑容一同出现在虞小满的脸上。

"对。"虞小满说，"这辈子我无憾了。"

番外

丙丁

番外 丙丁

北方边境，军营。

外头灯火通明，大家正举着火把清点京城下发的物资，书信也是每月的这个时候一并送来，因此即便是晚上，也人头攒动，热闹非凡。

主帅帐内却静得出奇。

用来议事的一排椅子上只坐了一个人，身体不羁地歪着，跷起一条腿搭在扶手上，雅观不足，气势倒是有余。

她一抬下巴，先冲左边的人道："你来这儿几天了？"

虞小满双手在身前绞紧，垂着脑袋，像一个犯了错的孩子："我前脚刚到，后脚……姐姐你就跟来了。"

璧月轻嗤一声："你这是怪我脚程太快咯？"

"不敢不敢。"虞小满连连摇头，"只是我措手不及，心里没个准备……"

"准备？要什么准备？只准你一声招呼不打搞突然袭击，不准姐姐我给你俩一个惊喜？"

虞小满心道这算哪门子惊喜，方才自己和陆戟正卿卿我我、浓情蜜意，璧月冷不丁从天而降，把他俩吓得三魂去了两魂半。

虞小满自是不敢照实说的，真情实感地鼓掌道："惊喜，太惊喜了。"

璧月满意地点头，转脸冲右边站着的人道："你呢，欢迎姐姐吗？"

许是接连承受两个惊喜，陆戟此刻还有点蒙，闻言愣了好一会儿，才吐出两个字："欢迎。"

璧月得到想要的回答，扭身站起来，伸了个懒腰："天色不早了，有什么事明儿个再说。"

陆戟吩咐属下安排住处，璧月挥手说不必，走到门口又转过身来。

“你们人族不是有句俗语叫‘小别胜新婚’吗？”她的视线在两人身上来回转，意味深长道，“我这趟跟来是为小满的身体，你俩悠着点。”

等人走了，帐篷里仍弥漫着尴尬的气氛。

虞小满松开交握的手，用沁了冷汗的掌心搓了搓裙摆，上前两步拿桌上的茶壶给自己倒茶喝，一口下去直吐舌头：“好烫。”

陆戟夺过这人手上的杯子，扭身就要出去换杯温的，一步还没走出去，被虞小满拽了胳膊。

“舌……舌头好烫。”虞小满的声音细细软软，红晕从脖子蔓到耳根，“要陆郎亲……亲亲才能好。”

于是被璧月突然驾到打破的旖旎去而复返，陆戟顾不上把杯子放下，径直揽住虞小满的腰，低头吻了下去。

两人多日未见，给个火星子都能燃起燎原大火，互相搂抱着往里屋去。虞小满仰面倒在床榻上时，还记着这里不是自己家，从陆戟怀里挣出来，拧着脖子四下张望：“不会再有人进来吧？”

“不会。”

经这么一问，热血上头的陆戟倒是冷静了些，俯身亲了亲虞小满水润的唇，没尝够滋味似的又亲一下，把人圈在怀里，低声问：“你怎么过来的？”

“一对特别好的夫妻把我捎来的。”虞小满伸出一小截舌头，舔了下嘴角，意犹未尽似的，“我只在路上走了半个多月。”

半个月在行军打仗的将士眼中算不得什么，但想着虞小满拖着虚弱的身子在路上行了十来天，陆戟就心疼不已，手掌轻抚这人憔悴的面容：“你为何不在家待着？”

“我想你呀，想看看你是不是跟信里说的一样好。”

虞小满有样学样，抬手捏了下陆戟的脸颊，而后秀眉微蹙：“你瘦了，一点都不好。”

陆戟被这人一本正经的模样逗笑，弯唇说："我想你想的。"

虞小满嘴上说着不信，还是为陆戟这直白袒露的思念红了脸。

虞小满钩了陆戟的脖子与自己亲近，埋在他的肩窝里说："那我要在这里多待几天，把你养胖才好。"

正值马疲人倦之时，两军僵持对峙，敌人隐有退兵投降之意，是以近来我朝将士多在营中养精蓄锐，静待时机。

璧月夜里宿于林中池塘，换了一个地方水土不服，睡到日上三竿才起，进到军营就瞧见虞小满捧着一口铁锅在颠。那锅是军中用的大锅，恨不得能塞进一个虞小满。璧月见这人铆足劲儿举起那锅，脸都憋红了，吓得心脏差点停跳。

璧月拽了虞小满回营帐，忍不住责怪道："你不知道自己现在什么身子吗，还敢这么大动静？"

虞小满拍自己胸脯："我好得很哪！"

"你好得很还给我写那封信，害我火急火燎赶来，都没来得及换身好看点的衣裳！"

虞小满被见到陆戟的喜悦冲昏了头，这会儿才想起这茬："原来姐姐赶来是为的这事……怎么样，你帮我问过族人了吗？我是不是很快就能回大海了？"

"你现在知道着急了？"璧月一个白眼翻上天，推着这人坐下，"你给我乖乖坐着别乱动，我把那臭男人叫来。若不是此事非同小可，我才懒得跑这一趟。"

陆戟正在外头监督练兵，被喊回来时身上还穿着盔甲。虞小满喜欢看他穿这身行头，见他行动不便，兴高采烈地捧着刚炒好的一盘青椒鸡蛋，拿筷子夹起来喂他吃。

小情侣在跟前黏糊缠绵，早已看破红尘的璧月再多瞧一眼都饱了，拍桌子道："行了行了，我问你们几件事，问完你俩再接着腻歪。"

两人并肩坐下，璧月坐在他们对面，拿了一个紫砂杯在手里来回掂量，把上头的花纹都磨平了，才开口："那什么……你俩上回行房事是何时？"

这石破天惊的问题令陆将军当场石化，倒是虞小满心思纯真，没细想便答道："昨晚。"

璧月轻咳一声："再上回呢？"

"洞房花烛夜那天。"

算着日子不对，璧月无奈地继续问："再再上回呢？"

这可难倒虞小满了，虽然自己和陆戟分开过一阵子，非要往前推的话，去年七夕之后，自己与陆戟隔三岔五便行那事，着实不太好算。

"一、二、三、四、五……"

虞小满掰着手指对应日期，念到七的时候，璧月忍无可忍，把紫砂杯丢在桌上道："好了好了，你想想离开京城之前最后一回是什么时候，告诉我便可。"

关键时刻还得指望陆戟，他想着璧月是为虞小满的身体着想，细细回想后，答道："去年九月初。"

璧月得到答案，便轮到她掰手指了。

"如今是六月，一二三四五六七八九……九个月了！"

璧月拍案而起，厉声命令道："快，快弄口缸来，然后装上清水让小满躺进去！"

边关物资贫乏，众人自附近村民家借来一口腌菜的缸，段衡带头领了两名士兵去几里外的河边打水，两个来回才把缸装满。

虞小满趴在边上看了一会儿，有点嫌弃这缸比小甲、小乙待的那缸还小，便磨磨蹭蹭不想进去，最后是陆戟将这人拦腰抱起放进缸里。缸沿太高，虞小满被困其中爬不出来，只好暂且待着。

陆戟被璧月姐姐叫出去说了一会儿话，回来就见硕大一口缸上缀着一个毛茸茸的脑袋。虞小满的下巴搁在缸沿，嘴角向下耷拉着，像受了莫大的委屈。

陆戟走过去，蹲身与之平视：“从前你不是很喜欢泡澡吗？”

“这哪里是泡澡。”虞小满撩起一捧水，溅湿陆戟的银甲，“分明是养鱼。”

陆戟勾唇。

虞小满见他笑，更是气不过：“你还笑！”

陆戟便不笑了，站起来开始脱衣裳。

沉重的盔甲丢在地上，陆戟三下五除二脱得只剩里衣，双手撑缸沿，长腿一跨，但闻扑通一声，溅起的水花迷了虞小满的眼睛，待虞小满睁开眼，陆戟已然端坐在了水里。

他说：“我陪你。”

两人面对面窝在同一个缸里，与共浴无异。

起初虞小满是兴奋的，毕竟两个人泡着也有个照应，总好过一个人孤苦伶仃。

甚至虞小满还得意扬扬地把自己的小秘密分享给了陆戟：“昨晚你也瞧见我肚子上的肉肉了吧？我寻思着，我的灵力八成就汇聚在那里，等时间差不多了，便能化出尾鳍。”

陆戟点头：“原来如此。”

特地前来送尾巴给他看的虞小满瞪大眼睛：“你怎的一点都不惊讶？”

“比起惊讶，我更不安。”水下，陆戟伸手抚摸虞小满盘起的腿，“不知如此幻化对你身体是否有影响，不知你是否经得住它们折腾。”

虞小满以为“它们”指的是灵力，心头一紧：“方才璧月姐姐同你说什么了？我是不是得了什么病？”

“没有。”陆戟说。

虞小满凑近了观察他的表情，越看越不信：“那我怎么会突然有即将幻化的预感？难道这是回光返照？幻化过这回，我就要——”

未待虞小满将不吉利的话说出口，陆戟先一步以唇封了这人的口。

浅浅的一吻后，陆戟矮身钻到水下。虞小满感觉自己的腰肢被轻轻握住，随后，方才印在唇瓣的两片灼热贴在了自己的小腹上。

似有一股力量透过皮肤注入四肢百骸，虞小满躁动的情绪也纷纷重归于平静。

陆戟自水下钻出时，束起的发已然湿透，面庞也覆满水滴，少了几分杀伐果断的戾气，多了一抹清俊磊落的温润。

陆戟宽大的手掌在水下抵着虞小满的小腹，温热掌心贴着刚刚亲吻过的位置。虞小满忽然有一种更奇妙的感应，仿佛那里正孕育着什么，将自己和陆戟紧紧联系在一起，再也斩不断、分不开。

陆戟直直地看着虞小满，眼中有担心，有后怕，有期盼，还有浓得化不开的温柔。

“这里面住着我们的宝宝。”

因着璧月姐姐说临盆最好待水里静养，免得化形时措手不及，虞小满这日在水里待足了六个时辰，天大亮才被陆戟从缸里抱出来。

自去年底就愈演愈烈的嗜睡易疲等症状总算找到原因，虞小满这一觉睡得踏实，被陆戟来回摆弄换衣裳时揉着眼睛醒来了一回，见自己坐在床榻上，大吃一惊：“宝宝，宝宝是不是出来啦？”

陆戟哭笑不得，托着这人的肩让其躺下：“你安心睡，说不准再睁眼时小家伙就出来了。”

晌午大家一起用膳，璧月见他俩如此放松，直翻白眼：“你们当生娃跟吃饭一样容易？”

虞小满：“不然呢？”

“来前我把我族史书翻了个遍，上头只记载了与外族通婚有繁衍后代的可能，却没提及后代的形貌。”说到这个，璧月不禁忧心，“你俩一鱼一人，鱼还没了元丹，谁知道会生出什么样的后代。”

陆戟听完璧月的话险些噎住，虞小满的关注点却跑偏了：“那我泡在水中待产是不是不合适？万一出来的是人形宝宝呢？”

璧月又忍不住翻白眼："你瞧瞧你那丁点儿大的肚子，能钻出人来我就跟你姓。"

既不是人，那便是卵了。

下午虞小满在水里头泡着，璧月怕这人无聊，给这位祖宗搬了一张桌案到缸边，让其可以伸出胳膊自由活动。

陆戟去别处议事，回来便看到虞小满以别扭的姿势趴在缸沿，握着笔在纸上涂涂画画，看样子在练字。

虞小满听到脚步声，忙丢下笔揉了纸，满脸都写着欲盖弥彰。

陆戟也不戳穿，自案几上拿了一本诗册，坐在边上翻阅。

不多时，虞小满就耐不住了，小手指钩住陆戟的衣袍扯了扯："你在看什么呀？"

"诗。"陆戟言简意赅。

虞小满伸长脖子凑过去看："有没有寓意好的词啊？我识字不多……"

陆戟抬眼打量这人，这人又咬了唇不言语，慢吞吞地缩回水中。

陆戟面对小人鱼我见犹怜的小模样，哪里还狠得下心。他轻叹一口气，放下书，把丢在缸沿的纸团捡起来，耐心地一张一张展开，浏览过上头的字，面上不由得带了笑："你这不是识得挺多字吗？"

虞小满伸手想去抢纸团，因几张纸被陆戟故意举高，便扑了个空，只好又蹲回去，红透的脸蛋沉在水下，便以为无人瞧见。

"我……我给自己取新名字呢。"虞小满还嘴硬道，"'小满'这个名字太秀气了，我要取个刚毅些的，比如虞铁牛、虞大勇……"

陆戟听得直皱眉，却不是因为这些土俗的名。

"'小满'就很好。"他说。

"哪里好啊，某些人都不记得。"不记得这名字的来历，更不知其承载的意义。

沉默片刻，陆戟说："你想改也行。"

虞小满心里刚咯噔一下，就听陆戟接着道："不如改叫'陆夫人'吧，一目了然。"

待反应过来，虞小满半个身子蹿出水面，抬手就撩了一捧水往陆戟身上泼："你又消遣我！"

前襟湿了大片，陆戟干脆跳进缸里抱住虞小满，贴在对方耳畔说："岂敢岂敢。"他抬手将虞小满凌乱的发别到耳后，"如今是你嫁于我，还为我怀了孩子，我再不作为夫君照顾你、保护你，未免太无用。"

陆戟曾经瘫痪三年之久，还因腿不能行封闭自己，成为旁人眼中沉默寡言、性情古怪之人。

这世上无人比虞小满更明白他的痛，因而最是听不得他自贬，当即回抱住他，心急火燎地要威风："谁敢说你无用，我第一个将他撂倒！"又觉得自己太粗暴不够矜持，愧对"陆夫人"的名号，羞答答地垂了脑袋，"况且宝宝是人是鱼还未可知呢，若是你不喜欢小鱼，宝宝就……就跟我姓。"

原来虞小满竟是为这事纠结。

陆戟恍然大悟，再度拿起那沓皱巴巴的纸，看着上头横七竖八的名，出声念道："小花、小草、小丙、小丁……"

虞小满听了更羞臊："我随便取的，就算是普通的鱼儿，也得有名字才好养活。"

瞧这架势，虞小满俨然已做好最坏的打算，把腹中未出世的宝宝当成无法化形的鱼看待了，由于拿不准陆戟是否能接受，干脆自己给孩子取了名。

陆戟心中酸胀不已。在这段感情中，并非只有他一个人患得患失，卑微如尘。

"陆小丙、陆小丁。"他给纸上的名字冠了姓，眉梢微挑，"岂不是和小甲、小乙同辈了？"

没想到这茬的虞小满一惊："对哦，那是不是还得它俩首肯？"

"不必。"陆戟将纸放回原处，胳膊搭回虞小满腰上，轻揉圆润柔软的肚腹，“你取的可用作小名，上族谱的大名，我自会用心取，无论他们是人还是鱼。”

“族谱？”

陆戟颔首：“如今家中只有你我二人，你可愿与我——”

“愿意，当然愿意。”未待他说完，虞小满就扑进他怀中，“就算只有你我二人，也是一个完整的家。”

虞小满生于大海，无父无母，陆戟母亲亡故，又与陆家断了来往，两根无根的浮萍四处漂泊，几经跌宕，才终于找到彼此的归宿。

一件事解决，虞小满又为另一件事犯了愁。

“若小丙和小丁真是普通的鱼儿，那我岂不是要通过你才能与他们交流？”

陆戟闻言一愣，先前还真没考虑到这层。

虞小满再度陷入纠结，摸着肚子哀愁道：“孩子们争点气，你们爹打仗已经很辛苦，再叫他夹在中间当译官，多可怜哪。”

陆戟：“……”

璧月说虞小满命好，遇事总能逢凶化吉，别人大着肚子多走两步就喘，小满揣着两个走东闯西上蹦下跳，竟一点事都没有，真不知该夸小满坚韧还是赞肚里的娃顽强。

这天夜里，外头战鼓声骤起，虞小满睁开眼时，陆戟已身披铠甲收拾妥帖，听见动静扭过头来，俯身在虞小满额上印下一吻，留下一句“我很快回来”，便转身离去。

浑浑噩噩间，虞小满以为自己在做梦，梦里有静谧的蔚蓝大海，有残酷的兵刃相接，亦有如烟似雾的过往。

虞小满好似看见一条小鱼跃出海面，眨眼变成一个素衣人，坐上花轿去往京城，在那里经历种种，笑过也哭过，快乐过也痛苦过，识得情爱滋味，幸而初心未改，最终幸福美满，花好月圆。

不枉

虞小满醒来时，整个身体都泡在水里，肚腹传来的疼痛告诉小满，孩子迫不及待要出世。

虞小满身上先是尾鳍，再是片片蓝鳞次第现出，一时犹如天光乍破，美不胜收。

虞桃前两日自京城赶来，见此情景当场呆住，哈喇子都快流出来，被璧月推了一把才醒神，慌里慌张地挤了帕子为虞小满擦脸上的汗，边擦边问："你是不是疼得厉害？"

虞小满点头又摇头，咬住唇，唯恐旁人知道自己有多害怕，心里还惦记着来这儿的目的，抬头问："陆郎呢？我变出鱼尾巴了，快叫他来看看。"

"敌军来犯，你的陆郎领兵打仗呢。"璧月也拧了一块帕子盖这人头上，"你别瞎操心了，现在最要紧的是把小鱼儿好好生下来。"

疼倒不是很疼，只是一阵紧似一阵，犹如无规律的心跳，莫名令人心慌。

虞小满一会儿想，这俩娃什么时候出来不好，偏偏挑陆戟不在的时候，一会儿又想，真的是两个吗？会不会是三个、四个，甚至更多？京郊的宅院那样小，如何住得下？

"两个，不会更多了。"璧月为安慰虞小满，拿着罗盘指天发誓，"要是算错了多出来，姐姐我帮你养。"

这下虞小满放了心，耷拉肩膀瘫回水中，转念一想又噌地坐直，正色道："多出来也是我和陆郎的宝宝，我们自己养。"

此番幻化鱼尾与产子息息相关，没了元丹的虞小满身体底子大不如前。在璧月的指挥下，虞小满气沉丹田使了一会儿劲，就累得摇头晃脑直打瞌睡。

虞小满萎靡不振眯了几觉，不知第几次睁开眼，面前熟悉的轮廓渐渐清晰，虞小满还以为在做梦，软声呢喃："你回来啦。"

陆戟刚自前线策马回营，只来得及放下沾了血的剑，而后蹲跪于地，握起虞小满的手贴在脸上眷恋地轻蹭几下，随着急促呼吸喷在指尖，嗓子眼里低低"嗯"了一声。

未待他问疼不疼、累不累，虞小满甩动柔软尾鳍，先一步问：“我好不好看？”

怔然过后，陆戟紧绷的面颊松弛下来，嘴角甚至扬起一抹浅笑。

“好看，比我想象的还要美。”他毫不吝啬地夸赞虞小满，“若我们的孩子像你，我做梦都能笑醒。”

没在做梦，虞小满已经笑了，水润眼眸微微弯起，摇头道：“还是像你好，会念书会打仗，又生得这般俊朗，只一眼就叫人把心掏出来给了你。”

陆戟明知故问：“谁的心？”

虞小满深吸两口气，忍住腹腔袭来的坠痛，拉了陆戟的手按在自己被水浸湿的心口，迷蒙的目光始终坦荡地落在他身上。

虞小满似是怕陆戟找错人，将自己的身份一股脑搬了出来：“我的，虞小满的，陆夫人的，小美人鱼的……仅此一颗，陆将军可得好好收着，不准弄丢了。”

九月初秋，丹桂飘香，我朝大军在对抗蛮夷的战役中大获全胜，赢得黄金万两，羁押俘虏无数，皇上龙心大悦，亲自开城门迎接大军回朝。

听闻此番陆将军非但完好无损地归来，还喜获麟儿，颇为圆满，夹道欢迎的百姓们都喜气洋洋，彩果铜钱抛了满天。

城楼上，皇帝宣读陆戟升官加爵的诏书后，在百官簇拥下纡尊降贵逐级而下，原打算看一看重臣之子，再赐名以示隆恩，孰料到城楼下环顾四周，哪还有陆戟一家的影子。

太监追到家里也没寻到人，哼哧哼哧地把赏赐抬进屋，问下人你家主子去哪儿了，下人说往东海去了，问去干什么，答曰避寒。

敢情他们回京城只是走个过场，压根儿没打算多逗留。

太监放下东西到外面，见院外好好一片树林被砍去大半，中间挖了一个大坑，又好奇上了：“陆将军是要在自个儿家门口造景？”

“非也。”领着大伙儿挖坑的人说，“我们夫人爱戏水，将军早早差了人回来划拉地方造池塘。这不，马上挖好了，夫人回来就能玩上。”

太监扭头看向屋里：“那你们小主子呢？不管啦？我瞧着连架摇车都没备。”

领头的笑起来：“这您可就有所不知了，我们小主子随了夫人，在水里也比在陆地上快活呢！”

就说一会儿话的工夫，骏马疾驰，已经往东南方向行了好几里路。

离京城最近的海约有两百里，马车走走停停，中途在驿站置换过几匹耐跑的，总算在次日天黑前赶到海边。

陆戟缰绳勒紧，马儿扬蹄嘶鸣，昨日还在城门前接受封赏的他翻身下马，快步行至身后马车前挑帘接应。

为减少行装，这回他们出门一个丫鬟小厮都没带。先是一口铁锅大小的缸从马车里被递了出来，陆戟接过，暂且放在地上，再抬手时，接过一个锦被襁褓。

小家伙似是被海浪声吵醒，张开嘴咿咿呀呀地叫唤。

陆戟显然是熟手了，伸臂将襁褓揽入怀中，腾出右手去接马车上的人。

只见一只纤白玉手搭在陆戟宽大的掌心，而后一副裹着素袍的身体自帘后钻出，借着搀扶下了马车。此人站稳转身，怀里竟也抱着个粉雕玉琢的小娃娃。

“就数你能叫唤。”虞小满捏了一把陆戟怀里宝宝的脸蛋，作势凶道，“你再叫唤，我就不让你和姐姐一起下水玩了。”

三个月大的婴儿理应听不懂人话，谁想这孩子竟如听懂般收了声，吐了个口水泡泡，眨巴着大眼睛盯着亲爹瞧，像在证明自己很听话。

虞小满又捏了把怀里宝宝的脸蛋：“小丁想跟小丙姐姐一块儿玩水，小丙姐姐意下如何？”

躺在臂弯里一路都没哭的乖巧宝宝陆小丙张嘴“啊”了一声，引得虞小满展颜一笑：“真乖。走，咱们这就游泳去。”

一行人踩着礁石往海浪卷起处行去，陆戟先把缸举起，连鱼带水倒进海水中，而后转身去接抱着两个孩子的虞小满。

“小甲、小乙怎么样？”虞小满踮着脚从一块礁石蹦到另一块礁石上，身体前倾，安心地落入陆戟的怀抱，“河鱼不比海鱼，璧月姐姐说至多让它们待半个时辰。”

陆戟扭头看在海里扑腾的两条鱼，传话道：“它们说，‘我们不是一般的河鱼’。”

虞小满脑补了小甲、小乙的语气，笑得眼眸弯起：“成，它们难得来一次，那就多泡一会儿。”

落日西沉，离海最近的一块礁石上，陆戟搀着虞小满坐稳，为其理了理被风吹乱的裙摆，而后接过孩子，低头瞧了两眼：“那小丙和小丁是何种鱼？”

两个宝宝出生时是卵，不到一日便化了人形，从水里捞出来的时候哭声震天，横竖瞧着都与人族婴儿无异。

当时璧月都以为他们俩今后便会以人类的模样生活，谁想过得几日，某天夜里两个宝宝号哭不止，怎么都哄不住。虞小满以为他俩受不了暑热，抱了一个靠近水盆，只听刺溜一声，白白胖胖的宝宝顷刻间蹿了进去。

虞小满拆开襁褓，把小丙从里头剥出来，小心翼翼地将她放入水中。海水刚没过小丙肉乎乎的小脚丫，虞小满手上一轻，小姑娘扭身钻进扑打礁石的浪花里，变成一尾自在游弋的碧色小鱼。

“看形貌像青斑。”虞小满接过小丁继续拆襁褓，“不过到底是杂交的，应是海里不曾出现过的品类。”

陆戟点头，这回非但没因为“杂交”难堪，反而油然而生些许骄傲。

小丁也是一条通体碧莹的鱼，入了水便能和姐姐欢快地游在一处，好不快活。

小甲和小乙围绕在它们身旁，扑腾起的水花溅了虞小满一身。虞小满面上嫌弃它们闹，行动却毫不含糊，二话不说跷起腿脱鞋袜。

陆戟扭身帮虞小满，握着虞小满纤细的脚腕将裤腿向上卷了几道，在平滑肌肤上摸到一处凹陷时，皱眉道："怎的还没好？"

"缺了片鳞，哪那么容易好。"虞小满说。

这人浑不在意，陆戟却上心得很："不是说好生养着，便能再长出来吗？"

虞小满低头瞧了瞧："近来我拔了几片给宝宝吃，可能得再等一阵子。"

陆戟的脸色登时沉了下来。

"还不是为了宝宝好。"虞小满打量着他，揶揄道，"宝宝的醋你也吃啊？"

虞小满见陆戟沉默不语，撞了下他的肩膀："也有分你吃啊，磨成粉放在你的茶水里，难不成跟上回一样，你没察觉到？"

终于不忍心看这人胡思乱想，陆戟叹了一口气，指腹在那处坑洼四周来回摩挲，随后垂首，温热的唇在那处轻轻一碰："无论为了谁，你都不可再伤害自己。"

已是同睡一榻的关系，虞小满还是会为陆戟无意间流露的温柔神魂颠倒，心旌摇动。

原来被珍视、被爱护，也会令人颤抖瑟缩，想逃开，又想靠得更近。

待陆戟抬头坐直身体，虞小满张开双臂抱住他，埋在他的肩头闷声道："你好不讲理。"

"什么？"

"我的东西，爱给谁便给谁，你怎么什么都要管。"

"我……"

"我晓得你心疼我，你舍不得。"虞小满抢话道，"可是看着你们不好，我更难受。"

两人胸膛相抵，虞小满感受着陆戟踏实有力的心跳和置于他体内的元丹散发的温度，弯起嘴角，安心地闭上眼睛。

"这不算伤害自己，而是将宝贵的东西托付给重要的人……你们好，我便好了。"

番外 丙丁

日落时分，漫天霞光将海水染得波光粼粼。

虞小满晃着腿，脚尖撩起串串水花，边与海里的鱼儿玩闹，边问陆戟：“鳞可是我们鲛人身上的宝贝，吃进肚里怎么也该有点功效吧？”

陆戟思忖片刻，说：“有。”

不知是余晖照耀还是旁的原因，他的面颊罕见泛起薄红。

虞小满静静坐了一会儿，然后在晚风中启唇：“你还记得我们初次相遇吗？就在这样一个遍布礁石的海边。”

虞小满默认陆戟就算记得，也记不清当时的场景，于是说给他听：“那时我还是一条丑丑的小鱼，暴雨之夜被冲到岸边，挣扎半天都回不去大海，快喘不上气的时候，是你把我捡起来送了回去。”

忆起往事，虞小满总是眼眸发亮，万千星辰也不可比拟。

“后来我就每日都游到岸边寻你，谁想你那般忙碌，我一连等了好些天都没见到你。”

说到这里，虞小满又有些怨恼，无甚气势地白了陆戟一眼。

“不知者无罪。”陆戟接了眼刀，坦然道，“况且，后来你不是见到了？”

“你……你记得？”

陆戟偏头望向身边的人，微微扬唇：“你不是上回在岸上搁浅的小鱼吗？怎么，这回是来谢我的？”

海浪拍打堤岸，二人在夕阳下拥吻。

虞小满因着听不懂鱼儿们的话，趁喘息的间隙时不时向陆译官请教。

陆戟也没再生诓骗这人的心思，如实道：“他们在互通姓名。”

虞小满好奇：“小丙和小丁用的哪个名？”

“大名。”陆戟修长的手指插入虞小满的浓密黑发中，倾身上前，亲一下虞小满湿润发红的眼角，“他们很喜欢。”

孩子的名最后是两人一块儿取的，弃了那些诗册典籍，将“思念”二字拆分，女孩名唤念初，男孩名唤思远，入耳听来便如柔肠百转，离不开也舍不下。

“那你喜欢吗？”虞小满忍不住问，“那些年，你一直记得我吗？”从前虞小满不敢问，总归怕听到令人神伤的答案。

如今虞小满不怕了，就算陆戟不记得也无妨，曾经虚掷的光阴换来眼下的倾心相守，他们可以创造更多新的回忆，成为彼此最深的挂念。

暮霭沉沉，最后一抹天光洒落，洒在不知何时幻化而出的瑰丽尾鳍之上。

两道身影在岸边礁石上紧密交缠，回到缘分起始的地方，贴在对方耳边诉说那些年因为错过未能亲口诉说的话语。

“我叫陆戟，你未来的夫君。”十五岁的陆戟仿佛穿越时空而来，带着与当时一般无二的笑容，“你叫什么名字？”

虞小满近乎痴迷地望着他，只一眼便胜过万语千言。

“我叫虞小满，你的夫人，将要与你共度此生。”

今夕何夕，见此良人。

过往种种寤寐难忘，今后万般亦会珍藏于心，永以为好。

— 全文完 —